KB031200

에밀리
스털링
슈의 본가 옆, 음악교실의
외동딸. 슈와 사야네의 누나,
언니 같은 존재.
일본에서 자란 영국인.
도요토미 마사키요
고향을 사랑하는 전불량배로,
믿음직스러운 분위기 메이커.
옛날부터 슈나 사야네와 함께
바보짓을 하고 다닌 사이.
리제롯테
스털링
마사키요와 에밀리의 딸.
친구가 없어 너무 한가해서,
자주 마을을 배회하고 다니는
자유로운 초등학생.
마츠모토 이요리
슈의 어머니. 젊었을 적에는 불량배로 언동은 남자 이상으로 씩씩하지만, 아들을
소중하게 생각한다.

마츠모토 슈
본가의 자기 방에 틀어박혀 게임, 인터넷서핑, 애니메이션 시청 등으로 하루를 보낸다.
꿈도 없고 목표도 없어서 대학을 중퇴했다. 중학교 때에는 사야네가 부르는 노래를 만들었으나, 열등감 때문에 그녀를 밀어내고 말았다.
키리야마 사야네
슈의 소꿉친구. 고등학교 재학 중에 대형 음반사에 뽑혀 SAYANE라는 이름의 싱어송 라이터가 되었다.
직접 작사작곡한 데뷔곡이 일찌감치 히트 쳤음에도, 있는 그대로의 음악을 부를 수 없게 되어 고뇌하고 있다.

가르쳐 줘
잊는 법을
너를

I'm still thinking about you.

아마사키 미리토 지음
플라이 일러스트
이진주 옮김

Contents

프롤로그

딱히…… 언제 죽더라도 상관없었다.

청춘에서 도망친 쓰레기의 말로 따위, 결국은 그런 것이었다.

막연하게 자학적으로 그런 생각에 잠긴 것은 병원에서 시한부선고나 다름없는 설명을 들은 순간이었다.

백의를 걸친 의사가 자아내는 울적한 공기. 그 뒤에 이어진 길고 긴 설명은 한쪽 귀로 들어와 다른 귀로 빠져나갔다. 그 뒤, 소독약 냄새가 진동하는 정방형의 진찰실에서 나오고 나서도 허무함조차 들지 않았다. 가질 수가 없었다.

스스로 요금을 내지 않는 스마트폰.

요즘 유행하는 스마트폰 게임이나 애니메이션 정보를 화면 너머로 확인하면서, 나는 주차돼 있는 경트럭의 조수석에서 텅 빈 사고회로를 돌렸다.

앗. 일일 미션을 잊어버릴 뻔 했다.

일찌감치 장시간 원정도 내보내 둘까. 레벨을 올려두지 않으면 이벤트를 소화할 때 힘들기도 하니까.

벌써 가을 애니메이션이 나오는 건가……. 여름 애니메이션도 몇 작품 못 봤는데.

매일매일, 매일매일. 끝없이.

잘 때를 제외하고는 이런 일에만 머리를 썼다.

시한부선고를 받았다고 해도…… 밑바닥 인생다운 사고회로는 쥐꼬리만큼도 변하지 않았다.

"한가하면 시동 걸어서 히터라도 틀어 놔라. 춥다고, 이 바보 아들놈아."

운전석 쪽 문이 거칠게 열린다 싶었더니, 한 여성이 심기가 불편하다는 듯이 눈썹을 찌푸린 얼굴로 트럭에 올라탔다.

붉은 기가 도는 긴 갈색머리는 고약한 잠버릇 때문에 여기저기 뻗쳐 있었고, 귀에서는 피어스가 반짝였다.

물 빠진 청바지와 남성용 다운베스트를 걸친 그녀는 꾀죄죄한 스니커를 신은 발을 발밑의 페달에 올려놓았다.

"어디 갔다 온 거야?"

나는 스마트폰을 조작하는 손을 멈추지 않고 액정화면을 응시하면서, 그 40세 전후의 여자……가 아니라, 내 어머니에게 물었다.

"……어엉? 편의점에서 커피랑 만두 사왔다."

"그것뿐이라고 하기에는 좀 늦은 것 같은데."

"시끄러. 2분 정도밖에 안 지났잖아."

아니, 15분 이상은 기다린 것 같은데. 어린애 같은 엄마는 2분이라고 우길 테지만.

군데군데 위압적인 대사나 불필요하게 찡그린 표정이 불량배 시절이던 예전의 자취를 느끼게 했다. 엄마는 경트럭의 시동을 걸고 히터를 약간 강하게 틀었다.

그리고 편의점 봉투를 뒤적여 또 하나의 만두를 꺼내 내게 내밀었다.

"하나 먹어도 돼. 성모와도 같이 인자한 이 어머니에게 감사하면서 먹어라."

"나, 돈 안 가져왔는데."

"그딴 건 처음부터 바라지도 않았어. 네가 나한테 돈을 준 적은 한 번도 없잖아. 늘 만지작거리고 있는 그 휴대전화 비용도 그렇고, 오늘 진료비도 그렇고 다 누가 냈다고 생각하는 거냐?"

엄마는 당연하다는 듯이 코웃음을 쳤다. 찍소리도 할 수 없었다. 진짜로.

나는 고소한 만두소의 김을 한껏 코로 들이쉬면서, 만두를 둘로 쪼개 그 중 한 조각을 깨물었다.

남이 사주는 밥은 맛있었다. 한심하다, 비참하다, 라는 부정적인 감정은 이미 한참 전에 사라지고 없었다. 부모에게 얻어먹는 고기만두는 금단의 미미(美味). 부모의 돈으로 즐기는 스마트폰 게임은 그야말로 죄가 깊었다.

자신의 몫을 다 먹어치운 엄마가 익숙한 동작으로 경트럭의 기어를 바꾸고, 종합병원의 주차장에서 차를 출발시키…….

"우와아악?! 크엑?! 뭐, 뭐뭐뭐, 뭐야?!"

차가 출발한 순간, 호쾌하게 시동이 꺼졌다!!

전후좌우로 요동치는 커다란 진동에 나는 한심한 비명을 내지르고 말았다. 진동은 불과 몇 초 만에 멈추긴 했으나, 그 사이 나도 엄마도 대시보드 위에 축 늘어져 있었다.

시동이 꺼지는 일 같은 건 운전면허학원에서 경험한 뒤로 처음이었다. 또 평소부터 스틱차량을 모는데 익숙한 엄마가 시동을 꺼트린 것은, 내가 아는 한 처음……인 것 같았다.

"……잘 좀 해봐요."

"……칫. 시끄러. 옛날부터 덜렁대는 구석이 있었다고."

그 이상 태클 걸지 마. 언급하지 마. 콱 죽여 버린다. 그렇게 말하는 것처럼 혀를 차는 모습이나 맹수 같은 눈빛은 덜렁이의 모습이 아니었다. 주먹이 날아올 것 같아서 나는 일단 입을 다물었다.

정신을 다잡은 엄마가 이번에는 경쾌하게 차를 출발시켰다. 엄마는 집 쪽으로 핸들을 꺾었다.

"……저기, 엄마."

"왜? 설마 기분이라도 안 좋아진 거냐?"

엄마가 보기 드물게 걱정하는 것 같은 태도를 보였다. 그 모습에 죄책감을 품으면서도 나는 말을 이었다.

"모처럼 시내에 나왔으니까, TATSUYA에 들러주세요!"

"뭐? 창밖으로 던져버린다."

나는 얼굴 앞에서 두 손을 맞대고 고개를 숙였다. 그러자 엄마는 성가시다는 듯이 대여점으로 진로를 바꾸어 주었다. 이러니저러니 해도 엄마는 내게는 상냥하고 물렀다. 얼굴에 어울리지 않게, 라고 말하면 화를 내지만.

엄마 돈으로 만화책과 게임소프트를 산 뒤, 나는 빨리 집에

돌아가고 싶어 하는 운전수의 재촉에 시내 중심지를 떠났다

40분 정도를 달리자, 풍경의 대부분을 논이나 숲이 차지하게 되었다.

추수도 거의 끝나가는 계절.

논도 이미 물이 다 빠져서 대부분 마른 흙색으로 바뀌어 있었다. 체인점 같은 것은 존재하지 않고 개인이 운영하는 상점이나 식당, 작은 여관이 띄엄띄엄 서 있을 뿐인 시골길.

겉옷을 입지 않으면 쌀쌀했다. 팔에 돋는 소름, 구름 사이로 얼굴을 내민 태양의 따뜻한 햇살, 사방에서 요란하게 합창을 하는 가을벌레들, 도로 가장자리에 무성하게 핀 마른 풀, 지선의 선로를 따라 우거진 가을색의 나무들과 총천연색의 잎들……. 이 풍경이, 감각이, 색채가 모두 반가웠다.

"이봐요. 아이자와 할아범! 추수하는 거, 좀 도와드려?"

엄마가 도로를 달리는 콤바인을 추월하면서 운전석 창문을 열고 말을 걸었다. 상대가 근처에 사는 할아버지라서 평화롭게 재담을 주고받는 것이었다.

나는 몸을 앞으로 숙여 되도록 모습을 감추고 있었지만.

그도 그럴게, 일도 안 하는 녀석이 고향 사람들에게 모습을 내보이는 건 왠지 싫잖아.

마츠모토 씨의 아들, 오랜만에 봤어!

아아~ 취직은 안 하고 본가에 있던가? 앞으로 어쩌려나?

잡담의 화제가 되리라는 것은 쉽게 상상이 되었다.

사고가 제자리를 맴도는 사이, 우리는 아담한 단층집인 자택에 도착했다. 마당 끄트머리에 대충 주차한 어머니는 가만히 키를 돌려 시동을 끄고 끽, 사이드 브레이크를 걸었다.

"수술…… 할 거지?"

방금 전까지는 그렇게 쾌활하게 웃던 사람이 약간 목소리를 낮추면서 그렇게 물어왔다. 마치 목 깊은 곳을 막고 있던 이물질을 토해내는 것처럼.

"아직 모르겠어. 조금만…… 생각할 시간을 줬으면 해."

"……그러냐."

혼날 것을 각오했는데, 되돌아온 반응은 의외로 담박해서 나는 당황스러웠다. 운전석 문을 열고 차에서 내린 엄마는 빠른 걸음으로 집 안으로 들어갔다.

뭐, 곰곰이 생각해 봐……. 그런 말을 남기고.

코끝을 간지럽히는 이 불쾌한 냄새는 담배였다. 아마도 방금 전까지 운전을 하고 있던 엄마가 피운 것이리라. 엄마의 외모나 언동은 한물 간 불량배였지만, 술이나 담배는 피하고 있다고 생각했다.

그것들을 즐기는 모습을 본 적이 없었기 때문이었다.

아니, 딱 한 번, 본 적이 있었다. 희미하게 기억의 저편에 잠들어 있는 광경. 그게 언젯적 일이었더라. 내가 아직 어릴 때, 아버지가 병으로 죽었을 무렵이었던 것 같은 느낌이 들었다.

그때의 엄마는 퉁퉁 부은 눈으로 눈물을 억수같이 흘리고 있었다.

……뭐, 억지로 기억해낼 일은 아닌가.

게임과 만화책이 널브러진 내 방으로 돌아온 나는 아직 오후임에도 커튼을 친 뒤, 침대에 누워 방금 사 온 만화책을 열독했다.

만화를 다 읽자, 이제 오늘은 내일 아침까지 게임 삼매경이겠군…… 하고 늘 해오던 행동 패턴을 떠올렸다. 하지만, 그 심심풀이용 오락에는 허무함이 감춰져 있었다.

왜 나는 묘하게 냉정함을 유지하고 있는 것일까.

왜 레어 캐릭터가 나와 주지 않는 스마트폰 게임의 뽑기에 짜증을 내거나, 담배냄새를 알아차리거나, 먼 과거의 일을 떠올리거나 할 수 있는 것일까. 왜 고향마을을 그립다고 느낄 수 있는 것일까.

남의 일이라고 생각하는 건가. 상황을 객관시하는 자신에게 도취돼 있는 건가.

수술을 해도 5년간 생존할 확률은 30퍼센트 전후. 실질적으로 완치는 불가능하다는 것 같으며, 아무 손을 쓰지 않으면 반년에서 1년 안에 사망할 가능성도 있었다.

일도 하지 않고 부모 돈으로 먹고 지내며, 게임이나 인터넷으로 시간을 허비하고, 배설물을 제조하고 딱히 피곤하지도 않은데 잠을 자기만 할 뿐인 생활. 입원이나 연명수술 따위 할 필요는 없었다.

일도 연애도 하지 않는 무가치한 인간에게 부모의 귀중한 돈을 쓰게 하는 일은 쓸데없는 일이다, 라는 것이다.

스무 살의 무직 은둔형 외톨이남.

이름은 마츠모토 슈.

꿈도 없고, 목표도 없고, 몰두할 취미도 없으며, 최소한의 세금조차 내지 않는 곧바로 사라져도 아무 지장이 없는 존재.

연명해봤자, 재발하지 않아봤자 이 무의미한 인생이 기간연장 되는 것일 뿐.

그러니까 딱히…… 언제 죽어도 상관없었다.

청춘에서 도망친 쓰레기의 말로 따위 결국 그런 것이었다.

******

"오늘은 괜찮은……가."

다음날, 나는 오후임에도 어둑어둑한 방에서 눈을 떴다.

몸 상태에 큰 변화는 없는, 평소와 다름없는 느지막한 기상. 일주일 정도 전, 눈을 뜨는 것과 동시에 묵직한 두통과 구역질이 엄습한 것이 정밀검사를 받게 된 계기였다.

이웃주민의 연줄로 들어가게 된 공장의 입사일이 가까웠기 때문에, 그저 그 정신적인 스트레스가 원인이라고 안이하게 생각하고 있었다.

입사 전 건강진단에서 의사와 상담을 해보았더니 시내에 있는 종합병원에 가볼 것을 추천해서, 어제의 결과에 이르게 된 것이었다. 그 정신없는 틈을 틈타 공장도 입사를 자퇴했지만.

"야근이라든가, 3교대 근무라든가 잔업 40시간이라니…… 그렇게 일해서는 수명이 줄 거라고……."

시한부선고를 받은 녀석이 무슨 소리를 하는 거지, 라는 느낌의 시답잖은 변명. 반년이나 본가에 틀어박혀 살다보니, 현실도피 하는 기술에도 박차가 가해졌다.

왜 하루에 9시간이나 구속되어야 하는 건데. 왜 일주일에 5일 이상이나 일을 해야 하는 거냐고. 휴일에도 동료와 사원여행이니 회식이니, 너무 힘들잖아…….

그렇다고 해서, 순조롭게 좋은 회사에 취직할 수 있을 것이라고도 생각되지 않았다.

그런 회사라면 대학을 중퇴한 이유도 깊이 파고들 터. 거기에, 솔직하게 급여나 휴일이 매력적이었기 때문에 지원했다고 말하면 바로 탈락이었다. 평범한 생활을 위한 노동이건만…… 이해할 수가 없어.

난 살아있어도 소용이 없군.

부엌으로 발걸음을 옮기자, 식탁 위에 랩이 씌워진 중국식 볶음밥이 놓여 있었다. 엄마가 만드는 요리는 남자들이 좋아할 법한 요리가 대부분이었다. 아니, 사실 본인이 좋아하는 요리다.

황금색 계란에 싸인 고슬고슬한 밥알이나, 간장을 넣고 살짝 눌어붙게 볶은 고소한 풍미가 식욕을 자극했다. 불량배가 만드는 볶음밥은 특히 더 맛있다는 법칙은…… 틀리지 않았다.

"이요리 씨. 우유 놓고 가네~."

현관에서 귀에 익은 중년남성의 목소리가 울려 퍼졌다. 지인의 아버지였다. 부엌에 있는 내 기척을 엄마로 착각한 것이겠지만, 우리 엄마는 낮에는 일하러 가서 없어요.

뭐, 내 경우에는 있어도 없는 척을 하지. 고향의 주민과는 최대한 얽히고 싶지 않은 것이 백수의 습성인걸. 나는 부엌에 놓인 가구인 척하면서 숨을 죽였다.

발견되면 분명히 성가셔진다. 돌아가. 빨리 돌아가라고. 배달하러 온 우유를 두고 빨리 가버려.

"앗, 슈였구나! 완전히 다 컸구만."

눈이 딱 마주쳤다. 우와, 발견됐다. 현관에서 미묘하게 부엌이 들여다보이는 구조였기 때문에, 역시나 무시할 수도 없었다. 나는 어쩔 수 없이 느릿느릿 현관으로 나왔다.

기억에 남은 모습보다 더 나이를 먹은 아저씨에게 가볍게 고개를 까딱여 인사를 하면서 나는 무난한 인사를 건넸다.

"이요리 씨한테는 『도쿄의 대학에 갔다』는 말을 들었는데, 지금은 귀성한 거냐?"

"아뇨…… 학교는 중퇴했습니다. 반 년 정도 전에 집으로 돌아왔어요."

아저씨가 사정을 눈치 챘다는 것처럼 쓴웃음을 지었다.

"아…… 그랬냐. 시골뜨기들도 다 안다는 유명한 대학이었는데 말이지. 그래도 아직 젊으니까, 집에서 푹 쉬는 것도 나

뻐지 않어!"

"그, 그렇죠. 느긋하게 일자리를 알아볼까 생각 중이에요."

"이 주변이라면 공장이나 여관밖에 없지만 말이다. 그밖에는 자기 차가 없으면 교외에서 일하는 것도 힘들지 않을까."

역시나 은둔형 니트라고는 말하기 어려웠다……. 그렇다고 거짓말을 해봤자 엄마를 통해 다 들통 날 것 같으니, 최소한의 상황은 말하는 수밖에 없었다.

생기 없이 탁한 눈. 어렴풋이 자라나는 대로 내버려둔 수염. 어깨에 닿을 것 같은 머리카락. 꾀죄죄한 잠옷 차림……. 그런 나 자신에게서는 니트의 농후한 육수를 추출해낼 수 있을 것이라고 생각한다.

참고로, 아저씨는 벌써 정년퇴직을 해서 현재는 농사와 우유배달 양다리를 뛰고 있다고 했다.

내가 어릴 때 중년이었던 사람들은 이미 제2의 인생을 생각할 나이인가…….

"우리 집 아들 녀석하고는 연락했냐? 네가 본가에 있는 건 아냐?"

"아뇨. 모를 겁니다. 시끄럽게 장난을 걸어올 것 같으니까, 되도록이면 말하지 말아주세요."

"알았다! 그 녀석, 심심한 모양이니까 안정이 되면 같이 놀아주라. 그렇다고는 해도, 아가 한창 개구질 때라 고생하는 모양이지만서도! 나한테는 눈에 넣어도 안 아플 손주이니, 할아비로서는 그 응석을 다 받아주고 있지만 말이다! 그리고,

우리 손주가~.”

아저씨가 사랑해 마지않는 손주 이야기를 시작했기 때문에 나는 붙임성 있게 웃는 기계가 되었다.

몇 분간의 잡담을 마치고, 우유배달 아저씨는 다음 배달장소로 오토바이를 달렸다.

확 피곤해졌어……. 은둔형 니트에게 1분 이상의 잡담은 지옥이라고……. 도쿄에서는 이웃과의 교류가 전혀 없었건만 고향에서는 아무렇지도 않게 말을 걸어오니까 말이지. 괴로워.

나는 받아든 우유를 냉장고에 집어넣고, 점심식사의 배경음악 대신 TV를 켰다.

그러나 이 시간대에는 드라마의 재방송이나 와이드 쇼 밖에 하지 않았다.

적당히 채널을 바꾸고 있으려니, 와이드 쇼의 연예계 뉴스에 눈이 갔다.

완전히 방심했다. 내 인생에서 잘라냈을 터인 **너무나 잘 아는 얼굴과 이름**이…… 화면에 나오고 있다니.

『이것 참~. 갑작스러운 활동중지에는 놀랐습니다. 발표에 따르면 정신적인 문제가 있다고 했습니다만…… 한창 잘 나가는 아티스트인 그녀에게 무슨 일이 있던 걸까요.』

해당 쇼에 편성돼 있던 특집방송의 내용과 사회자가 꺼낸 말. 나는 숨을 삼켰다. 시선은 화면에 고정됐고, 점심밥을 먹던 손은 완전히 정지해 있었다.

끊임없이 흘러나오는 곡이, 노랫소리가 고막을 강제적으로 자극했다.

잠들었던 의식을 억지로 두들겨 깨웠다.

『음반사와 음악성의 방향이 달라서 고민했을 가능성도 있습니다. 그녀는 아직 대학생이니까요. 프로의 음악세계에 적응하지 못한 것은 아닐까? 라는 생각도 듭니다.』

『인디시절과 비교해, 최근에는 약간 지친 것처럼 느낀 팬도 많다고 하더군요. 저희로서도 그 멋진 노랫소리를 듣지 못하는 것은 매우 아쉬울 따름입니다.』

억측과 망상의 지론을 늘어놓을 뿐인 해설자들에게 짜증이 일었다. 아무 것도 모르는 작자들이 출연료에 혹해서 자기 좋을 대로 떠들 뿐인 저속한 공간.

그러나, 나와도 아무 관계없는 일이었다. 있을 리가 없었다. 아무 관계도 없는 외부인이 짜증을 내고 화를 내는 것도 웃기는 일이었다. 몰라. 나는 「그 녀석」에게서…… 도망쳤다. 그랬는데, 이런 곳에까지 나타나다니.

내 눈에, 귀에, 기억에…… 선명하게 새겨진 그 모습과 추억이 되살아났다.

SAYANE라는 예명의 싱어송 라이터가 커다란 무대에서 라이브를 하는 영상은 내 손을 떠난 뒤의 공적. 그리고 외부인이 된 내게 있어서는 미지의 영역이었다.

주요도시에서의 단독 라이브투어. 관광지에서 1만 명을 모은 무료라이브…… 열광적인 관객이 프로로서의 그녀에게 심취해 있었다.

"…………윽."

나는 머리를 싸안으며 바로 TV를 껐다.

"괜찮은 거냐? 얼굴이 새파란데."

문득 정신을 차리니, 부엌 입구에 엄마가 서 있었다. 수수한 작업복에 매시모자를 쓰고 있다는 것은, 아직 일하는 중이라는 뜻이었다.

TV에 너무 빠진 나머지 엄마가 오는 것도 알아차리지 못했던 모양이었다.

"아니, 컨디션은 괜찮아. 잠깐 생각을 좀 하던 것뿐이야."

"하아…… 놀라게 좀 하지 마라, 이 바보 아들놈아. 괜히 걱정해서 손해 봤네."

"아하하…… 미안. 걱정이 돼서 상태라도 보러 온 거야?"

"그야 뭐…… 내가 없을 때 픽 쓰러질지도 모르잖냐. 점심시간이나 휴식시간에 잠깐 상태 보러 오는 것 정도는 껌이라고."

엄마는 안도한 기색으로 깊이 숨을 토했다. 집 앞 도로의 갓길에 근처 가스업체에서 사용하는 트럭이 주차되어 있었다. 이 지역의 프로판 가스를 교환하거나 등유를 파는 것이 엄마가 하는 일이었다.

이 지역에 유일한 소규모 가스업체이다 보니, 어느 정도 시간에 융통성이 있는 모양이었다.(막무가내로 밀어붙이는 엄마에 비해 순종적인 경영자와 동료밖에 없다, 라는 점도 있겠지만)

"아. 그러고 보니까 말이다. 칸노 씨 집에 가스통 교환하러

갔다가 들었는데…….”

엄마가 뭔가가 기억났다는 것처럼 손뼉을 쳤다.

“그 애가 본가에 돌아왔다는 모양이더라.”

“그, 그 애……라니?”

불길한 예감만이 들었다. 내 본능이 그렇게 말하고 있었다.

“너, 연예 뉴스 같은 거 안 보냐? 활동을 중지했다는 것 같던데.”

방금 봤다. 와이드 쇼는 그 녀석의 특집방송으로 바쁜 것 같았다.

방금 봤다고요. 완전히 똑같은 화제의 내용을…….

“그럼, 키리야마 씨 댁의 사야네밖에 더 있냐.”

아아. 빨리 이 세상에서 사라지고 싶어.

노골적인 시간벌기의 끝에 주어진 것은 영원이나 다름없는 벌칙게임이었다.

******

붕붕♪ 두두두♪

우……으. 시끄러…….

둥, 부붕, 퐙푸, 징징♪

……………………시끄럽다고!!

며칠 전 두통과 구역질 때문에 눈을 떴을 때와는 또 다른 의미로 불쾌한 기상이었다. 리드미컬한 중저음이 우퍼를 경유해 차갑고 메마른 공기를 격렬하게 진동시키고 있었다.

아직 오전 여덟 시. 보통은 자고 있을 시간이라 엄청나게 졸린데…….

나는 창문의 커튼 사이로 힐끔 밖을 내다보았다. 집 앞 갓길에 세워져 있는 가족용 승합차. 한 눈에 보기에도 좀 노는 젊은이가 좋아할 차였다. 가까이에 사는 노인이 깜짝 놀랄 것이 분명할 경쾌한 힙합도 그 차가 발신원임이 틀림없었다.

그리고, 이런 차나 음악을 좋아할 법한 지인으로 짚이는 구석이 있는데 말이지!

"어—이! 슈!"

덩치 좋은 남자가 차의 운전석에서 내렸다. 하지 마. 큰 목소리로 내 이름을 부르지 마. 이웃에 폐가 될뿐더러, 내가 창피하다고. 얼른 돌아가버려.

"슈우야~. 같이 놀자~."

아, 화가 난다. 혼자 신나서 손 같은 거 흔들지 말라고.

나는 힙합남에게 들키지 않게끔 커튼을 빈틈없이 닫았다.

그러나.

"마사키요입니다! 실례하겠습니다~!"

뭐? 지금…… 현관 쪽에서 "실례하겠습니다."라는 웃어넘길 수 없는 단어가 들린 것 같은데…….

"오오! 마사키요 아니냐! 그것보다, 네 녀석 차, 시끄러워! 깡촌이라고 너무 요란한 차 몰고 다니면서 우쭐거리지 말어! 요즘에는 친환경 자동차나 경트럭이 대세잖아!"

"죄, 죄송함다! 이래봬도 딸이 태어난 뒤로는 꽤 차분해진 편임다! SUV를 팔고 미니밴으로 바꿨습니다!"

"진짜냐?! 다음번엔 꼬맹이도 데리고 와라!"

어머니와 힙합남이 잡담하는 소리가 단층집에 울려퍼졌다. 저 대화, 뭔가 그리운데……가 아니라, 성가신 일이 벌어질 것 같은 예감만 들었다. 돌려보내요. 제발 돌려보내줘요, 엄마!

하지만…….

"어이, 바보 아들. 마사키요가 왔다."

벼락이 떨어진 것이 아닐까 착각할 정도의 굉음과 함께 내 방의 문이 열렸다.

"너하고 놀고 싶다는 것 같은데, 어쩔래? 몸 상태가 안 좋으면 거절해주겠다만."

"컨디션은 문제가 없는데, 기분적으로 좀……."

"네가 방에서 나올 때까지 집 앞에 눌러앉아있겠다는 것 같다만? 유급휴가도 20일이 남았네 어쩌네 하면서."

우와아…… 말도 안 돼.

"내친 김에 그 길게 자라서 짜증나는 머리카락도 자르고 와

라. 남은 돈은 줄 테니까."

"……어쩔 수 없네. 가끔은 밖에서 놀다 와 볼까!"

힙합남의 우격다짐에 내 고집이 꺾이고 말았다. 결코 엄마에게 5천 엔을 받았기 때문이 아니었다. 난 돈으로 낚이는 그런 싸구려 니트가 아니야.

가까운 이발소라면 커트는 천 5백 엔…… 3천 5백 엔의 거스름돈은 빈곤한 나로서는 대환영이라는 것은 부정할 수 없었지만.

나는 막 잠에서 깨서 지저분한 얼굴을 씻고 면도를 한 뒤, 그럭저럭 사람들 앞에 나설 수 있는, 많지 않은 사복으로 갈아입었다. 이러니저러니 해도 아직 꽃다운 스무 살이었다. 이걸로 나이에 맞는 외모로 보일까?

"때로는 햇볕도 쬐면서 곰팡내 나는 몸을 깨끗하게 하고 와라."

"……하아. 다녀올게요."

나는 한숨을 쉬면서 집을 나섰다. 하지만 거실에서 신문을 읽으며 나를 배웅하는 엄마는 약간 기쁜 듯이 미소를 짓고 있었다.

내가 누군가와 놀러 나가다니, 정말로 오랜만이기 때문…… 일까.

나는 갓길에 세워진 차로 다가가 운전석 창문을 두드렸다. 그러자 조수석에 타라, 라는 것 같은 손짓이 되돌아왔다. 그래서 나는 반대쪽의 조수석에 올라탔다.

예상대로 차 안은 떠들썩했다. 불량배들이 수건을 휘두르며 환호하고 있을 것 같은 리듬이 폭음으로 울려 퍼지고 있었으나, 일단 대화를 위해 힙합남이 볼륨을 낮추었다.

변함없이 커다란 덩치에 약간 우락부락한, 옆머리를 짧게 자른 투블록의 단발. 이래보여도 옛날보다는 많이 수수해진 편이었다. 그래도, 이웃에 사는 불량한 형이라는 느낌은 건재했다.

"오랜만이야, 토미 씨."

"오랜만이다, 슈! 만나자마자 미안하다만."

엄마한테는 존댓말을 쓰고 저자세를 취하면서, 연하인 내게는 사투리가 작렬하는 반말을 하는 것이 또 반가웠다. 고향에 돌아왔다, 라는 감각이 보다 더 강해지는 느낌이 들었다.

간단한 인사를 마치자, 힙합남은 곧바로 기어를 D로 바꾸고.

"드라이브를 가야 한다!"

하루사키 시 다비나가와 지구…… 구 다비나가와 읍.

온천과 대자연으로 이루어진 고향을 순회하는 드라이브에 나선 것이었다.

도요토미 마사키요…… 나는 「토미 씨」라고 부르는 고향 선배였다. 내가 초등학생 때 나와 놀아 준 이웃사촌으로, 나이는 여덟 살 정도 차이가 났다.

이렇게 제대로 얼굴을 보는 것은 7년 정도만일까. 옛날에는 매일같이 고향동네를 여기저기 놀러 다녔는데, 토미 씨가 취직 등으로 바빠지면서 저절로 소원해졌다.

“토미 씨는 일단 사회인인데, 이렇게 아침부터 놀아도 돼? 혹시 야간근무야?”

“너…… 요일 감각마저 없어진 거냐? 오늘은 토요일이라 우리 공장은 쉬어.”

“솔직히 최근에는 요일이라는 개념이 흐려졌는지도 모르겠어. 줄곧 집에서만 지내는 폐해로군…….”

그러고 보니, 오늘은 엄마도 느긋하게 있었군. 주말에는 일을 쉬기 때문인가.

토미 씨가 근무하는 자동차부품 공장은 이 지역에서는 유명한 하청기업이었다. 한창 바쁜 시기 이외의 주말은 기본적으로 모두 휴일이라는 것 같았다.

“내가 여기 있다는 거, 어떻게 알았어?”

창 너머로 쓸쓸해진 풍경을 바라보면서 나는 운전 중인 토미 씨에게 물었다.

“하하하! 우리 아버지가 말한 게 당연하잖냐. 시골은 좁으니까 이웃에게 섣불리 비밀을 말하지 마.”

“하아…….”

“아마도 울 아버지가 배달 갔던 집은 죄다 네가 니트인 걸 알지도 모르지.”

토미 씨가 호쾌하게 웃었다. 우유배달 아저씨…… 아들에게는 말하지 말라고 그렇게 못을 박았건만. 그 사람은 토미 씨의 아버지라서 나에 대해 별로 얘기하고 싶지 않았어.

시골의 커뮤니케이션 능력을 얕보고 있었다. 마치 전염병이 도는 것처럼 금방 소문이 퍼져나갔다.

하지만 내 무직 얘기로 대화가 활기를 띠었기 때문에 긴장이 풀린 것 같은 기분이 들었다. 이전과 같은 거리감으로 잘 이야기할 수 있을지 조금 불안했으니까.

역시나 병에 대한 얘기는 감춘 채, 나는 토미 씨와 서로 근황보고를 하면서 자동차로 구 읍내를 배회했다.

"어라? 저기, 빈터였던가?"

최근에는 거의 걸음을 하지 않았던 지구에 들어서자, 나는 한 빈터를 가리켰다. 어릴 때의 기억이 정확하다면, 저곳에는 민가가 있었을 텐데.

"아, 카미타미 할머니네 말이야? 할머니가 1년 전쯤에 돌아가셔서, 이제 아무도 안 살게 돼서 유족들이 부숴버렸다. 지금은 이미 매각예정지가 됐어."

"……그렇구나."

"할머니 자식은 간토 지역에 살고 있으니 어쩔 수 없지. 이 주변에는 일할 곳도 변변치 않으니까, 젊은 녀석들은 계속 도회지로 빠져나가고 있어."

제대로 된 정사원 구인도 없고, 최저임금도 700엔 대인 지역이니 이해는 되었다. 그 뒤로도 차가 달리면 달릴수록 수년 전의 기억과 다른 장소들이 나타났다.

펑크 난 타이어를 고치던 자전거 가게, 점보교자가 명물이었던 식당, 주민들의 귀중한 휴식 장소였다던 단란주점…….

어느 곳이나 빌딩에 활기가 없이 텅텅 비어 있었다.

"일거리를 찾는다면, 장의사가 좋을 거다. 노인들만 늘어나고 있으니, 돈을 많이 벌수밖에 없는 업종일 거라고."

토미 씨가 농담처럼 그렇게 말하며 웃었다. 하지만 웃을 일이 아니었다……. 세상이 살기 팍팍해졌다고 할까, 심각한 사회문제의 최전선에 있다는 것을 강하게 느낄 수 있었다. 이렇게 마을을 바라봐도, 걸어 다니는 사람은 아이들보다는 노인들이 압도적으로 많았다.

하루사키 시의 중심부라면 공공시설도 충실했고, 역에는 신칸센도 섰다.

내 고향인 다비나가와 읍은 병합으로 하루사키 시에 편입되었다고는 하나, 전철은 한 시간에 한 대가 다니는 수준이었고, 강설량도 많았다. 거기에 상업시설이나 병원도 적어서 젊은이들에게 인기가 없는 것은 어쩔 수 없었다.

리들스타나 우즈에슈퍼가 망하고 나서는 식료품을 사는 것도 불편해졌다.

지역의 인구는 천 명에도 미치지 못했고, 평균연령은 50대 후반……. 명물인 온천이나 단풍도 굳이 말한다면 시니어 세대가 좋아할 만한 것이리라.

"하지만 난 고향을 좋아하니까 말이지. 여기서 결혼했고, 신혼집도 여기에 마련했으니까 좀 더 활기찬 마을로 만들고 싶다고 생각하고 있어."

이 사람은 아직 스물여덟이었건만, 벌써 자기 집을 산 모양이었다.

내 감각으로는…… 결혼해서 아이를 낳고, 자기 집을 산다는 건 완전히 미지의 세계였다.

"관광객은 그럭저럭 오잖아. 단풍이라든가 온천은 의외로 유명한 편이니까."

"그건 그렇지만, 젊은이들이 좀 더 이곳에서 살았으면 해. 그래서 자치회에는 적극적으로 참가하고 있고, 마을 자체 이벤트도 기획하고 운영하고 있다."

"왜 그렇게까지 할 수 있는 거야?"

"그게, 나고 자란 고향이잖아? 당연히 이대로 활기가 없어져서 즐거웠던 일이나 추억의 장소가 사라지는 건 쓸쓸하잖아."

나는 감개무량해졌다. 그런 생각을 할 수 있는 젊은이가 지금 시대에 얼마나 있을까.

시대의 흐름이라는 피할 수 없는 개념에 맞서려는 남자……. 고향에서 도망치듯이 도쿄로 간 바보도 있건만.

"너도 한가하면 좀 도와라. 진짜로 젊은 녀석들이 부족하니까."

"그런 건 좀 봐줘."

나는 빛의 속도로 바로 거부했다. 그런 건 당연히 못 한다.

"그건 그렇고, 딸애는 이제 몇 살이 된 거야?"

"올해로 아홉 살이니까 초등학교 3학년. 분명히 너하고도 만난 적이 있었지?"

"내가 중학생 정도일 때 말이지. 그때에는 아기였는데, 그런가…… 그 아이, 벌써 아홉 살이구나…….”

“뭐, 아내하고 결혼한 게 열아홉 살 때이니까 말이지! 애도 바로 생겼으니까, 그쯤 돼지.”

시간의 흐름이 너무 빨라서 우울해졌다. 내 동급생 중에서도 슬슬 결혼한 녀석이 나올 것 같아. 하지만…… 이렇게 이야기를 나누고 있으려니 토미 씨는 변하질 않았네, 하고 안심이 되었다.

약간 막무가내로 나를 끌고 다니며 쾌활하게 웃어주는 형.

어릴 때 썰매를 타고 놀던 스키장까지 드라이브를 가거나 이것저것 가정사를 늘어놓는 사이, 어느샌가 두 시간 정도 지나 있었다.

“토미 씨는 대단해. 견실하게 인생을 걷고 있다고 해야 할까, 마치 견본처럼 순조롭게 가정을 꾸리고 있다는 점이 엄청 존경스러워.”

우리가 사는 지구로 되돌아가는 도중, 나는 그런 말을 중얼거렸다. 토미 씨의 행복한 가정은 내게는 마치 별세계처럼 반짝이고, 눈부실 정도로 빛나고 있었기 때문이었다.

“그렇지 않아. 그 녀석처럼…… 꿈을 계속 좇아 꿈을 이루는 인생도 굉장하다고 생각해. 나로서는 도저히 흉내 낼 수 없으니까.”

“…….”

그 녀석, 이 누구를 가리키는 것인지 나는 금방 알 수 있었다. 때문에 아무 말도 할 수가 없었다.

"……그것보다, 이 길, 잘 아는데, 농담이지……?"

심장박동이 불협화음으로 바뀌었다. 집에 가고 싶다. 그만 집에 가고 싶어.

토미 씨의 함정에 제대로 걸렸다. 순간적으로 그렇게 깨달은 것은, 주위의 풍경이 온통 낯익은 것들이라는 사실을 뒤늦게나마 알아차렸을 때였다.

잘 안다고. 이 자갈길도, 묘하게 나무가 무성한 이 환경도, 우리 집에서도 가까운 농가의 저택도. 자갈이 깔린 넓은 정원에는 손질이 잘 된 소나무와 잉어가 헤엄치는 연못이 있었고……. 창고에는 트랙터와 콤바인이 보관되어 있었다.

"지금부터 갈 곳은 사야네네 집. 약속은 안 했지만 말이지."

"웃기지 마! 난 돌아가겠어!"

나는 목소리를 높이며 차에서 내리려고 했다. 하지만, 차는 이미 정원에 도착해 있었다. 나는 차 안에 엎드리듯이 몸을 숨기며, 먼저 차에서 내린 토미 씨를 지켜보았다.

불규칙하고 방정맞게 떨리는 다리. 바깥 공기는 차가웠건만 이마에서 진땀이 배어나왔다.

……조용하다. 떨리는 몸이 외투에 스치는 소리도 전혀 귀에 들어오지 않았다. 아아, 그러지 말아줘. 부재중이었으면 좋겠어.

나는 진정이 되지 않는 다리를 계속 떨면서 이대로 도망칠까, 하고 계속 고민했다.

몇 분 뒤, 토미 씨가 차로 되돌아왔다. 현관을 열고 있었기 때문에, 누군가와 이야기를 하는 것처럼 보였는데…….

"있잖냐, 슈."

"……왜, 왜?"

"사야네네 엄마. 여전히 엄청난 미인이더라."

나보다 여덟 살이나 나이가 많지만 바보로군, 이 사람.

"나 말이지. 초등학생 때 진짜로 반했었어."

"그딴 거, 아무래도 상관없어."

"내가 독신이었다면 하룻밤의 실수라는 게 있었을지도 모른다."

"없었을 거야, 그런 일."

"다비나가와의 남자 중학생들이 성에 눈을 뜨는 건…… 너희 엄마나 사야네네 엄마를 본 순간이라고."

"아 진짜, 그만해."

쓸데없이 신묘한 얼굴로 시시한 소리 하지 마.

"아……! 왜 우리 엄마는 고릴라 같은 아줌마인 거냐?! 사야네네 아줌마! 다음 생에서는 저와 사귀어 줘요!"

고향의 수치로군…….

토미 씨의 우렁찬 외침은 예상 이상으로 커서, 우리를 배웅하기 위해 정원으로 나와 있던 사야네의 어머니에게도 들렸을 것 같았다. 아니, 틀림없이 들렸다. 멀리서 쓴웃음을 짓고 있었으니까.

덧붙여, 우리 엄마와는 중학교 때까지 동급생이었다는 것 같았다.

"그 녀석은 없었어. 어딘가 외출했다고 해."

"하아아아아아아아아아아아아아아아아……."

강철보다도 무거운 한숨이 새어나왔다. 라이브하우스처럼 날뛰던 심장은 이상할 정도의 차분함을 되찾았다.

"산책 삼아 어딘가로 나간 것 같은데, 한 번 찾아볼래? 그렇게 멀리 가지는 않았을 거야."

"아니아니아니, 관두자. 아직 점심때는 아니지만, 어디선가 밥이라도 먹고 돌아가자고."

"으—음. 그럴까."

필사적인 나를 보고 단념한 것일까, 토미 씨가 포기한 것처럼 맞장구를 쳤다. 나는 가슴을 쓸어내렸다. 하지만, 꼴사납잖아 이 상황……. 이 사람은 대체 뭘 하고 싶은 거야.

그때, 현관 앞에 서 있던 사야네의 어머니가 우리 차로 가까이 걸어왔다.

"……나?"

조수석 쪽으로 다가왔으니, 내게 용건이 있는 것이리라. 몸을 숨기고 있었다고 생각했지만, 그냥 다 보였던 모양이다. 나는 조용히 문을 열고 천천히 차 밖으로 나갔다.

"슈. 오랜만이구나. 잘 지냈니?"

"예에. 뭐…… 아주머니도 건강하신 것 같아서 안심했어요."

중학교 때 이후로 첫 재회였다. 그때에는 이 집에도 빈번하게 발걸음을 했기 때문에 몇 번이나 말을 나눈 적이 있었다.

너글너글한 성격의 청초한 미인으로, 살짝 처진 눈꼬리가 상냥한 인상을 주었다. 토미 씨에게 동조하는 것 같아서 아니꼬웠지만, 시골의 남자 중학생에게는 자극이 강할 것 같았다.

게다가, 용모가 닮았다. ……사야네와.

이 사람의 딸이니 당연한 것이겠지만. 분명하게 다른 점은 사야네 쪽이 눈빛이 더 날카롭고 지기 싫어하는 성격이라는 점 정도였다.

"옛날처럼 사야네와 잘 놀아주렴. 그 아이, 쓸쓸해하고 있을 테니까."

"만약 만나면, 인사 정도는 할게요……."

만나고 싶지 않다고는 말하기 어려웠기 때문에, 분명치 않은 대답밖에 할 수가 없었다. 내가 만나고 싶지 않다기보다는 상대편이 사절일 테니까.

대학을 그만뒀다는 등의 가벼운 잡담을 한 뒤, 배웅해주는 사야네의 어머니에게 작게 고개를 숙여 인사를 하고 나와 토미 씨는 사야네의 본가를 나섰다.

"아직 점심때까지는 시간이 있으니까, 『다비중』에라도 들렸다 가자."

토미 씨가 그렇게 제안했다.

별로 가까이 가고 싶지 않은 장소였지만, 사야네의 본가에 눌러앉는 것보다는 훨씬 나으려나.

한시라도 빨리 그 녀석과 마주치기 쉬운 장소에서 떠나야 한다고, 직감이 그렇게 외치고 있었으니까.

그 뒤, 나는 토미 씨에게 동네이발소에 들려달라고 부탁해 머리모양을 산뜻하게 정리했다.

거울에 비친 내 모습을 보는 것은 오랜만이었는데, 피부는 건강이 좋지 않은 것처럼 창백했고 잘 뻗치는 머리카락은 자라는 대로 방치돼 있었다……. 혐오감에 차마 그 모습을 직시할 수가 없어서, 나는 줄곧 잡지를 대충 훑어보았다.

그렇게 도중에 다른 곳을 들르면서, 우리는 목적지의 도중에 있던 다비나가와 대교에 들어섰다.

이 시기, 다리에서 바라보는 하천의 둔치는 살풍경했다. 봄이라면 색깔이 선명한 유채꽃 융단이 펼쳐지고, 제방을 따라서는 분홍색의 벚꽃이 화려하게 폈을 텐데.

"넌 모르는 것 같으니까 말해둔다만, 다비중은 올해를 마지막으로 폐교된다고 하더라."

"어……?"

구두로 선뜻 전해진 것치고는 가슴을 무겁게 내리누르는 사실이었다.

******

언뜻 보기에 낡은 목조여관처럼 생긴 건축물…… 그러나, 이곳은 이 지역에서 유일한 중학교였다.

우리가 찾아온 곳은 모교인 다비나가와 중학교였다. 논에 둘러싸인 환경 속에 우뚝 버티고 선 목조건물에 부서진 백네트, 잡초가 많은 황무지…… 아니 운동장.

수영장 같은 것은 있지도 않았으니까, 여름에도 축구나 배드민턴 수업을 했지.

차를 세운 주차장에서는 학교건물과 운동장을 둘러볼 수 있었다. 몇 개 되지도 않는 부활동인 야구부와 여자소프트볼부의 조립식 가건물로 된 부실도 여전했다. 낡은 학교건물 주변을 조금 걷는 것만으로도 당시의 기억이 차례로 영상이 되어 머릿속에 떠올랐다.

"토요일이라서 역시나 학생은 별로 없을 거다. 뭐, 평일에도 학생 수가 많지 않아서 통폐합된 거지만."

토미 씨가 자학적으로 웃었다. 애초에 학교에 문화부는 하나도 없었고, 그나마 운동부 학생들도 운동장에서는 보이지 않았다. 바깥 부 활동으로는 야구부, 특설인 육상부, 혹은 겨울한정인 스키부 같은 것이 있었다. 우리 때에도 학생 수는 많지 않아서 두 개의 부 활동에 양다리를 걸치고 있는 사람도 있었다.

그립다아아아아아……라는 감각보다는, 내년도에는 없어져버릴 풍경이라는 허무함 쪽이 더 강했다. 내 목숨이 다하는 것과 부 활동이 없어지는 것 중 어느 쪽이 더 빠를까…… 뭐, 아무래도 상관없지만.

우리는 교무실에 얼굴을 내밀어보았다. 하지만, 교무실에는 아무도 없었다. 문이 열려있다는 것은 한 사람 정도는 출근했다는 것일 터인데.

"스기우라가 있다고 들었는데, 어디 갔지~?"

"스기우라라면, 교감이었던 스기우라 선생님? 토미 씨도 아는구나."

"우리 때에는 담임에 영어 교사였으니까 말이지. 잘 생각해 보니 내가 아는 교사는 이제 스기우라 밖에 안 남았을 거다."

나는 5년 전까지 중학생이었지만, 토미 씨는 13년 전이었으니 당연한가.

"이럴 때에는, 거기 있는 게 아닐까?"

토미 씨는 짐작 가는 곳이 있는 모양이었다. 그대로 시청각실로 향하더니, 주눅 드는 기색도 없이 당당하게 문을 열었다.

"안녕하심까. 어이, 스기우라 여기 있지?"

예전 불량배의 모습이 살짝 엿보인 언동은 일단 제쳐두고, 우리는 그곳에서 힘없이 의자에 걸터앉은 교감선생님을 발견할 수 있었다.

"……뭐냐? 놀란다……. 갑자기 문을 여는 것은 안 좋지 않겠냐?"

교감선생님은 기본적으로는 졸린 것 같은 표정이면서도 약간 놀란 것처럼 눈을 크고 있었다. 내가 기억하고 있는 모습보다 팔자 주름이나 하얀 머리가 짙어진 것 같았지만, 무기력해 보이는 분위기나 어조는 여전했다.

50대 후반이라는 나이를 생각하면, 젊어 보이는 편이라고 생각했다.

"우와. 하나도 안 변했는데! 스기우라! 나야, 나! 졸업생인

도요토미 마사키요!"

"……아, 알았다. 알았으니까…… 등은 그만 두드려라!"

토미 씨는 반가운 나머지, 교감선생님의 등을 퍽퍽 두드렸다. 불량배가 중년 샐러리맨에게 시비를 걸고 있다고 오해를 받아도 어쩔 수 없을 것 같다.

커튼을 완전히 닫은 방. 프로젝터에서 뿜어 나오는 빛. 스크린에 비친 서양 영화의 일시 정지된 장면…… 아무래도, 영화감상을 하고 있던 것 같았다. 전후좌우에 갖춰진 음향설비는 쓸데없이 빵빵했고, 목조건물 안에서 유일하게 방음사양이었으니, 충분히 납득이 되었다.

"스기우라는 땡땡이 상습범이야. 수업하는 게 귀찮다면서, 자기가 보고 싶은 영화의 자막판을 학생들에게 보여줬다니까."

"……다른 사람이 들으면 오해할 소리 하지마라. 특별수업의 일환이었던 게 당연하잖냐……."

"갑자기 비틀즈에 대해 이야기하기 시작해서, 수업시간을 통째로 까먹은 적도 있었지?"

"……그것도 특별수업이다. 그들의 위대한 음악은 최고라고."

교감선생님은 조용하고 허물없이 대하기 어렵다는 인상이었는데, 이렇게 재미있는 사람이었던 건가. 지도의 일선에서 물러난 지금도 사람들의 눈을 피해 여기서 영화나 음악을 즐기고 있던 것이리라.

교감선생님에게 다비중학교는 조용한 비밀기지 같은 분위기였는지도 모른다.

"……하지만, 슬슬 방 정리를 시작하지 않으면 안 되겠지. 건물을 허물기로 정해졌으니까."

"이 학교, 3월에 폐교된다면서? 스기우라는 어쩔 거야?"

"……음. 은퇴할 예정이다……. 큰 학교는 학생도 많은데다가, 보호자에 선생들도 시끄러워서 이런 식으로 나 좋을 대로 행동할 수 없으니까 말이지……."

"진짜?! 뭐, 의욕이 없는 스기우라답긴 하지만!"

"……의욕만으로 급여가 올라가는 시대가 아니니까 말이지……. 좋아하는 일을 하다가 『즐거웠다……』라고 생각하면서 웃으면서 죽을 수 있는 인생을 보내고 싶다……."

웃으면서 죽을 수 있는 인생……인가. 내게는 도저히 불가능하리라. 나의 임종 때의 주마등은 꾀죄죄한 후회와 좌절로 점철될 것이 분명했다.

운이 나빠서, 설령 살아남는다고 해도 그것은 바꿀 수 없는 운명이야.

"……너는……."

토미 씨와의 대화가 일단락되자마자, 교감 선생님은 내 쪽으로 시선을 향했다. 딱히 이야기를 나눈 적도 없는 사이였으니 내 이름을 알지 못할 가능성도 있었다.

"아, 전 5년 전에 졸업한……."

"……안다. 마츠모토 슈…… 맞지……?"

"절 아시는 건가요? 딱히 얘기를 나눈 적도 없는데."

자리에서 일어난 교감선생님은 창문의 커튼을 완전히 걷고는, 쏟아져 들어오는 햇살에 눈썹을 찌푸리며 책상 위에 놓인 머그컵의 커피를 머금었다.

그리고 뭔가를 기억해내려는 듯이 바깥을 바라보며 조용히 한숨을 쉬었다.

"……5년 전, **너희**는 유명인이었으니까 말이다……. 교내는 말할 것도 없고, 하루사키 시의 젊은이들 중에도 너희에게 열광하던 사람도 많았잖니……."

그래, 그래서인가.

"……나도 멀리서 보고 있었다. 오로지 비틀즈만을 사랑했던 내가 시간을 잊고 열심히 들었지……. 너희는 체육관에서 운동장으로 내려오는 계단에서 곡을 연주했었지……."

그렇게 말하면서 교감 선생님은 시청각실의 비상문을 열었다. 운동장으로 피난할 때 외에는 개방엄금인 문이 열린 순간, 바람을 타고 노랫소리가 흘러 들어왔다.

"현역 대학생 싱어송 라이터……라. 꽤나 먼 곳까지 가버렸다고 생각했는데……. 너희는, 다시 해후할 운명에서 벗어날 수 없는 것인지도 모르지……."

어쿠스틱 기타의 선율에 맑고 낭랑한 노랫소리. 성량은 다소 억제를 한 것 같았지만, 그래도 시원시원하고 힘찬 음색은 내 의지를 비틀어버렸다.

만나고 싶지 않아. 듣고 싶지 않아. 관계를 끊어버렸을 텐데…… 좀이 쑤셨다.

몸이 멋대로 음색이 들리는 쪽으로 움직이고 말았다.

건물 밖으로 뛰어나온 나는 건물 바로 옆의, 건물을 따라 나 있는 좁은 통로를 질주했다. 화단이나 식물재배용 용기에 발이 걸려서 비틀거리면서도 체육관 근처의 계단으로 달려갔다.

그리고…… 만났다.

가을바람에 흔들리는 부드러운 머리카락은 날씬하고 호리호리한 뒷모습을 매력적으로 만들어 주었다. 비통함과 반항을 응축한 것 같은 지기 싫어하는 눈동자, 기타가 잘 어울리는 다리를 포개고 있는 모습, 기타 줄을 튕기는 가느다란 손가락, 노랫소리를 전해주는 분홍색의 입술에 나는 완전히 시선을 빼앗겼다.

계단 중간에 앉은 그녀가 부르던 것은 싫어도 들은 기억이 있는 노래였다.

당연한 일이었다. **내가 이 장소에서 만들고, 그녀가 불러주었던 노래**였으니까.

천천히 뒤를 돌아본 그녀는 계단 꼭대기에 서 있던 내게 당혹스러운 시선을 보내왔다.

"슈……?"

"사야네……."

5년 만에 재회한 그녀의 이름은…… 키리야마 사야네. 내 본가에서 걸어서 5분 거리에 있는 집에 살던 소꿉친구이며, 중학교 때까지의 동급생이었다.

재회는 뜻밖이었다. 물론 환영하는 분위기는 조금도 없이, 극도의 거북함과 불온함에 감싸여 있었다. 도망치면 좋았을 것을. 도망치는 것은 특기였을 텐데.

왜, 나는 여기에 와 버린 것일까.

지금의 그녀는 싱어송 라이터. 내 옆에 있던 키리야마 사야네는 이미 존재하지 않는다는 것을 알고 있을 터였다. 스스로의 행동이 이해가 되질 않았다.

"왜 네가 이런 곳에 있는 거야……?"

성가시다는 듯이 사야네가 그렇게 물어왔다.

"대학을 그만뒀어……. 그래서 지금은 본가에 있어……."

"왜 그만뒀는데?"

"그냥…… 목표도 없고, 학교를 다니는 의미도 찾을 수 없게 돼서…… 관뒀어."

"……하아. 여전하구나. 앞뒤 생각 안하고 눈앞의 일을 일시모면하기 위해 편한 쪽으로 도망쳤더니, 어느샌가 밑바닥까지 추락해있었다는 거겠지. 아니라면 확실하게 반론해 봐."

나는 이를 악물었다. 하지만 되받아칠 수가 없었다. 그녀의 신랄한 말은 모두 정론이었다.

"시시해……. 정말로 무의미하고 알맹이가 없는 인생이구나."

무겁고 울적한 한숨이 비수가 되어 나를 날카롭게 찔러댔다.

자리에서 일어난 사야네는 진심으로 환멸을 느낀 것 같은 시선을 감추지 않고 내 옆을 지나쳤다. 나의 꾀죄죄한 꼴을 알아차린 사야네는 증오에 불타는 눈을 한층 더 날카롭게 치떴다.

"계속 도망치기만 하는 쓰레기 같은 남자를 좋아해, 나는."

……그리고 그렇게, 신랄한 야유로 나를 후려치고는 사라졌다.

제1장 중학교 시절의 체육복을 잠옷으로 입는 여자

다음 날. 쾌청한 가을하늘이 상쾌한 일요일이었건만, 나는 근처의 공민관에 와 있었다.

손발이 작게 떨릴 정도로 쌀쌀했다……. 그것도 그럴 터였다. 시간은 이른 오전인 아침 7시. 야행성 니트에게는 슬슬 잘 시간이라고 해도 과언이 아니었다.

"졸리고…… 추워. 왜 자전거로 오라는 거야……."

공민관의 직원도 아직 출근하지 않았기 때문에, 잠긴 출입문 앞의 낮은 계단에 걸터앉아 상대를 기다렸다.

왠인지 "자전거로 와라."라고 지정했기 때문에 중학교 때 쓰던 통학용 자전거를 끌고나왔지만 말이야. 바보지? 그 사람. 정말로 옛날이랑 똑같다니까.

어젯밤, 스마트폰의 착신을 계속 무시했더니 집전화로까지 걸어오는 집념에 졌다고.

그렇게 중얼중얼 불평을 하고 있으려니.

"오! 정말로 올 줄은 몰랐다!"

우와! 촌스러워!

크게 구부러진 사마귀 앞다리 모양의 핸들에 프레임에 열 개 이상은 붙여진 빨간 반사판, 뒷바퀴에 달린 후부시트 동승자용 허브스텝…… 초등학생일 때에는 멋지게 보였던 것들이 지금은 엄청 촌스러워서 정말 웃겼다.

깡촌 불량배 사양의 자전거에 안짱다리로 올라탄 토미 씨가 눈앞에 도착했다.

"아니…… 토미 씨가 끈질기게 꼬셨으니까."

"뭐, 거절해도 집에 쳐들어갔겠지만! 그건 그렇고, 너, 다비중 체육복이라니!"

"토미 씨가 『더러워져도 괜찮을 법한, 움직이기 쉬운 복장』이라고 했잖아! 운동부랑은 인연이 없어서, 중학교 때 체육복밖에 못 찾았다고!"

변함없이 성격이 안 좋다니까……. 토미 씨라면 집까지 쳐들어올 것이라는 사실을 알아차렸기 때문에 마지못해 나온 건데.

춥다, 졸리다, 라는 감정 외에 내가 「지루하다」라고 생각하는 이유는 그 외에 또 있었다.

토미 씨가 어깨에 멘 것은…… 낚싯대를 넣은 로드케이스였다. 주머니가 많은 본격적인 베스트를 입고 방수바지에 두꺼운 장화, 아저씨 느낌이 나는 모자에 선글라스를 걸친 본격적인 낚시 장비는 굉장했다. 내가 입은 중학교 때 체육복은 엄청나게 값싸고 우스꽝스럽게 보였다.

"낚시하러 가자."

아아…… 이 사람은 진짜로 바보다.

나는 말없이 내 자전거에 올라 매끄럽게 페달을 밟기 시작했다.

"야야야야야. 도망치지 마."

그러나 덧없이 포획당했다. 평소부터 육체노동을 하는 토미 씨에게 자전거의 속도로 이길 수 있을 리 없어서 속공으로 바로 따라잡혔다!

"농담 마! 왜 다 큰 성인남자 둘이 자전거로 고향을 폭주해야만 하는 거냐고! 최악의 경우, 낚시하러 간다고 해도 토미 씨의 차로 가도 충분하잖아."

"아하하. 자동차 같은 건 사도(邪道)인 게 당연하잖냐. 옛날에는 자전거 이동이 예사였잖아?"

웃을 일이 아니야. 이제 어린아이 특유의 무한한 체력은 없다고. 적어도 내게는.

"나랑 너랑 사야네, 셋이서 자전거 폭주족이라고 했던 거 잊은 거냐?"

그런 과거는 지금 당장 말소해버리고 싶어.

"맨손캠핑과 이 동네에서의 낚시. 어느 쪽이 좋냐?"

"……낚시로."

"그렇지! 너라면 그렇게 말할 줄 알았어!"

댐을 따라 만들어진 산길(약 20킬로미터)을 열심히 자전거로 올라가, 아무 도구도 없이 노숙을 하는 맨손캠핑. 지금 했다가는 죽을 게 뻔했다. 또 당시에도 사야네가 폭발했던 것이 기억났다.

스키장 근처의 개인상점에서 먹을거리를 얻어서 겨우 난을 피했었지…….

"……난 낚시도구 없는데."

"실이랑 바늘, 미끼는 빌려줄 테니까, 니들 장대는 나뭇가지나 그런 걸로 알아서 현지 조달해."

조달해, 가 아니야. 혼자서만 본격적인 장비를 챙겨오지 말라고. 나와 사야네는 늘 그렇게 어이없어 하면서도 토미 씨에게 휘둘렸…… 응?

뭔가 지금, 복수형이었던 것 같기도 하고. 이상한 진땀이…… 피부에서 배어나왔다.

"연락을 무시해서 이제부터는 사야네를 강제연행 하러 가야 해."

집에 가고 싶어어어어어어어어어어어어어어어어어어어어어!!

"……바보지? 갈 리 없잖아. 그보다, 집에 오지 마. 자전거라니, 완전 바보라는 걸 인증하는 거잖아."

키리야마 가의 현관으로 돌격한 토미 씨. 그러나 명백히 자다 깬 사야네는 반쯤 뚜껑이 열린 상태였다. 그녀는 화장을 안 한 얼굴에 불쾌하다는 표정을 잔뜩 지으며 토미 씨를 아주 매몰차게 대했다. 하지만, 얼굴 가죽이 두꺼운 토미 씨는 기가 죽지 않았다.

의도한 바는 아니었으나 나도 사야네를 동정했다. 이 사람은 정말 바보라고 생각해.

"게다가, 슈랑 같이 간다니……."

토미 씨의 뒤에 서 있던 내게 보내는 곤란하다는 시선. 무의식중에 나도 시선을 돌려버렸다.

어제 일도 있고 하니, 당연히 거북하겠지……. 게다가, 나와 사야네는 아마도 똑같은 부끄러움을 맛보고 있을 것이 틀림없었다.

복장이…… 완전히 똑같았던 것이다.

젠장, 이 자식. 중학교 때 체육복을 잠옷으로 쓰지 마! 대부분의 옷은 다 도쿄에 두고 와서, 집에서 입고 있을 옷이 없다는 건 알겠지만 말이지! 한창 때의 아가씨이니까 파자마 같은 걸 입으라고!

촌티 나는 중학생이 두 명 있는 것 같잖아…….

"너 말이지. 중학교 올라갈 무렵부터 되게 퉁명스러웠다? 옛날에는『토미 오빠』라고 불렀으면서~."

"그, 그건 옛날이잖아……! 시시한 일을 들춰내지 마, 바보 키요!"

사야네가 토미 씨를 탁탁탁탁 때렸다.

"어쨌든 돌아가. 이제 어린애가 아니니까, 너희랑 같이 놀 이유는 없어."

사야네는 우리를 냉담하게 돌려보내려고 했다. 하지만, 토미 씨는 비장의 카드라는 것처럼 그녀에게 스마트폰 화면을 들이댔다. 뭔가 동영상을 재생하기 시작한 것 같았는데…….

『제 장래 꿈은 슈의 신부가 되는 것입니다. 슈랑 행복한 가정을 만들어서, 아이는 세 명 정도를 갖고 싶습니다!』

"잠…… 뭐야, 그게……?!"

여자애로 추정되는 어린 목소리가 흘러나온 순간, 미간에 무섭게 주름을 잡은 사야네가 토미 씨의 휴대전화를 낚아챘다. 그야말로 사냥꾼과도 같이 민첩한 동작이었다.

지금 그 동영상은…… 혹시 사야네가 어렸을 때?

"이봐이봐, 슈여. 사야네는 아이는 셋 정도를 갖고 싶단다……."

"아———! 아———! 아———! 닥쳐닥쳐……!"

사야네가 토미 씨의 농담을 필사적으로 덮어씌우고자 했다. 이렇게 흐트러진 모습을 팬에게 내보인 일은 절대로 없겠지…….

세간의 이미지는 『과묵한 천재 솔로 아티스트』였을 테니까.

"이런 동영상을 대체 어디서 얻은 거야……? 우리 부모님이 촬영한 건데!"

"미리 네 부모님에게서 데이터를 받아놨지. 어릴 때의 귀여~운 사야네의 동영상이나 사진은 아직 많이 있으니까 말이다. 네가 낚시를 가지 않는다면, 우리 집에서 슈랑 감상회를 열거다."

복도를 지나던 사야네의 어머니가 쓴웃음을 지으며 얼굴 앞에서 두 손을 맞대고 사과했다.

"10년도 더 전의 일이니까~ 괜찮잖니♪"

"전혀 안 괜찮아!!"

장난꾸러기 같은 어머니에게 사야카는 발끈 화를 냈다. 하지만, 결국 교활한 토미 씨 앞에 굴복하고 말았다.

"낚시! 갈게! 난 옛날부터 낚시를 엄청 좋아했으니까!"

그녀는 치욕에 몸을 떨면서 뺨을 발갛게 물들이고 있었다. 과거의 흑역사는 누구에게나 있고, 그것을 어른이 된 뒤에 돌이켜보면 부끄럽긴 하지.

동영상의 내용은 나와 엄청나게 관계가 있었지만, 미묘한 거리감이 존재하는 사야네와의 사이에는 안타까우면서도 살벌하다는 기묘한 공기가 감돌았다.

꽤나 잔인한 폭탄을 던졌군, 토미 씨…….

후배를 손 안에서 갖고 놀 수 있는 기술을 터득하고 있었기 때문에, 나도 사야네도 토미 씨에게는 차마 거역할 수가 없었다.

5분 만에 차림을 갖추고 나온 사야네는 창고에서 분홍색 세발자전거를 발굴했다. 내 기억이 옳다면, 할머니에게서 물려받은 물건일 터.

그것보다, 다비중 체육복은 그대로 입고 가는 건가요? 저랑 복장이 똑같은데요.

“우와. 그 할머니스러운 자전거, 되게 반가운데!”

“시끄러. 닥쳐. 할머니의 자전거는 이 다비나가와에서 가장 빠르다고.”

“왠지 너의 그 가시 돋친 엄격한 어조도 반갑다…….”

“역겨워. 고향의 수치.”

토미 씨의 놀리는 말을 성가시다는 듯이 흘려버리면서 사야네는 뒷바퀴 위에 설치된 바구니에 수건이나 마실 것들을 실었다.

넌 왜 돌아온 거냐? 왜 순조롭던 가수활동을 중지한 거야?

토미 씨는 그런 핵심은 일절 건드리지 않았다. 어디까지나 옛날처럼, 있는 그대로의 모습으로 접하고 있는 것처럼 보였다. 모든 일을 깊게 생각하지 않는 것인지, 아니면 단순한 바보인 것인지.

성가시고 막무가내인 구석도 있지만……. 나도 그렇지만, 토미 씨에게 구원을 받는 부분은 분명히 있었다.

“자. 멍하니 있지 마. 얼른 가자.”

어느샌가 사야네는 선두에 자리를 잡고 리더인 척을 했다. 그것이 그저 즐겁기만 했던 옛날의 모습과 겹쳐져 나는 무의식중에 미소를 지었다. 딱히 대화를 나눈 것도 아니었는데.

돌아갈 수 없는 과거의 시간. 이 순간이 그때의 모조품이라 할지라도, 비록 며칠 만에 끝나버릴 꿈이라 할지라도 몸을 맡겨보자.

흘러가는 대로 살면서 괴로운 일에서는 도망치고 싶었다. 그 편이, 더 편했으니까.

오전 7시 20분. 우리는 자전거를 타고 사야네의 집을 출발했다.

******

어린아이일 때에는 행동력이 넘치는 나머지, 자전거가 있으면 일본열도의 어디에든 갈 수 있을 것 같은 기분이 들었다. 그러나 지금은 옛날 읍내 안을 가볍게 주행하는 것만으로도 심장이 터질 것 같았고, 숨이 찼다……. 내일 이후 찾아올 근육통을 생각하면 우울해서 미칠 것 같았다.

이 지역 중학생 같은 차림을 한 녀석들이 한 일자로 입을 다물고 수면을 바라보고 있었다.

토미 씨가 낚시 장소로 고른 곳은 자전거로 10분 정도 걸리는 장소에 있는 연못……이라고는 부를 수 없는 수심 1미터 정도의 수로였다. 논두렁길이나 작은 시내에서 유수가 모여들어 논의 구석에 고인 것이었다. 탁한 수면에는 마른 잎이나 나뭇가지가 둥둥 떠 있었고, 투명도는 없는 것이나 마찬가지였다.

옛날에는 토미 씨가 버들치를 잡던, 남들은 아직 모르는 좋은 낚시터였는데…… 오늘은 그런 여유도 없었다.

나는 주운 가지로 만든 낚싯대를 한 손에 들고, 무표정을 유지하며 물고기를 기다렸다.

옆에는 마찬가지로 직접 만든 낚싯대로 물고기를 기다리는 무뚝뚝한 얼굴의 사야네가 있었다.

내 심경은 곤혹스러움과 의문으로 가득 차 있었다. 물고기 따위는 안중에도 없었고, 끝없는 정적에 싸인 이 분위기와 싸우지 않을 수 없었다. 있을 수가 없잖아, 이런 상황은.

왜! 토미 씨가 없는 것인가!

방금 전까지는 토미 씨를 중계지로 삼아 대화를 했다. 우리 둘만의 대화는 한 번도 없었다.

셋이서 자전거로 달릴 때에도 나는 공기저항을 피하는 주자처럼 토미 씨의 뒤에 딱 숨어 있었고 말이지.

토미 씨는 갑자기 미끼로 쓸 벌레를 잡아올 테니 그때까지 힘내라~ 라고 말을 꺼내는가 싶더니, 사라져 버렸다. 벌레 따위, 미끼용 용기에서 잔뜩 꿈틀거리고 있건만…….

한 방 먹었어. 한 방 먹었다고, 그 자식. 여덟 살이나 연상이었지만, 그 자식.

……………………….

………….

이 초토화된 거북한 공기.

고작 1분이 한 시간처럼 느껴졌다. 시간의 흐름이 느렸다. 벌레의 합창소리나 개울이 졸졸 흐르는 소리가 이상하리만큼 크다고 착각할 정도였다.

우리는 절묘한 거리를 두고 서 있었다. 서로 양팔을 펼쳐도 손가락 끝이 닫지 않을 정도로. 이것이 우리 두 사람 사이에 생긴 균열의 심연이자 마음의 거리라고, 나는 내 마음대로 해석했다.

서로 손을 뻗어도 닿지 않는다면, 한쪽이 다가서는 수밖에 없었다. 하지만, 멀어진다는 선택을 하는 편이 다치지 않을 수 있었다.

도망치는 것은 간단했다. 그것은 고뇌에서 일시적으로 해방되는 마약과도 같은 것이었다. 쾌락은 이윽고 버릇이 되고, 계속 도망만 치고 있으면 모든 것을 잃게 된다. 지금의 나처럼.

누군가, 이 분위기를, 바꿔 줘. 내게는, 그럴 용기가 없어.

"민중은 갈망하니. 나, 신을 바라는 자의 앞에 내려앉으리. 리제, 어리석은 인류의 구세주가 되리라."

그 교착상태를 산산이 부숴버린 것은…… 화려한 고스로리풍 옷을 걸친 외국인 소녀였다.

나와 사야네는 동시에 뒤를 돌아보았다. 드넓은 논의 풍경에 어울리지 않는 서양 소녀가 낚싯대를 검이나 뭐 그런 것에 비유하며 자신의 눈앞으로 들어올렸다.

머, 멋지다…… 가 아니라, 이런 시골에 이런 소녀가 있었던가? 기억에 없는데.

"그 낚싯대…… 방금 전까지 바보 키요가 쓰던 거지?"

사야네가 소녀에게 물었다. 그 말을 듣고 보니, 분명히 토미씨가 가지고 있던 낚싯대와 똑같은 것이었다. 이유는 알 수 없었지만, 본격적인 스피닝 릴까지 장착돼 있는데.

"이 검은 싸움을 종결시킬 정의의 힘이다."

"단순한 낚싯대로밖에 안 보이는데요.

"낚싯대라 해도, 신비한 저주의 힘을 방출할 수 있다!"

소녀는 내 태클을 기묘한 말투로 받아 흘렸다. 그리고, 타박타박 뒤쪽으로 물러나 인사 대신이라고 말하는 것처럼 낚싯대를 수직으로 흔들었다. 아마도 캐스팅[#1]을 하는 것이리라.

이런 물웅덩이 같은 수로에서 캐스팅을 하는 이유는…… 솔

#1 캐스팅 낚싯바늘을 떨어뜨려 물속에 잠기게 한 뒤 흔들어, 작은 물고기의 움직임처럼 보이기 위한 낚시질.

직히 알 수 없었다. 아마도 시각적인 부분을 중시하는 것이리라. 아름다운 곡선을 그린 미끼가 수면에 뛰어들고, 조용히 가라앉았다.

그리고 불과 5초 뒤…….

"영차!"

소녀가 기합과 함께 낚싯대를 번쩍 올리자 그 순간, 바늘을 문 물고기가 허공을 날았다!

이 소녀! 엄청 간단하게 물고기를 낚았다. 이 땅에서 나고 자란 나와 사야네도 양동이는 텅 비었는데, 타향 사람인 것 같은 소녀가…… 버들치를 잡은 것이다.

나와 사야네는 기가 막혀서 입을 다물지 못했다. 그런 우리에게 과시라도 하듯이, 소녀는 버들치를 다시 물웅덩이에 놔주었다. 상냥하구나.

소녀는 작은 가슴 앞에서 성호를 긋고 말했다.

"리제랑 노는 거야!"

뽀얗고 천진난만한 얼굴이나 작은 키로 보건대, 초등학교 3~4학년 정도일까.

"리제라는 이름인 거야? 리제……? 어디선가 들어본 것 같은데……."

나는 기억의 바다를 더듬어보았고, 그리고 어떠한 결론에 도달했다.

토미 씨의 낚싯대를 갖고 있는 것도, 외국인 소녀가 이런 시골구석에 있는 것도, 절묘한 타이밍에 나타난 것도 모두 설명할 수 있는 결론.

"혹시, 토미 씨의 딸인가!"

"뭐……?!"

나는 놀란 것 같은 사야네과 시선을 교환했다.

"토미 씨 부인인 에미 누나는 영국인이니까, 애는 혼혈이지. 아기일 때 안아본 뒤로 못 봤으니까 꽤 컸겠지만."

"그때는 나도 안아봤던 것 같아. 분명히 7년 전 즈음이었던 것 같은데……. 리제라는 이름이었다는 건 기억해."

"맞아. 에미 누나네 집에 가서 리제랑 같이 놀곤 했지."

사야네도 기억하고 있는 것 같으니, 이 소녀가 토미 씨의 딸이라는 것은 확정되었다.

"토미 씨에게 뭔가 지시를 받은 거지?"

"평민에게는 아무 말도 듣지 못했다. 리제는, 동료를 찾아 광야를 방랑하는 고고한 존재. 혁명을 가져오는 구세주로서 수행의 여행을 하고 있는 것이다."

스리슬쩍 평민 취급을 받은 토미 씨. 아니, 평민인 건 맞지만, 보통은 아빠라고 하지 않나?

"혹시, 학교에 친구가 없는 거야?"

"친구 따윈 만들지 않는다. 약해질 뿐이니 말이지."

리제는 조용하고 한가한 논을 바라보며 생각에 잠겨 멍하니 서 있었다. 그러니까 요컨대, 『친구가 없어 한가해서 돌아다니고 있다』라는 인식이면 되려나.

그 부부, 대체 애를 어떻게 키우고 있는 거야……. 이런 묘한 애로 자라다니…….

그러나 리제의 등장으로 꽤 도움을 받은 점도 있었다.

팽팽했던 긴장감이 다소 풀리고, 분위기가 아주 약간이지만 따뜻해진 것 같은 기분이 들었다. 그래봤자 영하 20도가 영하 10도가 되었다, 정도의 실감이었지만.

일단, 우리는 리제를 더해서 낚시를 재개했다. 그러나…….

"……뭐 하는 거야?"

"……무슨 문제 있어?"

"……아니, 딱히 상관은 없지만."

사야네가 리제를 놓아주질 않았다. 리제를 자신의 무릎에 앉히고는 끌어안듯이 한 채 낚시를 하고 있었다.

"리제는 나랑 같이 있는 게 좋지~?"

"음. 매혹적인 냄새가 나서 무척 기분이 좋다. 평민은 아저씨 냄새가 나지만, 사야네는 무척 좋은 냄새라고 인정해주마. 조종당하는 광대처럼 끌어안고 밑에서 쳐올리고 싶은 여자로군."

"우와~ 무슨 말을 하는지 전혀 모르겠지만 귀여워~♪ 집에 가져가고 싶어~♪"

사야네가 황홀해하는 눈을 한 채 몸부림을 쳤다. 그 어울리지도 않는 간사한 목소리는 그만 둬. 이 녀석은 귀여운 소녀를 보면 이상하게 흥분을 해서 『로리야마』라는 별명이 붙은 적도 있었다.

"로리야마 씨의 로리콘적인 성향은 건재한 건가."

"뭐? 모성이라고 몇 번이나 얘기했잖아. 나중에 또 그런 말하면 맞을 줄 알아."

귀신같은 모습으로 살짝 화를 냈다…….

사야네를 그 이상 자극하지 않도록 나는 잠자코 낚시에 집중했다. 그러고 있으려니 옆에서 작은 비명이 들려왔다.

"읏, 우으으…… 꺅…… 아아아아……."

사야네가 무수히 꿈틀거리는 미끼를 앞에 두고 새파랗게 질린 얼굴을 하고 있었다.

벌레를 만지지 못하는 이 녀석은 미끼를 바늘에 끼우지 못했다. 미끼를 끼워주는 담당인 토미 씨도 없으니, 어떻게 해야 좋을지 모르겠다는 모습으로 허둥대고 있는 것이었다.

"으이~."

내가 미끼인 벌레를 장난삼아 가까이 들이대자.

"꺄아아아아~! 이쪽으로 오지 마! 바보! 하지 마! 죽여버릴 거야!"

눈가에 눈물을 매단 사야네가 통렬하게 손바닥으로 복부를 후려쳤다.

"윽……?!"

아침식사가 위에서 다시 올라오는 줄 알았다…….

사야네는 사람을 상대로는 강한 태도를 취했지만, 사나운 개나 작은 벌레는 무서워했다. 대부분 「어릴 때 무서워했으니까」라는 단순명쾌한 이유였다.

쓸데없는 오지랖이라고 생각하며, 나는 내 배낭을 열어 생선살소시지를 꺼내 내밀었다.

"……쓸래?"

사야네의 집으로 향하던 도중에 들른 상점에서 산 생선살 소시지. 사야네는 벌레를 만지지 못할 것이라고 생각하고 미리 사두었던 것이다.

"……어쩔 수 없으니까, 빌릴게."

입만큼은 여전히 엄청나게 거만했습니다만.

가까이 다가온 사야네가 약간 사양하는 기색으로 소시지를 받아들더니, 낚싯바늘에 소시지 조각을 달아 낚시를 재개했다. 이미 몇 마리인가 낚은 리제는 배가 고팠는지 "음음. 우물 우물. 배가 고파서는 성전을 치를 수 없다."라며, 남은 소시지를 먹고 있었다.

"……너 말이지. 물고기 낚아본 적 없지?"

"……너도 그렇잖아. 지렁이도 못 만지면서."

왠지 도발을 하기에 나는 그에 응수했다.

분명히, 늘 물고기를 낚는 것은 토미 씨뿐이었지만.

"소시지로는 물고기가 낚이지 않았을 뿐이야."

아, 변명을 늘어놓았습니다.

"그럼, 벌레를 미끼로 쓰면 되겠네."

"시끄러. 말 걸지 마."

사야네가 차갑게 화를 냈다.

그렇게 조금씩 어색하게 대화를 나누고 있으려니…….

"엇. 왔다."

내 낚싯대를 가볍게 찌르는 미미한 감촉이 느껴졌다. 낚싯대

끄트머리를 들자 작은 버들치를 낚을 수 있었다. 나는 의기양양한 얼굴로 사야네 쪽으로 시선을 움직였다. 그랬더니, 그녀는 분하다는 듯이 입술을 깨물고 있는 것이 아니겠습니까.

그러고 보니, 사야네는 옛날부터 지기 싫어하는 성격이었다. 내게 무언의 대항심을 강하게 드러냈다.

"리제. 살짝 진심을 다할 테니까, 미안해."

사야네가 무릎 위에 앉힌 리제를 옆으로 내려놓고, 몸을 앞으로 내밀면서 물고기가 숨어있을 것 같은 안쪽으로 바늘을 던졌다. 앞으로 내디딘 발은 이미 발부리가 땅을 벗어나 허공에 떠 있는 상태였다.

이 작은 수로는 폭이 2미터도 안 되었다. 수면 근처의 가장자리에는 잡초들이 축축하게 젖어 있었다. 그런 곳에 어설프게 발을 딛고 서 있으면…….

"사야네. 좀 더 뒤로 물러나……."

나는 친절한 마음에서 그렇게 충고를 하려고 했다. 그 순간!

사야네가 질척거리는 지면에 발이 미끄러져 걱정했던 대로 균형을 잃었다. 조건반사. 나는 재빨리 그 몸을 떠받치려고 했다. 그러나.

————!!

일냈다……. 둘이서 사이좋게 물이 탁한 수로에 빠지고 말았다.

물보라가 불꽃놀이보다도 호쾌하게 치솟았다. 우리는 허리까지 물에 담근 채, 멍하니 서 있는 수밖에 없었다.

"……최악이네."

"…………내가 할 말이다."

수심이 깊지 않다는 것은 잘 알았지만, 두 사람 모두 더러운 물에 잠기는 것는 피할 수 없었다. 다비중 체육복이라서 다행이었다. 만약 비싼 옷이나 구두였다면 좌절감에 다시 일어설 수 없었을지도 몰랐다.

스마트폰은 방수가 되니까 가까스로 무사했지만 말이지……. 서로의 머리카락이나 얼굴에는 마른 풀이 달라붙어 있었고, 전신에서는 흙냄새가 났다…….

"리제…… 손을 빌려주면 고맙겠는데."

"거절한다. 더러워."

너무해. 초등학생조차도 우리를 못 본 체했다.

"후후……."

문득, 사야네가 입을 가리면서 웃음을 터뜨렸다.

"왜, 왜 그래?"

"아니…… 아무 것도 아니야. 왠지 좀 그립다고…… 생각한 것뿐이야."

사야네는 바로 시선을 돌리고는 마음이 불편하다는 듯이 뭍으로 올라갔다.

나도…… 같은 생각을 하고 있었다. 매일 즐겁게 지내던 무렵의 기시감이 느껴진다 싶더니, 현재의 허무함과 상실감이 한층 더 괴로웠다. 서로, 5년 전과는 모든 것이 달랐다.

물을 잔뜩 머금은 다비중 체육복 차림의 우리는 물방울을

뚝뚝 떨어뜨리며 뭍으로 기어 올라갔다. 그러나.

"우왓. 두 사람 다 엄청 더러운데! 수영대회라도 한 거냐?"

우리를 기다리던 것은 깊은 분노를 유발하는 웃음소리였다. 우리를 바보취급하면서 돌아온 토미 씨에게 묘한 살의를 느낀 것은 나만이 아니겠지!

"……추워. 이대로는 감기에 걸릴 것 같아."

사야네가 몸을 가늘게 떨었다. 이 계절에 물에 홀딱 젖는 일은 나도 춥게 느껴질 정도였다.

"옷을 짜면 좀 괜찮을 거야. 수건이 있으니까 몸도 닦고 오면 되잖아?"

"이 상태로 일단 집으로 돌아간다는 건, 스스로 사람들 앞에서 창피를 당하러 나서는 것에 가깝겠지."

"이 근처는 추수도 다 끝나서 아무도 없으니까. 둑의 안 보이는 곳에라도 갔다오면 되잖아? 어차피 새라든가 개, 고양이밖에 안 본다고!"

"그런 문제가 아니야. 야외에서 옷을 벗는다니…… 진짜, 시골뜨기는 이래서 싫다니까."

괜찮잖아? 라고 아무렇지도 않게 내뱉는 토미 씨의 뻔뻔스러움은 그야말로 본받고 싶은 수준이었다. 어린애가 상대라면 또 몰라도, 열아홉 살의 여성을 상대로 그런 말을 할 수 있다는 것이 또 대단했다.

홀딱 젖은 체육복 차림의 여자가 세발자전거로 이 지역을 폭주……. 이웃에 소문이 쫙 퍼질 것 같은 창피를 당하는 것이 싫어, 사야네는 어쩔 수 없이 체념하고 둑의 그늘 쪽으로 복장을 정리하러 갔다.

수로 앞에는 나와 토미 씨, 리제가 남겨졌다.

"리제! 어느 쪽이 더 많이 낚는지 부녀대결을 하자!"

"분수를 알아라, 평민. 온갖 약탈을 범한 인류에게 구세주의 심판을 내려주마."

"평민, 이 아니라 아빠, 잖아? 자, 아빠라고 불러보렴."

"너는 다중인격자다."

"대체 어디서부터 잘못 키운 걸까……."

부녀가 사이좋게(?) 낚시를 하는 뒤에서 나는 착실하게 체육복 웃옷의 물기를 짰다. 둑 건너편에서는 나와 마찬가지로 사야네가 체육복을 벗고 있을 터였다.

사람의 왕래가 거의 없다고는 하나, 야외에서 속옷차림이 되어 젖은 몸을 열심히 닦는다……. 그런 외설스러운 광경을 망상하는 점이 '아직 건전한 남자로구나.' 하는 생각이 들었다.

어쩌면, 속옷 안에도 손을 찔러 넣고 엉겨 붙는 땀이나 수분을 여기저기 매만지듯이…….

"헷헷헤. 이상한 생각 하덜 말어~."

토미 씨가 실실 웃으면 농담처럼 말했다. 당신도 분명히 상상했잖아.

"그건 그렇고, 사야네와는 좀 이야기를 할 수 있게 되었구나."

"아……."

토미 씨의 지적을 받고서야 나는 겨우 자각을 했다. 토미 씨가 없는 사이, 서투르긴 하지만 대화는 할 수 있었다. 정말로 어색했고, 그 거리감은 여전히 멀었지만.

"내가 사이에 있으면, 너희는 아무리 해도 내게 기댈 거 아냐. 그렇다고 해도 일대 일로 직접 소통하게 하는 건 너무 불쌍하니까, 리제를 이용해서 둘 사이를 휘저어주자, 라고 한 거지."

"쓸데없는…… 참견이야."

"그러냐. 그거 미안하다."

다 꿰뚫어보고 있는 것일까. 토미 씨는 경쾌한 미소를 지어 보였다. 나는 발밑에 시선을 떨어뜨리고, 어떻게 대처를 해야 좋을지 모를 어중간한 감정을 눌러 죽였다.

토미 씨는 기적이라도 믿는 것일까. 나와 사야네가 과거의 관계로 돌아가는 일 따위, 있을 수 있을 리가 없는데. 보기 흉하게 도망친 쓰레기를 그 녀석이 용서할 리 없으니까.

몇 분 뒤. 뚱하니 얼굴에 불쾌감을 있는 그대로 드러낸 사야네가 되돌아왔다. 약간은 물기가 남아 있었지만, 시간이 지나면서 점점 마를 것이다.

"사야네. 슈가 야한 상상을 하고 있었어."

"……최악이야."

사야네가 뺨을 실룩거렸다. 그런 사야네의 말을 강하게 부정할 수 없는 자신이 한심했다.

그렇다기보다, 토미 씨. 옆에서 쓸데없이 헤살 좀 넣지 말아줘. 가뜩이나 밑바닥 하류인생처럼 싫어하는데, 변태 이미지까지 덧붙는다면 손을 쓸 도리가 없어진다고.

그 뒤, 우리는 정오 조금 지나서까지 조촐한 낚시를 이어갔다. 토미 씨와 리제만이 대어였던 것은 말할 필요도 없었다.

******

"좋았어! 2루다!"

화창하게 갠 오후의 하늘에 바보처럼 기운찬 외침이 울려 퍼졌다. 공원의 범주에 집어넣기에는 놀이기구가 없었고, 빈터라고 하기에도 주제넘을 정도로 변변치 않은 곳에서.

시가 관리하는 빨간 기와의 창고건물을 백네트 삼아 잡초와 자갈투성이인 황량한 땅을 달려 나간 토미 씨가 승리 포즈를 취했다.

이상하잖아, 이건. 낚시를 끝냈으면, 바로 집으로 돌아가는 것이 보통 아닌가?

베이스 대신 납작한 돌을 주워 야구의 다이아몬드 형태를 흉내 내어 배치한 것일 뿐이었다. 2루타를 차게 된 토미 씨는 베이스를 대신하는 돌에 한쪽 발을 돌려놓고 있었다.

그 바로 뒤에는 채소를 재배하는 밭과 민가가 있었고…… 완만하게 흐르는 수로도 가로지르고 있었다.

악조건의 보고라 불러야 할 빈터에서…… 발야구를 하는 멍청이들이 있을까.

규칙은 야구와 함께 차이는 없지만, 수비팀이 축구공을 굴리고 공격팀이 공을 차서 진루하는 것이 바로 발야구였다. 공이 바닥에 닿지 않은 상태에서 상대편에게 잡히든가, 주자가 베이스를 밟기 전에 공에 닿으면 아웃…… 그런 것 따위는 아무래도 좋았다.

네 명 중 둘이 성인. 한 명은 올해 생일이 지나면 성인. 거기에 야구가 아니라 발야구라는 점이 초현실성에 한층 박차를 가했다.

“이곳은 과거…… 오를레앙이라 불리던 성지인 것이다.”

“옛날부터 시골의 황무지였어. 그리고 널 해외에 데려간 일이 없잖아?”

리제에게 이곳은 오를레앙으로 보이는 모양이었다. 해외에 가 본 적도 없으면서.

공격 팀의 키커는 나. 상대하는 투수는 사야네. 남자대 여자로 팀을 나눈 것은 언뜻 보기에는 힘이 좋은 남자가 유리할 것 같았지만…….

“어이, 슈. 있는 힘껏 차면 안 돼. 적당한 느낌으로 부탁한다.”

“아니…… 그거, 꽤 어려운 주문인데.”

2루의 돌 위에 선 토미 씨가 주문을 해왔지만, 냉정하게 생각하면 난이도가 높았다.

외야에 해당하는 장소에는 타인의 밭과 민가가 있었다. 수

비의 구멍을 절묘하게 찌르는 포텐히트나, 그라운드 볼로 내야안타를 노리는 것이 정석이었다.

때문에, 남자의 이점은 전무한 것이나 다름없었다.

"밭이나 민가에 공이 들어가면, 땅에 엎드려 머리를 조아리면서 사과하고 오는 거야."

사야네가 정신공격을 가해왔다. 이 녀석, 지는 걸 싫어해도 너무 싫어하잖아.

실제로 민가에 공이 들어갔을 때에는 집주인에게 사과를 하면서 공을 회수했던 일이 기억났다. 몰래 밭에 들어갔다가 고집 센 노인에게 불벼락을 맞은 적도 있었다.

그때는 어린애라서 어른들이 너그럽게 봐줬지만, 역시나 지금은 그러기 힘들겠지…….

암살자도 새파랗게 질릴 것 같은 눈빛을 한 사야네가 볼링의 요령으로 공을 굴렸다.

"이런?!"

돌멩이나 잡초로 울퉁불퉁한 지면 때문에 공이 불규칙한 코스를 연출했다. 내가 찬 킥은 공의 중심을 비껴 맞아, 공은 사야네에게로 힘없이 굴러갔다.

손쉽게 공을 잡은 사야네는 1루의 돌로 달리던 내 쪽으로 크게 점프.

한 순간의 주저함도 없이 내 등에 전력으로 점핑스로우를 때려 박았다!!

"……날아가버려."

"우아아……! 아야……!"

어린아이용의 부드러운 공이었지만, 등 전체가 마비되는 것 같을 정도의 절묘한 통증이 등을 덮쳤다.

"낚시할 때 보였던 그 우쭐대던 얼굴, 안 잊었거든."

사야네는 여왕님처럼 나를 내려다보며 그렇게 내뱉었다. 설마, 낚시할 때 득의양양한 얼굴을 해보였던 것이 분해서 복수를 하다니……. 변함없이 집념이 강한 여자였다.

되갚아주고 싶었지만, 평소의 운동부족이 빌미가 됐다. 자전거 이동과 낚시로 축적된 피로가 하반신에 무거운 추가 되어 계속 쌓여갔다.

"이봐이봐, 슈! 장난치지 말라고!"

장난치는 게 아니야……. 진지하게 해도 이런 꼴이라고.

"리제! 기다려! 아빠한테는 상냥하게 대해달라고! 앗!"

"평민인 네놈에게 선택지 따윈 없다. 성전은 머지않아 종말을 맞이하리라."

공이 가차 없이 토미 씨의 안면에 날아가 부딪쳤다. 웃고 싶은 마음은 굴뚝같았지만, 발야구의 전반전만으로도 이미 기진맥진한 상태였다……. 꼴사나워서 눈물이 나올 것 같았다.

시합은 빠른 페이스로 진행되었다. 해도 저물기 시작했으니 적당히 끝내고 집에 가고 싶은데.

키커인 사야네가 「진심으로 해라」라고 말하는 것 같은 압력을 가해왔다. 이 녀석은 놀이라고 생각하지 않았다. 나를 찌부러뜨리고 싶다, 절대로 지고 싶지 않다는 굳건한 신념이 그

녀를 움직이게 하고 있었다.

"적당히 끝내고 싶다. 그렇게 생각하고 있지?"

정곡을 찔려서 나는 무의식중에 숨을 들이쉬었다.

"……그런 점이 싫어."

짜증이 난 것 같은 사야네가 얼굴을 찌푸리며 그렇게 내뱉었다.

아득한 정상에의 『도전』을 받아들인 여자. 작은 『도전』에서 도망친 남자. 이런 놀이에서조차 명확한 차이를 의식하게 될 줄이야.

내가 힘없이 굴린 공은…… 아득히 먼 저쪽으로 사라져버렸다.

사야네의 분노가 응축된 특대 홈런으로.

"우와~. 저 집에는 분명히…… 케르베로스가 있었지."

토미 씨가 불안하다는 듯이 눈썹 끝을 팔(八)자로 늘어뜨리면서 중얼거렸다.

"……공, 찾아올게."

사야네는 전율하는 것 같던 표정을 바로 감추고 공이 사라진 집 쪽으로 걸어갔다. 담담한 태도를 가장하고 있었지만, 눈동자 깊은 곳에 가라앉은 불안함은 속일 수 없었다.

그러나, 그것을 들키고 싶지 않았기 때문에 사야네는 겉으로 꾸민 냉정함을 무너뜨리지 않는 것이었다.

녀석의 뒷모습이 차츰 멀어지고, 이윽고 집 안으로 사라졌다.

걱정할 의리는 없었지만 마음이 영 진정이 되질 않았다. 저 집에는 저 녀석이 무서워하는…….

"꺄아아아아아아아아아아아아아아아아아아아아아아아……!!"

맹견의 집요하게 짖는 소리와 사야네의 비명이 울려 퍼졌다.

역시…… 예상대로라는 말은 바로 이런 것인가. 저 집에는 노부부가 살며, 성격이 활발한 잡종견(멋대로 케르베로스라고 명명)을 정원에서 키운다는 사실은 이웃 사이에서는 유명했다. 그 개가 아직 어린 사야네가 가장 좋아하는 치마를 물고 늘어지는 바람에, 사야네가 큰 소리로 울어댔던 일은 지금도 선명하게 기억하고 있었다.

"이럴 때는 누가 구하러 가야 하더라? 또~오 치마를 물려서 찢어질 거야."

이 어라운드 서티(around thirty)남, 히죽히죽 입 꼬리를 끌어올리고 있다. 내가 무슨 생각을 하는지 모두 모두 꿰뚫어보고 있다는 것처럼.

발걸음은 땅에 붙들어 메인 것처럼 무거웠다. 나도 그 녀석도 지금은 처지가 완전히 달라져버렸다.

하지만…… 저 녀석은 사야네. 내 곁에 있어줬던 키리야마 사야네였다.

지기 싫어하는 성격도, 어린아이에게 흥분하는 점도, 벌레나 개를 무서워하는 구석도…… 내 감정을 복잡하게 휘젓는 것은 예나 지금이나 저 녀석밖에 없었다.

"언제까지고 치다꺼리에 애가 쓰이는군……."

나는『마지못해 상황을 보러 가주는 느낌』을 가장하고 사야네가 있는 집으로 달려갔다.

고령의 집주인은 귀가 어두워서 도와주거나 하지 않으리라는 것은 알고 있었다.

"어머나~ 다비 중학교에 다니는 아이니? 방금 전에도 중학생 여자아이가 왔는데~."

나도 그 녀석도 현역 중학생이 아니었다. 하지만 일일이 정정하는 것도 귀찮아서 쓴웃음을 짓는 것으로 대충 얼버무렸다.

몸짓발짓으로 허가를 얻은 뒤 마당으로 들어가 보니.

"웃…… 우와아……."

사야네는 뒷걸음질을 치면서도 개와 줄다리기를 하고 있었다. 그 겁먹은 얼굴을 좀 더 만끽하고 싶었지만, 앞발로 공을 붙잡은 맹견은 위세를 멈출 기색이 보이지 않았다.

"꺄……!"

개가 짖을 때마다 어깨를 떠는 사야네.

"내가 가져올게."

나는 그 옆을 지나쳐 내 다리에 달라붙어 장난을 치는 개를 달래면서 공의 소유권을 빼앗았다. 이 개, 나이를 많이 먹었지만 내 냄새를 기억한 것일까?

그런 뒤, 집주인 할머니에게 공을 보이며 가볍게 인사를 하고는 빠른 걸음으로 그 집을 떠났다. 이상하리만큼 얌전해진 사야네는 입을 꾹 다문 채, 내 등 뒤에 딱 붙어 따라왔다. 그리고.

"……신경 써달라며 자꾸 민폐를 끼치는 성가신 여자지?"

쥐어짜는 것 같은 작은 목소리로 자학을 했다.

"……만질 수 있는 미끼도 안 가져오고, 케르베로스에게 혼자 덤볐다가 울음을 터뜨리고…… **질리지도 않고** 학교에서 기타를 치고……."

뭘 새삼스럽게. 내게는 소꿉친구인 사야네 그 자체였다.

"……넌, 그런 내 앞에 나타나서 늘 상냥하게 손을 내밀어 줘."

……등 뒤에 느껴지는 희미한 감촉.

아마도, 내가 입고 있던 체육복 자락을 꼭 붙잡은 것이리라.

"그래서, 나는 여전히 널 기다리게 돼."

떨리는 손으로, 필사적으로, 자존심을 억누르고, 말이다.

희박한 희망적인 관측.

소문을 들은 내가 나타날지도 모르니까 학교에서 노래를 부르고 있었다……라고 말하기라도 할 셈인가. 농담이겠지. 그만둬.

혼동하기 쉬운 모호한 신뢰와 집착은…… 이 무능력한 나를 비참하게 착각하게 만들어.

"……미안해. 덕분에 살았어."

부끄러움이 섞인 목소리로 자그맣게 사야네가 중얼거렸다. 들릴락 말락 한 목소리로.

"……신경 쓰지 마. 옛날부터 그랬잖아."

가슴이…… 고열을 띠고 박동한 것 같은 느낌이 들었다. 어떻게 반응해야 할지 알 수 없어서, 무뚝뚝하게 폼을 재는 것 같은 대답밖에 하지 못했지만.

철로 된 감옥에서 나약함을 드러낸 소녀에게 나는 과거의 감정을 겹쳐보았다.

"체육복…… 축축해. 냄새나."

"너 때문이잖아……."

분위기가 깨졌다. 꼭 한 마디가 많다니까.

제2장

갈 수 있으면 갈게.
그거, 절대로 안 올 녀석의
단골대사잖아

【이번 주말의 다비나가와 축제, 우리도 참가할 거다!】

월요일 정오가 지나, 대화 어플에 이런 메시지가 도착했다. 송신자는 물론 토미 씨였다. 일을 가기 전에라도 보낸 것이리라.

오랜만에 야외에서 운동을 했기 때문일까. 어제는 저녁도 평소의 몇 배나 맛있다고 느꼈고, 심지어는 자정이 되기도 전에 기절하듯 잠이 들고 말았다.

"또 이렇게 막무가내로……."

나는 잠에 취한 눈으로 메시지를 확인했는데…… 솔직히, 성가신 일을 꾸미고 있는 것 같다는 예감이 무척 강했다.

다비나가와 축제…… 간단히 설명하면, 읍 주민들이 모이는 이 지역의 작은 가을축제였다. 이 지방의 공예품을 전시하거나, 공민관의 무대에서 다양한 단체가 공연을 하거나 했다.

참가라니…… 구경꾼으로 말이지? 놀러 가는 것뿐……이지?

메시지는 간결한 한 문장뿐이었다. 상세한 내용은 거의 쓰여 있지 않았다.

몸 상태는 안정돼 있었지만, 어제까지 토일, 이틀 동안 체력과 기력을 크게 소모했다. 근육통도 심하니, 나른함을 해소하기 위해 평일에는 오기로라도 방에 틀어박혀 있기로 하자.

스마트폰 게임도 질렸으니 오늘은 뉴패미컴이나 79라도 할까…….

나는 복고풍 게임을 찾기 위해 어질러져 있는 벽장 속을 뒤졌다. 만화책과 게임을 헤집고 있으려니…… 거대한 장방형의 물체를 발굴하고 말았다.

5년 전에 벽장 안에 처박은 것.

몇 번이나 버리려고 했으나 버리지 못했던 미련덩어리 고철.

그것은 먼지를 뒤집어쓴 꾀죄죄한 키보드였다. 컴퓨터의 문자입력기기가 아니라, 건반이 달린 음악용 신시사이저였다.

"지금 와서…… 무슨 볼일이냐."

발굴해낸 장본인이 무슨 말을 하는 것인가. 즐겁고 충실했던 나날이 떠올랐기 때문에 나는 그것을 대량의 만화책과 게임으로 다시 파묻었다. 열심히 파묻었다.

혼자서 뭐하는 거야…….

………………윽!

잡동사니들을 긁어모으고 있으려니, 발치에 한 장의 CD가 떨어졌다. 예전의 나는 왜 버리지 못했던 거야……. 그 CD는 표면의 라벨이 새하얀 녹음용이었다. 매직펜으로 「데모」라고만 손으로 쓰여 있었지만, 분명히 내 글씨였다.

나는 CD를 집어 쓰레기통을 목표로 머리 위로 들어 올렸다. 들어 올렸지만, 들어 올렸지만…… 결국 또다시 벽장에 던져 넣었다. 그리고 모래성을 만들 듯이 부정적인 과거의 유산을 고철덩이로 단단히 덮어씌웠다. 그러고 있으려니, 찾고 있던 게임을 발견할 수 있었다.

"74있잖아……."

하지만 플레이할 기분은 이미 사라졌기 때문에 기분전환 삼아…… 다시 쓰러져 잤다.

그날 밤, 시끄러운 녀석들이 우리 집에 쳐들어왔다.

"안녕, 안녕, 좋은 밤이데이~."

좋은 밤이데이, 는 「좋은 밤입니다」의 방언……이라든가, 그런 건 아무래도 좋았다. 연락도 하지 않고 갑자기 우리 집에 쳐들어온 토미 씨 때문에 난처할 뿐이었다.

엄마는 아직 퇴근하지 않아서 집에는 나밖에 없는데…….

차에서 기다리게 해도 힙합이 시끄러울 테니 일단 현관에 들어놓긴 했으나.

"일도 끝났으니, 가볍게 티타임이나 갖자고!"

"아니아니, 그 손에 든 건 아무리 봐도 술이잖아요……."

토미 씨가 손에 든 비닐봉투에는 대량의 술과 안주가 들어 있었다.

"아~ 내가 차를 가져와서 걱정하는 거냐? 그 때문에 오늘은 말이지~."

토미 씨가 바깥을 향해 눈짓을 했다. 그러자 현관으로 두 명의 여성이 들어왔다.

"성전의 동료여. 이렇게 재회하는 것은 600년 전, 혁명의 때 이후 처음인가."

"어제 같이 놀았잖아."

쬐끄만 어린아이는 토미 씨의 딸인 리제였는데, 다른 또 한 사람은 명백히 어른이었다.

일본인과는 크게 다른 이목구비에 늘씬하게 큰 키. 아름다운 플래티넘 블론드의 머리카락에 푸른 눈동자는 천연의 반짝거림을 갖고 있었다. 옆집에 사는 영국인 누나…… 그런 느낌이었다.

이 사람의 부모님이 음악교실을 하고 있어서 초등학생이던 나와 사야네가 레슨을 받으러 다닌 적도 있었다.

기억에 남은 우아한 분위기에서 크게 달라지지 않은 이 여성은…….

"어머! 오랜만이야, 슈♪ 한동안 못 본 사이에 키가 컸네."

"에미 누나?!"

에밀리 스털링. 일찍이 옆집에 살던 사람이었지만, 현재는 토미 씨가 구입한 단독주택에서 살고 있었다. 즉, 토미 씨의 아내였다.

끼를 부리는 누님 같은 면모는 여전해서, 옆집에 살던 나는 심장이 두근거리는 소년시절을 보냈다. 친누나도 아닌데 허물없이 「에미 누나」라고 부르고 있기도 하고.

"에밀리는 술을 못 마시니까 말이지. 돌아갈 때에 운전을 해줄 거야."

"내 에미 누나가 왜 토미 씨 같은 바보에게……."

"아, 인마. 다 들려. 일단은 인생의 대선배라고."

나의 영혼의 투덜거림이 들린 모양이었다.

"미안해. 마사키요 씨가 갑자기 들이닥쳐서. 내일도 출근해야 하니까, 너무 늦지 않게 데리고 갈게."

에미 누나가 두 손을 얼굴 앞에 마주하고 사죄했다. 그 모습도 귀여웠다.

"아니, 괜찮아요. 여긴 추우니까, 안으로 들어오세요."

"그럼, 호의를 받아들여서 실례 좀 할게♪"

"어이, 슈. 나를 대할 때하고는 태도가 너무 다른데."

당연하지. 성가신 일만 갖고 오는 바보 남자와 미인 누님을 똑같이 취급하지 말라고.

"그리고 말이지. 그 녀석도 납치해 왔다! 이쪽으로 와!"

그 녀석이라면…… 분위기상으로 그 녀석밖에 없잖아.

나는 해가 막 저문 어두운 정원을 내다보았다. 그러자, 사야네도 추운 듯이 대기하고 있었다. 정말이지 바라던 바가 아니다, 라고 말하는 것 같은, 불쾌함을 있는 대로 드러내며.

"……실례할게."

"이 녀석, 갑자기 내가 찾아가서 화가 났어. 너희 참 닮았구나. 아야!"

심기가 불편한 사야네가 토미 씨의 등을 가볍게 쿡 찔렀다.

외출복으로 갈아입을 시간도 주지 않았던 것일까, 중학교 체육복 차림이었다. 어제 더러워진 것이 아니라, 세탁했을 때를 대비한 두 벌 째이리라. 참고로, 나도 두 벌을 갖고 있었다.

"……사야네는 미성년이니까 술을 마시면 안 돼."

"……네가 말하지 않아도 잘 알아. 아직…… 생일이 안 지났으니까."

사야네는 충고를 한 내게서 시선을 돌리고 겸손하게 집안으로 들어왔다.

생일, 이라는 단어가 나온 순간…… 우리 두 사람 사이에 무거운 공기가 흘렀다. 종기를 만진다고 할까…… 우리는 서로 그 화제를 자중해야 했다. 이 이상, 상황이 꼬이는 것을 원치 않는다면.

우리는 거실에서 탁자난로를 둘러싸고 앉아서 건배를 했다.

이렇게 토미 씨나 에미 누나와 술을 마시는 것은 처음이 아니었다. 두 사람이 성인이 되고 난 뒤에 몇 번인가 술을 마시러 온 적이 있었다. 뭐, 당시의 나와 사야네는 주스였지만.

오늘의 에미 누나와 사야네는 논 알코올 칵테일을 한 손에 들고 담소를 나누고 있었다.

"우물우물."

사야네의 무릎 위에 앉혀진 리제는 치즈소시지를 일심분란하게 씹고 있었다. 계속 보고 있어도 질리지 않는 아이구나.

"좀 더 먹을래? 리제, 좀 더 먹을래?"

"신경 쓰지 않아도 되느니. 즌다[#2]도 먹겠다."

"즌다경단도 먹고 싶은 거야? 자, 아~앙."

네가 무슨 리제의 엄마냐. 남의 애를 너무 먹이로 길들이지 마.

사야네…… 아니, 로리야마 씨는 황홀한 표정을 감추지도 않고 리제에게 먹을 것을 먹이고 있었다. 모성인 것인가, 로리

#2 즌다 풋콩을 삶아 으깨 설탕과 소금으로 간을 한 고물.

콘인 것인가. 나는 제3자의 시점에서 그 갈림길을 끝까지 지켜봐야만 했다…… 라는 건가?

"이~양. 사야네도 오랜만이야♪ TV로도 봤지만, 미인이 됐네♪"

"예, 에에, 고맙습니다. 오랫동안 소식이 뜸했네요, 에밀리 씨."

"그거, 다비중학교 체육복이지? 나도 졸업생이니까 반갑다~♪"

"적당한 실내복이 이것밖에 없어서…… 원래는 좀 더 세련된 파자마를 입어요."

거짓말. 옛날부터 복장에는 관심이 없어서 촌스러웠잖아.

도쿄에 살게 된 뒤로 다소 나아지긴 한 것 같았지만, 고향에 돌아오자 바로 모교의 체육복을 입는 여자다.

"봐봐! 최신 앨범도 샀어! 2번째 곡인 『마주침』이라든가, 싱글앨범에 들어있던 『miss』도 좋았어~♪ 그치만그치만, 언니로서는 하드한 락풍의 노래가 늘어나면 기쁘겠어♪"

"고맙습니다. 곡조에 대해서는 현장에 복귀하면 프로듀서와 상의해 볼게요."

음악이 화제가 되면 흥분하는 에미 누나. 다운로드로 구입한 음원이나 SAYANE의 SNS에 업로드 된 PV를 스마트폰으로 재생하고 있었다. 나로서는 절대로 언급할 수 없는 화제였지만, 사야네는 딱딱하게 굳은 표정을 약간 부드럽게 풀었다.

나는 그와 반비례. 표정이 안 좋아지려는 것을 참고 있었다.

"그래서 말이다! 오늘 아침에 보낸 메시지는 읽었지?"

오프닝토크도 하는 둥 마는 둥, 맥주 캔을 비운 토미 씨가 그렇게 말을 꺼냈다.

음주에 대해 의사에게는 「그다지 바람직하지는 않다」라는 충고를 들었다. 하지만 오래 살 생각은 없었기에, 나는 여자들이 좋아할 만한 낮은 도수의 과일소주를 홀짝홀짝 마셨다.

일주일도 더 전에 두통과 구역질이 엄습해 온 것 외에는 큰 자각증상은 없었다. 때때로 병의 존재를 잊어버릴 것 같을 정도였다.

"……메시지 같은 건 안 왔는데."

"읽음 표시가 떴다."

경솔하게 메시지를 열지 않았으면 좋았을 텐데…….

"뭐, 놀러가는 것뿐이라면 딱히 상관없어."

"핫핫하!"

왜인지 토미 씨가 호쾌하게 웃기 시작했다.

"너희가 무대에서 공연을 하는 거야. 오늘은 그걸 위한 사전협의다."

잠깐잠깐.

"벌써 등록은 마쳤다. 나는 자치회 소속인데다가 다비나가와 축제 실행위원이라서 말이지. 화려하게 다른 참가자들 사이에 끼워 넣었다!"

"멋대로 일을 진행하지 마!"

우와아. 일을 저질렀어, 이 바보가. 정말 작작 좀 해줘.

그러고 보면 『I LOVE 고향』 기질의 사람이었다. 척 보기에도 지역의 청년대 같은 풍모를 하고 있었는데, 그 예상을 배신하지 않을 줄이야.

"물론 사야네도 말이지! 에밀리와 리제도 협력할 테니까!"

"칫…… 이 바보 키요. 슬슬 한 대 패도 괜찮죠?"

혀를 차는 사야네의 심정에 나도 격하게 동감이었다. 우리로서는 생각할 것이 많은 장소에 또다시 돌아가게 되는 거라고. 솔직히 복잡한 심정이 소용돌이치는 것은 피할 수 없었다.

그것을 아는지 모르는지, 토미 씨는 축제 참가를 강행해서…… 우리를 끌어들였다.

사전협의라는 회식이 시작되고 난 뒤로, 일절 직접 대화를 나누지 않은 우리 둘을.

"에미 누나! 토미 씨 좀 설득해주세요!"

"응? 나도 꽤 신이 나는데. 페스티발은 엄청 좋아하니까."

"아니 뭐, 저도 꼭 싫다는 그런 건 아니고요."

"야, 인마. 에밀리에게만 너무 무르다?"

"마사키요 씨는 한 번 말을 꺼내면 얘기를 듣지 않는다는 걸 아니까♪"

저, 정말로……? 미소가 눈부신 에미 누나에게는 강하게 말하기 어렵단 말이지. 옆집에 살았다는 관계상, 어쩌면 토미 씨보다도 오래 알고 지낸 사이이니까.

나는 내키지는 않았지만 원군이 될 것 같은 사야네 쪽을 힐끗 쳐다보았다. 그러자.

"자. 입을 닦자~. 주스는? 마실래? 오렌지주스?"

뭐 하는 거냐! 이 녀석. 리제의 입가를 닦고 있을 때가 아니야!

아아…… 사야네는 언뜻 빈틈이 없는 사람으로 보이지만,

의외로 엉뚱한 구석이 있다는 것을 잊고 있었다…….

"이것 봐라. 뭔가 엄청 떠들썩하잖아."

일을 마치고 귀가한 엄마가 눈을 동그랗게 떴다. 여느 때라면 불도 꺼져 있고, 아무도 기다리고 있지 않을 거실의 인구밀도에 놀란 모양이었다.

"아앗……! 이요리 누님! 이제 돌아오셨습니까!"

"숨 막힐 듯이 더우니까 찌그러져 있어라."

"그, 그럴 수가……! 하지만, 엄격한 이요리 누님도 좋아합니다!"

완전히 동생 같은 분위기로 접해오는 토미 씨를 엄마는 무뚝뚝하게 대했다.

"남은 건 키리야마 씨 댁의 사야네하고…… 옆집에 살던 에밀리! 소시지만 열심히 먹고 있는 건…… 키요마사와 에밀리의 자식인가! 많이 컸는데! 엄청나게 자랐어!"

"리제는 엄마의 꼭두각시에 지나지 않아. 인생이란 광란의 댄스인 거다."

"오옷. 에밀리의 자식답구나……."

역시 엄마도 그렇게 생각하는구나.

"리제에. 나도 네 아빠라고~?"

"너는 다중인격자."

"적어도 평민으로 해줘라……."

힘 내, 토미 씨. 강하게 살아.

"으~흥. 이요리 씨~이♪ 한동안 못 찾아뵈었네요~♪"

"……잠시 실례하고 있습니다."

두 손을 파닥파닥 흔들며 달라붙는 에밀리 씨와 조용히 고개를 까닥여 인사를 하는 사야네. 좁은 지역이라 주민들은 대부분 얼굴을 아는 사이였고, 특히 에미 누나는 옆집에 살았기 때문에 엄마하고도 친했다.

"너희. 월요일부터 술판을 벌이는 거냐? 아직 젊구만."

"다비나가와 축제의 사전협의입니다! 무슨 공연을 할지 생각하고 있던 참이에요."

"흐응. 벌써 그맘때로군. 최근에는 거의 가질 않아서 잊고 있었다."

엄마 같은 주민도 많을 것이다. 공연도 전시물도 노인들 대상이라고 할까, 수수하니까.

"솔직히 중년이나 노년층밖에 오지 않는다는 이미지가 있긴 하지만, 올해는 젊은이들을 불러들일 겁니다. 그러기 위해 저희가 힘이 돼 줄까 하고 생각하고 있습죠!"

"뭐, 그런 마음가짐은 싫지 않다. 열심히 해 봐."

토미 씨는 "옙!" 하고 의욕에 넘치는 대답을 했다. 이 지역의 기준으로는 엄마 같은 40대 전후의 주민들도 젊은이 부류에 들어갔다. 또, 예년의 수수한 축제에는 흥미가 없는 부모세대도 꽤 많을 터였다. 토미 씨는 우리 엄마 세대를 포함해, 그런 주민들이 축제에 참가해주기를 바라고 있는 것이리라.

저녁밥을 아직 안 먹은 엄마도 탁자난로에 몸을 쑤셔 넣고, 대량의 안주를 입으로 가져갔다.

“어라? 이요리 누님도 술을 드시는 겁니까? 잘 안 드신다는 이미지가 있었습니다만.”

“아니…… 뭐, 술에 취하고 싶은 기분일 때도 있어.”

모호하게 말을 얼버무리며, 엄마는 맥주캔의 뚜껑을 열었다. 그러나.

“맛없…….”

한 모금 홀짝인 순간, 혀를 내밀면서 그 우락부락한 얼굴을 찡그렸다.

맛이 없으면 안마시면 될 텐데.

“공연은 큰북, 댄스, 샤미센, 아카펠라, 합창…… 예년에는 이런 것들이 많았을 거야. 축제는 다음 주 일요일이니까, 연습을 한다고 한다면 이 정도가 현실적이지 않을까?”

이번에는 일본주를 마시기 시작한 토미 씨가 살짝 취한 것 같은 기미로 안을 내놓았다. 에미 누나가 술잔에 술을 따라주는 것을 부럽다고 생각하며, 나는 두 캔 째의 과일소주를 목으로 흘려 넣었다.

“전혀 현실적이지 못해요. 완전 초보가 겨우 일주일 만에 어떻게…… 그것도 각자가 모여서 연습할 시간도 많지 않을 거예요.”

스스로도 정론이라고 생각되는 말을 했다.

“그러면, 사야네의 솔로라이브로 할까?”

“미안. 무허가로 SAYANE 명의의 곡을 부르는 건 금지돼 있어.”

"그야 그렇겠지. 프로인걸. 여러모로 성가신 계약이 있겠지."

활동중지 중에 라이브 같은 것을 결행했다가는 높으신 분에게 혼나는 정도로 끝나지 않으리라.

"그렇다면, 밴드라도 할까?"

……그렇게 나왔나.

떠올릴 수 있었다. 그 안은 성공한다는 미래를 손쉽게 떠올릴 수 있었다.

나 자신…… 말과는 반대로 영혼의 깊은 곳에서 격렬하게 바라고 있었다. 사야네에게서 멀어졌으면서, TV나 인터넷 매체로 접하는 것도 다 차단하고 있었으면서, 지금은 다시 한 번 느끼고 싶었다.

이 녀석의 가까이에서, 이 녀석의 노래를.

어차피 죽을 운명이라면 마지막으로 들어도 괜찮지 않을까.

"다른 사람의 곡을 부르는 거라도 상관없어. 사야네한테는 절묘하게 변장이라도 시켜서, 이 지역 젊은이들의 노래로 다비나가와 축제의 분위기를 끌어올리자고!"

사야네는 고민했다. 즉답으로 거절할 것이라고 생각했는데…… 그녀의 가슴에는 어떤 감정이 뒤섞여 있을지, 나 같은 녀석으로는 알 길이 없었다. 알 권리도, 절대로 없었다.

"나는 말이지. 내가 나고 자란 다비나가와를 좀 더, 좀 더 활기차게 만들고 싶다. 젊은 녀석들은 점점 도시로 빠져나가고, 할배할매들은 고령화 되거나 죽고…… 이 축제도 매년 참가자 수가 줄어서, 언제까지 계속될지 몰라."

토미 씨로서는 드물게 신묘한 표정이 그 절실함을 호소하고 있었다.

"우리가 즐거운 일을 하면, 다른 젊은 녀석들도 흉내를 내거나 흥미를 가질 거라고 생각해. 그리고, 그게 계속 이어지면…… 내가 할 수 있는 일이라고는 그 정도밖에 없으니까 말이지."

이 사람은 자신의 이익은 생각하지 않았다. 다른 사람을 위하여 솔선해 행동했고, 다소 우격다짐으로라도 앞장서 이끌었다. 지금, 나와 사야네를 끌어다 대면시킨 것도 딱 그런 것이었다.

"나는 축제의 운영과 진행에 힘을 쏟을 테니까 한 번만 도와주라. 이렇게 부탁하마."

고향을 위해 머리를 숙이는 남자가…… 나는 세상에서 가장 멋있는 것 같았다.

"……하지만 겨우 일주일 만에 라이브를 할 수 있는 수준까지 올라가 수 있을까? 나는 놀이삼아 노래를 부를 생각은 없어. 자신이 없다면 처음부터 안하는 편이 나아."

굳은 표정을 누그러뜨리고 한숨을 쉰 사야네가 냉정하게 지적했다. 그 말 대로였다. 작은 축제의 이벤트라고 해도, 사야네에게는 지금까지 쌓아올린 자존심이 있었다.

젊은이들이나 지역민의 흥을 돋우기 위해서라도 어중간한 무대를 올릴 수는 없었다.

"우후후."

갑자기, 에미 누나가 의미심장한 미소를 띠었다.

앗, 위험해. 스위치가 들어갔…….

"사야네에게 노래와 기타를 가르친 건 누구였더라~?"

이상하게 자극하고 말았다……. 사야네가 그렇게 말하고 싶은 것 같은 떨떠름한 반응을 감추지 않았다.

"사야네. 잠깐 우리 집에 와 봐! 스털링 모녀의 진면목을 오랜만에 가르쳐줄게."

"……이미 알아요."

"아니. 얕보고 있으니까, 재교육을 시켜주겠어. 구세주 name is 에밀리아."

흥분한 에미 누나가 자리에서 일어나더니 사야네를 밖으로 데리고 나갔다. 그 두 사람을 쫓듯이 리제가 타박타박 뒤를 따르고, 거실에는 우리 엄마와 남자 두 사람만이 남겨졌다.

"……그럼 난 목욕이나 할까."

엄마는 총총히 그 자리를 피하려고 했다. 그러나.

"뭐 하는 건가요?! 이요리 씨랑 슈도 같이 가는 거예요! GO— GO—!"

"……우와. 완전 최악이야."

에미 누나가 신속하게 컴백, 그대로 왜인지 엄마도 같이 끌고 갔다.

"오~ 스위치가 들어간 에밀리는 오랜만에 보는걸. 고등학교 때 이후로 처음인가."

"나랑 사야네가 음악교실에 다닐 때에는 매번 저런 느낌이었어."

“그만큼 기쁜 거다, 저 녀석은. 제자인 너희와 오랜만에 만날 수 있었다는 일이 말이지.”

기분 탓인지 토미 씨도 기쁘다는 듯이 광대뼈가 한껏 올라가 있었다.

“리제가 저런 식으로 자란 것도 납득이 되지……?”

“어떤 의미로는 에미 누나의 화신처럼 됐어. 토미 씨의 DNA는 손톱만큼도 없다고.”

“그건 나도 충분히 신경 쓰고 있으니까 그만 해!”

추억을 이야기하던 주정뱅이 두 사람도 무거운 엉덩이를 들고 옆집으로 천천히 걷기 시작했다.

******

오랜만이구나. 스털링 음악교실에 온 것도.

음악교실이라고 해도, 평범한 가정집에 간판을 달았을 뿐인, 간소한 외관이었다. 그래도 나나 사야네가 다녔던 초등학교 시절 6년 동안은 학생이 스무 명 이상은 되었던 것 같다.

레슨은 피아노 중심이었지만, 희망자는 현악기나 타악기도 배울 수 있었다.

집안으로 들어서자 그리운 느낌이 나는 냄새가 감돌고 있었다. 다른 사람의 집에서만 맡을 수 있는 독특한 냄새는 점차 추억을 불러 일으켰다. 우리는 거실에서 쉬던 에미 누나의 부모님께 인사를 하고, 주로 악기를 연주하는 용도로 사용하던 방음 레슨실로 향했다.

"슈도 사야네도 반갑지? 두 사람은 줄곧 함께 다녔으니까."

먼저 방에서 준비를 하던 에미 누나가 과거를 떠올리는 것처럼 방안을 둘러보았다. 중후한 피아노와 기타 등의 현악기. 본격적인 드럼 세트까지 놓여 있었다.

그 외에도 클래식 음악용 악기까지 얼추 갖춰져 있어서, 그야말로 음악학교와도 같은 충실한 라인업을 자랑했다. 원래 음악가 가계였던 에미 누나의 부모님이 사 모은 개인 소유의 물건이라는 것 같았다.

"뭐냐, 이 방은……? 서로 다른 음악장르가 싸우고 있잖아?"

아내의 친정이라고는 해도, 이 방은 처음 발을 들여놓는 영역인 듯 토미 씨가 말을 잇지 못했다.

"변함없이 에미 누나의 취미도 섞여 있네요……."

"응?! 다들 엄청 좋아하잖아, 이런 거! 내 친구들 중에는 좋아하는 애들이 많았어!"

방의 벽이나 천장에는 악기를 든 호스트…… 아니, 비주얼계 밴드[#3]의 포스터가 붙어 있었고, 수납장에는 CD와 DVD도 꽉꽉 채워져 있었다. 에미 누나의 부모님이 수집한 클래식 등의 서양고전음악의 분위기를 에미 누나의 취미가 반쯤 침식하고 있었다.

토미 씨와 동급생인 에미 누나가 중고등학생 무렵에 전성기

#3 비주얼계 밴드 음악 자체를 넘어서, 화장이나 의상 같은 시각적 표현, 또 그에 따른 양식미, 세계관을 중시하는 밴드.

였던 밴드가 많았다.

"이야……! 에밀리! 짱 멋진 방이잖아!"

그 자리에 있는 사람들 대부분이 미묘한 반응을 보이는 가운데, 우리 엄마만이 눈을 반짝였다.

"이요리 씨라면 혹할 거라고 생각했어요♪"

의기투합한 두 사람은 비주얼계 밴드 토크를 전개해 나갔다. 아들이었지만 전혀 알지 못했다……. 엄마는 이런 음악을 좋아했구나.

세대의 차이가 있기 때문에 서로가 미는 밴드가 다른 것 같지만.

"그런 이유로, 이요리 씨도 함께 연주해 주세요. 중학생이셨을 때 하셨죠? 전자 베이스."

갑자기 에미 누나가 전자 베이스를 들어보였다. 얼굴을 실룩이는 엄마를 향해서, 말이다.

"에밀리…… 너, 어디서 그런 정보를 얻은 거냐?"

"좁은 시골이니까요. 이요리 씨의 동급생과 얘기를 좀 했더니 바로 알 수 있었답니다♪ 사야네네 엄마라든가 말이죠."

"그 썩을 년이……! 남의 개인정보를 여기저기 술술 뿌리고 다니다니……!"

그러고 보니까, 사야네의 흑역사를 토미 씨에게 유출한 것도 사야네의 어머니이셨지.

"다비 중학교의 학생들이 전통적으로 밴드나 음악을 하는 것도 이요리 씨와 친구들이 발단이었다든가?"

"그 얘기는 그만하자. 다 젊음의 치기였을 뿐이야."

"졸업앨범도 보여 주셨어요♪ 이요리 씨가 문화제에서 요란한 화장을……."

"좋아! 하자! 내가 팔 걷고 도와주마……!!"

엄마가 반쯤 될 대로 되란 식으로 에미 누나에게서 베이스를 받아들었다. 보고 싶다! 엄마의 흑역사를! 엄마는 자기 졸업앨범 따위, 절대로 보여주지 않을 테니까 말이지…….

강하다. 사야네의 어머니, 단아하고 단정한 것 같은데 강해. 다비나가와의 데이터베이스는 보안이 허술해서 고약해.

"슈랑 사야네는 잘 아는 장르지? 어릴 때부터 교육을 받았으니까."

"강제적으로 듣거나 에미 누나가 좋아하는 곡을 억지로 연습했던 기억은 있네요. 뭐, 지금도 가끔 듣는 좋아하는 밴드도 있지만요."

에헤헤♪ 하고 혀를 내미는 에미 누나가 귀여워서 용서한다.

"레슨 선생님은 에미 누나의 어머니였지만, 에미 누나도 내가 피아노 치는 걸 들어줬죠?"

"동생 같은 슈가 나를 의지해주는 게 기뻐서 말이야. 혹시 폐가 됐어?"

"아뇨. 격려나 위로의 말을 해 줘서 기뻤어요. 게다가……."

"그래그래. 게다가?"

흥미진진한 기색의 에미 누나가 짓궂게 그 아름다운 얼굴을 가까이 들이댔다.

"중학생이었던 에미 누나는 제게는 어른인 누나 같아서 동경했었으니까요."

"어머나~. 기뻐라♪"

갑자기 에미 누나가 내 머리를 쓰다듬어서 기분이 크게 고양되었습니다. 이미 스무 살이었건만, 에미 누나에게는 언제까지도 동생 같은 존재인 것이리라. 분명히.

"에미 누나에게는 많은 학생 중 한 명 같은 느낌이었을 거라고 생각하지만."

나는 쓴웃음을 지었다. 그러자.

"내가 개인적으로 피아노를 가르친 건 슈 뿐인걸?"

"……진짭니까!"

이것이, 옆집 누나. 전내가 그 자리에서 반해버릴 것 같을 정도의 매력을 가진 사람.#4

채————————————앵!!

문득 귀를 먹먹하게 하는 금속성 타격음이 작렬했다.

"쉬는 시간은 이미 한참 전에 끝났거든?"

노골적인 억지웃음이 눈부신 사야네. 스틱을 쥐고 드럼의 심벌을 두드린 것 같았다. 사야네는 아직 희미하게 여운이 남

#4 전내가 울었다 일본의 영화배급사들이 헐리우드 영화를 배급할 때 단골처럼 써먹던 문구인 「전미가 울었다」의 변형. 남들은 안 울어도 나는 울만큼 감동했다는 의미로 사용한다.

은 심벌의 진동을 손가락으로 멈추고 나를 찌릿 노려보았다.

사야네 녀석은 직접적인 언급은 피했지만, 그 모습에서는 노기가 떠돌고 있었다. 아, 이건 조용히 화를 내고 계시는 거다. 나는 알 수 있었다.

"바보 키요. 저 은둔형 니트가 키요의 아내에게 치근덕거리는 같은데?"

"아— 위험해. 이건 위험해. 에밀리는 나쁜 남자에게 쉽게 홀린다고."

왜 내가 그런 소리를 들어야 하는 건가……. 그렇다고 할까, 에미 누나를 홀린 전 불량배 나쁜 남자가 무슨 자격으로 그런 말을 하는 거야.

"생각났다! 레슨 첫날에도 사야네, 지금처럼 화를 냈지."

"……?!"

"내가 슈를 봐주고 있었더니, 사야네가『나도 슈랑 같이 피아노 배울래~』라며 울고불고……."

"아———————— 아————————! 좀 봐 주세요……."

당황한 것처럼 눈을 크게 뜬 사야네는 양손을 바쁘게 흔들며 에미 누나의 추억담을 열심히 지워버리려고 했다.

그러고 보니 그런 일이 있던 것 같기도 하고……. 초등학교 저학년 때라서, 이미 단편적으로밖에 기억이 안 나지만.

현재는 제대로 대화조차 하지 않으니, 지금의 사야네는 그런 일로 화를 내지는 않겠지.

"준비는 끝났다. 언제든지 시작할 수 있다."

그 사이, 리제가 이펙터나 엠프의 준비를 끝마쳤다. 그런 그녀가 당당하게 안고 있는 것은 깊은 푸른색의 색채를 내뿜는 전자기타였다. 엄마도 마찬가지로 준비를 계속해 튜닝을 마친 베이스를 끌어안고 있었다.

두 사람 모두, 그 모습이 그림이 되었다. 자신에 넘쳐 당당하게 서 있는 모습은 압권이었다.

"이쪽도 끝났어."

한편, 사야네도 발성연습을 마치고, 스탠드 마이크 앞에 섰다.

"어라? 사야네는 기타는 안치는 거야? 늘 어쿠스틱 기타를 치면서 노래를 부르잖아?"

"기타는 리제가 있으니까, 이번에는 보컬에만 집중하게 하려고. 트윈기타의 곡을 연주할 때에는 도와달라고 하겠지만 말이야."

"이 방에 있는 CD의 곡이라면, 어느 정도는 부를 수 있을 거예요. 저도 에밀리 씨에게 철저하게 교육받았으니까요."

"어머나~. 나의 열성적인 교육이 결실을 맺어서 기뻐."

비주얼계 밴드의 곡에 대한 교육은 강제적이었지만.

"그렇다면, 슈도 칠 수 있는 거지? 건반♪"

생글생글 웃고 있었지만, 에미 누나의 눈에는 진지함이 숨어 있었다. 내 눈앞에는 스탠드에 얹힌 2중 키보드가 세팅되어 있었다.

치지 못할 것……은 없었다. 에미 누나에게 건네받은 악보는 몇 번이나 연습을 해야 했던 밴드의 곡이었고, 치는 방법도 머리로는 다 기억하고 있었다.

"나, 나는……."

하지만, 5년이나 키보드를 멀리했다. 기억에서 떨쳐버렸었다고.

"괜찮아. 슈가 지금 얼마만큼 음악에 흥미가 있는지 알고 싶은 것뿐이니까. 잘하는지 못하는지가 아니라, 과연 진지하게 마주할 마음이 있는지 없는지…… 그 소리를 들려줬으면 해."

"알겠습니다……."

분위기에 쓸려가는 대로 나는 5년 만에 키보드와 마주했다. 에미 누나가 다시 그리운 스파르타 강사 누나가 되었다. 이렇게 되면, 타협은 용납되지 않는다.

흑과 백의 건반에 손을 얹은 감각이 달콤한 기억과 쓰디쓴 기억을 휘저었다.

"사야네. 아까 이렇게 말했지? 일주일 만에 라이브를 할 수 있는 수준까지 끌어올릴 수 있느냐고."

에미 누나는 드럼세트로 다가가 조용히 그 앞에 앉았다.

"자자, 리제. 피로해 주도록 하자. 구세주의 기적을, 음악이라는 이름의 검극을."

"구세주 name is 리제롯테. 여기에 강림하다."

그 어머니에 그 딸이었다.

온화함의 상징이었던 에미 누나의 눈동자가 요염하면서 매혹적인 눈으로 변모했다.

—중앙에 군림한 것은, 소꿉친구인 키리야마 사야네. 그녀

역시 프로 싱어송 라이터로서의 진지한 시선과 자세를 날 세웠다.

"이요리 씨는 공백 기간이 있다고 생각하지만…… 문제없는 거죠?"

"당연하지. 누구한테 미숙함 운운 하는 거냐."

흑역사 시절의 피가 끓어오르는 것일까. 엄마가 입 꼬리를 히죽 끌어올렸다. 가스업체의 작업복 차림이 이렇게나 멋져 보이다니.

관객으로 변한 토미 씨와 흥미본위로 들여다보러 온 에미 씨의 부모님이 지켜보는 정적 속에서, 에미 누나가 스틱으로 하이해트를 두드려 4박자를 셌다.

키보드와 베이스가 중저음의 전주를 연출하고, 고음의 기타가 자연스럽게 개입. 시동을 재촉하는 드럼이 공기를 장렬하게 뒤흔들었다.

처음부터 최고조.

드럼의 박동이 영혼을 울리며, 핑거피킹[#5]으로 굵직한 저음을 새겨나가는 베이스와 함께 리듬을 확산시켰다. 발군의 존재감을 주장하는 리제의 기타. 합주에서 뒤쳐지지 않도록 건반을 두드리는 내 손가락은 둔한 스텝을 밟았다. 따라갈 수가 없었다. 건반 위에서 춤추던 손가락이 순식간에 쇠고랑으로 변했다.

에미 누나의 드럼이 내달렸다. 거침없이 내달렸다. 최고의

#5 핑거피킹 기타의 주법으로 프렛피크가 아니라 손가락으로 피킹하는 스타일.

흥분에 몸을 맡기고 실수를 두려워하지 않았다.

계속, 계속, 계속해서 다른 악기를 잡아끌었다.

마구 날뛰고 싶어 하는 현악기들의 고삐를 잡고, 잦은 지시로 소리가 나아갈 길을 지시했다.

에미 누나의 감정을 시작으로, 사야네의 절규하는 것 같은 노랫소리가 공간을 진동시켰다.

관객 앞에서 아름답게 노래 부르는 SAYANE가 아니가, 한 사람의 키리야마 사야네로서 감정이 외치는 대로 가사를 내뱉고 있었다. 기타가 비정상적으로 같은 코드를 반복 연주하고 있는, 그 일그러진 소리를 능가하는 음파로.

분노, 안타까움, 나약함. 그것을 세차게 뒤집어쓰는 것은 나라는 듯한 기분이 들었다.

에미 누나와 리제. 그리고 엄마가 앞뒤로 격렬하게 상반신을 흔들어댔다. 나는 꼿꼿하게 선 채로 나 자신의 파트를 연주하는 것만으로도 한계였는데, 텅 빈 소리를 쥐어짜내는데 필사적이었는데.

음색의 전환이 연주를 따라가질 못했다. 하는 일이 별로 없는 왼손으로 키보드 모듈을 조작했지만, 이상적인 효과는 발생하지 않았다. 머리로 생각하다가는 늦는다. 그러나 바로바로 대응할 수 있을 정도로 연습을 많이 한 것도 아니어서, 전환이 늦어져버린 스트링스[#6]가 마치 이물질처럼 노래에 남았다.

건반에서 쏟아져 나온 소리는 마치 몸에 숨어있는 병소와

#6 스트링스 신시사이저의 현악합주를 모방한 음색.

도 같았다. 안쪽에서부터 침투하고 좀먹고 들어가 파괴했다. 아직인가. 아직 곡은 안 끝난 건가.

나는 이미, 내가 키보드를 연주하고 있는 것인지조차 알 수 없었다. 무음의 세계에서, 그저 건반을 두드릴 뿐이었다.

범재는 따라갈 수 없었다.

천재의 엄청난 속도를. 옆에서 같은 속도로 걸을 수 없었다.

오히려 그 발을 잡아끌었다. 그래서 나는 내가 먼저 내쳐버린 것이다. 버림받는 것이 정말로 무서웠으니까.

나만이 따라가질 못했다. 주위의 속도에 나만이 뒤쳐져 남겨졌다.

4분 정도의 곡이 열등감의 고문, 계속 도망쳤던 밑바닥 인생의 현재 위치라는 것을 깨달았다.

정신을 차렸을 때에는 토미 씨와 에미 누나의 부모님에게서 박수갈채를 받고 있었다.

그러나 나는 거의 아무 것도 하지 못했다. 이 박수도 나 이외의 네 사람이 얻어낸 보수. 나는 정예들의 음악회를 접해볼 권리조차 받지 못했다.

"……안 되겠네. 슈의 음만…… 귀에 거슬려서 방해가 돼."

사야네가 고개를 절레절레 저으면서 냉정하게 그렇게 말했다.

"에밀리 씨가 말하는 대로, 기술 같은 건 관계없어. 음악에서, 그리고 내게서 한심하게 도망치고 있는 게…… 얼빠진 소리에서 느껴져."

"내가 없으면…… 노래를 부를 거냐?"

"……오히려, 나는 슈가 있으면 노래를 부를 거야. 하지만 지금의 넌 정말 싫어. ……그러니까."

빠른 걸음으로 그 자리를 떠나는 그녀의 말은 모순돼 있었다. 그 말이 함축적인 것은 아직 내게 뭔가를 기대하는 것이 있기 때문……인가. 알 수 없었다. 내버리고 돌아봐 주지 않는 편이 더 편하건만. 신랄하게 뿌리쳐버리는 편이 변명도 할 수 있건만.

지금부터라도 늦지 않을까? 은둔형 니트남이 발버둥 쳐봤자 꼴사나울지도 모르지만, 딱 한 번만 한 가지 일에 진심으로 집중해서 토미 씨나 고향에 적은 힘이나마 될 수 있다면.

쓰레기 같은 인생에도 의미는 있었다고 생각될까?

"에미 누나…… 일주일만 다시 학생으로 돌아가도 괜찮을까?"

시간벌기 끝에 잃어버린 청춘이라면, 종료직전의 몸부림은 조금 길어도 괜찮으리라.

******

"큭……."

굳은 손가락이 경련을 일으켰다.

겨우 몇 분, 키보드를 친 것만으로 내 손가락은 비명을 지르고 있었다.

일주일이라고는 해도, 날짜가 바뀌어서 화요일. 축제는 일요일이었으므로 당일을 포함해 엿새의 유예밖에 남지 않았다.

어젯밤은 그대로 에미 누나의 지도를 받고 나는 네 시간 정도 자기 위해 우리 집으로 돌아왔다. 그리고, 화요일의 이른 아침부터 연습을 재개했다.

"죄송해요. 어제부터 줄곧 연습에 동참하게 해서요."

"신경 쓰지 마. 따지고 보면, 우리 남편이 꺼낸 이야기니까."

에미 누나는 기쁘다는 듯이 연습에 동참해 주었다. 연주 중에는 엄격한 지도도 주저하지 않지만, 적확하고 알기 쉽게 조언을 해주었다.

"오오. 지금 느낌은 좋았어!"

배운 것을 잘 실천해냈을 때에는 얼굴 가득 미소를 지으며 내 머리를 쓰다듬어 주었다. 나는 단순한 남자라서 그것은 바로 동기로 연결되었고, 창피하긴 했지만 마음도 편했다.

"한 그룹이 쓸 수 있는 시간은 8분 정도라는 것 같던데…… 정말로 두 곡이나 연습할 거야? 남의 곡을 연주하는 것이라고 해도, 엿새 안에 잘 칠 수 있게 되는 건 힘들다고 생각해."

"……아뇨. **앙코르를 상정해서 세 곡**을 연습할 거예요. 하지만 우선은 사야네를 설득할 수 있는 결과가 필요하니까요."

에미 누나의 취미를 반영한 고난이도 선곡과 앙코르로 고른 「특별」한 노래.

밑바닥 인생은 다른 사람들만큼 노력해도 의미가 없어. 도저히 무리라고 누구나가 생각할 법한 것을 필사적으로 뒤집는 정도가 아니면 설득력이 없다고.

"일으켜 보이겠어. 대학 중퇴의 니트가 자아낸 소리로…… 만장일치의 앙코르를."

나는 지금, 몇 초면 잠들 수 있었다. 니트 생활의 대가인 맹렬한 수마와 익숙지 않은 피로로 지금 당장에라도 다 때려 치고 도망치고 싶었다. 오늘만 해도 이불에서 나올지 말지 10분 이상 고민했다.

하지만 겨우 엿새도 노력하지 못하는 쓰레기의 견본으로 인생을 끝내고 싶지는 않아.

"게다가, 에미 누나의 기대도 배신하고 싶지 않고. 이렇게 날 기다려주고 있으니까."

"좋아! 바로 그 마음가짐이야!"

에미 누나가 의기양양하게 나를 격려하고 용기를 북돋아 주었다.

"안녕…… 후아아아암……."

이제부터 본격적인 스파르타식 훈련이 시작되는 것인가, 라고 생각했는데, 졸린 눈을 한 토미 씨가 크게 하품을 하면서 방문 앞에 서있었다.

"토미 씨? 오늘, 일찍 출근하는 날이었던가?"

"아니. 오늘은 늦게 출근해…… 볼일이 좀 있어서 말이지. 일손이 필요해서."

"아, 응. 난 지금 연습 중인데."

처음에는 내키지 않았지만 "30분 안에 보내줄 테니까 부탁한다."라는 말에 넘어가서 정차해 있던 토미 씨의 차에 올라탔다. 토미 씨도 일과 축제준비로 바쁠 테니까, 내가 할 수 있는 일이라면 협력하고 싶다는 것이 진심이었다.

동료를 생각하는 마음인 것일까. 에미 누나도 함께 가주기로 했다.

“리제도 등교시키려고 데리고 왔는데.”

“쿠울…….”

리제도 뒷좌석에 앉아 있었지만, 온몸을 축 늘어뜨린 채 어린 숨소리를 내며 자고 있었다.

“복잡한 볼일은 아니야. 다비중이나 주변의 다른 지구에 축제 전단지를 붙이러 가는 것뿐이야.”

“전단지를 붙일 일손이 필요했던 거야?”

“불만이냐? 너희를 억지로 공연에 끼워 넣는 바람에, 전단지를 처음부터 다 다시 만들어야 했단 말이다.”

토미 씨가 대시보드에서 파일을 꺼내 나와 에미 누나에게 전단지를 건넸다.

글자는 삐뚤삐뚤했고 사진의 해상도는 낮았으며, 아이들이 좋아할 법한 일러스트도 전무했다. 빈말로도 완성도가 높다고 할 수는 없었다.

그러면서, 리제의 사진은 또 엄청 커! 기타를 안은 리제의 사진이 전단지의 20퍼센트를 차지하고 있어서, 부모의 「편애」란 바로 이런 것인가 하고 배웠다.

“우리의 공연……이라는 건, 그 뒤 바로 만든 거야?!”

“그래. 모처럼의 메인이벤트를 선전해야지. 컴퓨터 같은 건 잘 못 다루니까, 만듦새는 별로 안 좋지만…… 너희 힘이 되고 싶어서 말이지."

토미 씨가 자학적으로 웃었다. 어제는 밤늦게까지 사전협의를 했는데, 오늘 이른 아침에 완성했다는 것은…… 철야를 한 것이 분명했다. 유달리 졸려 보이는 것도 무리는 아니었다.

매일이 여름방학인 나와 다르게, 풀타임으로 일을 하고 있음에도 말이다.

"또, 혼자서 그렇게 열심히 하고. 나도 가족이니까, 얘기를 해줬으면 전단지 디자인 정도는 생각해 줬을 텐데."

"미안미안. 나는 악기연주 같은 건 못 하니까, 이 정도는 협력하게 해줘."

입술을 삐죽거리며 토라진 에미 누나를 토미 씨가 달랬다. 정말 잘 어울리는 부부다. 나는 솔직하게 그렇게 생각했다.

차를 달리길 수 분…… 다비중에 도착한 우리는 교무실에 들렀다.

"요, 스기우라! 안녕!"

"웃…… 노, 놀래라!"

큰 소리를 지른 토미 씨에게 교감선생님이 깜짝 놀랐다. 이른 아침이라 그럴까, 학생은커녕 다른 교직원들도 아직 출근하지 않은 것 같았다. 손가락 끝이 떨릴 정도로 추웠기 때문에 우리 넷은 교무실의 난로를 둘러싸듯이 모여 앉았다. 무의식적으로 난로 쪽으로 내민 손이 천천히 따뜻해지기 시작했다.

"어머~. 스기우라 선생님이다! 제자인 에밀리예요~♪"

"너도 그 밝은 성격은 여전하구나. 내 기억이 정확하다면 넌 남학생들에게서 인기가 단연 톱이었을 텐데……."

그렇게 말하며 교감선생님은 토미 씨를 힐끗 쳐다보았다.

"엉? 스기우라. 뭔가 불만 있어? 그 『이런 망할 불량배에게 홀려서는……』이라고 말하는 것 같은 시선은 뭐냐? 아앙?"

"우와…… 깊은 산 속에 사는 야만인에게 살해당한다……."

"어디 말 잘 했다. 옷 벗고 운동장으로 나와. 씨름으로 결판을 내자!"

"언제까지고 애들이 아니니까, 이제 적당히 해요."

에미 씨가 어이가 없다는 얼굴로 남자 둘을 중재했다. 아침부터 전 불량배와 전 담임이 싸우지 마.

"좋았어! 이겼다!"

다 큰 어른들끼리 상의 훌렁 다 벗고 팔씨름 하지 마.

"하아…… 남자는 언제까지고 바보라니까. 마사키요 씨를 필두로 남자들은 중학교 무렵부터 이런 분위기였고 말이야."

에미 누나는 쓴웃음을 지으며 그 상황을 그냥 방관했다. 하지만 나는 거기에 동류로 같이 집어넣지 말아줬으면 해.

"그건 그렇고, 너희는 뭘 하러 온 거냐……? 설마 팔씨름이 목적은 아니겠지……?"

"대단한 볼일은 아니야. 교내에 붙어 있는 축제 전단지를 새로운 것으로 바꿔 붙여도 될까?"

"아아, 그런 볼일이란 말이지……. 딱히 상관은 없지만…… 그 전단지를 보여주지 않겠냐……?"

교감 선생님은 평소의 낮은 의욕으로 대응했다. 이 사람과 이야기를 하고 있으면 이쪽까지 졸려올 것 같았다.

전단지를 받아든 교감선생님은 돋보기안경을 걸치고는 전단지를 응시하며 내용을 확인했다.

"……이런 조잡한 전단지로는 선전이 안 되지……."

"어쩔 수 없잖아! 그래 봬도 무료 편집 프로그램으로 열심히 만든 거라고!"

"너, 컴퓨터 수업은 영 꽝이었지."

그렇게 돌직구를 날린다 생각했더니, 뜻밖에도 교감 선생님은 돋보기안경을 슥 밀어 올리면서 말했다.

"……10분만 시간을 주지 않겠나……?"

그러고는 자신의 자리로 이동해 익숙하다는 듯이 컴퓨터를 깨웠다.

대체 뭘 하려는 것인가? 그렇게 생각하며 나는 등 뒤에서 들여다보았다. 그러자 교감 선생님은 모 이미지편집 프로그램을 돌려서 도미 씨의 전단지에 실려 있던 선전 문구를 참고로 전단지를 새로 만드는 것이 아닌가?

"마사키요. 전단지에 쓸 화상 데이터는 갖고 왔나……? 있다면 좀 빌려다오……."

"어, 어어. 일단 SD카드는 챙겨왔는데."

토미 씨가 기록매체를 교감선생님에게 건넸다. 교감선생님은 그것을 컴퓨터에 연결했다.

"프린트를 만드는 것은 교사의 특기이니까 말이지……. 이 정도 수준이라면 금방 다시 만들 수 있다…….”

교감선생님의 말대로, 순식간에 새로운 화면이 꾸며졌다. 문장은 토미 씨가 생각해 두었기 때문에 교감선생님은 레이아웃을 정리하거나 디자인을 고치는데 집중할 수 있었다.

사진은 SD 카드에서 복사해 편집화면에 배치했다. 여기까지 불과 5분도 걸리지 않았다.

바쁘게 타자를 치고 단축키를 누르고, 마우스 조작을 반복하는 모습은 잔상이 발생해도 이상하지 않을 솜씨라고 감탄하지 않을 수 없었다.

매일 프린트를 만드는 대 베테랑 교사, 굉장하다.

“……후우. 다 됐다……. 레이저 프린터로 데이터를 보냈으니까, 필요한 장수만큼 복사해서 가져가도록 해…….”

몇 초 뒤…… 교무실 프린터에서 전단지가 인쇄되어 나왔다.

“우오…… 나 따위가 만든 것과는 비교도 되지 않아…….”

토미 씨가 목소리를 떨면서 감동했다. 한 눈에도 단언할 수 있을 정도로 품질의 차이가 확연했다.

“스기우라…… 아니, 스기우라 선생님. 고맙습니다! 이 은혜는 평생 잊지 않겠습니다!”

“……이봐. 태도 바꾸는 게 너무 빠르지 않냐……? 평소에도 그런 태도로 대해라…….”

교감 선생님이 머리를 숙인 토미 씨에게 쓴웃음을 지었다. 하지만 이러니저러니 해도 기쁜 것처럼 보이는 것은 기분 탓이 아니었다. 제자가 감사를 표현하는데 기쁘지 않을 선생님은 없을 테니까.

"스기우라도 꼭 와! 분명히 즐거울 테니까 말이야!"

"하하…… 그럴 기분이 들면 그러도록 하마……."

이 지역은 인구는 적었지만, 마음이 따뜻한 사람은 많았다. 새삼스레 나는 그렇게 실감했다.

우리는 서로 분담해서 교내와 주변 게시판 등에 전단지를 붙인 뒤 철수하기로 했다. 교무실을 떠나기 직전, 교감선생님이 나를 불러 세웠다.

"마츠모토는 축제에 참가하는 거냐……? 전단지에 쓰여 있던 『스페셜 게스트』란 너희를 말하는 거지……?"

"사야네가 어떻게 할지……에 달려 있다고 생각합니다. 그 녀석을 끌어내기 위해서는, 우선 저부터 노력해야 하지만요……."

나는 그렇게 미적지근한 대답을 할 수밖에 없었다. 그러자.

"마츠모토와 키리야마가 같이 나온다면 나도 보러 가마……."

"역시 교감선생님도 사야네의 팬이셨군요."

"……아니. 키리야마만으로는 듣는 의미가 없지. 내가 듣고 반한 음악은…… 너희 둘이 만들어낸 음악이니까 말이다……."

의미심장한 말을 남기고 교감선생님은 다시 교무실로 돌아갔다.

"인디시절이 좋았다고 한탄하는 고참 팬 같은 거다. 신경 쓰지 마라……."

두 사람이 만들어낸 음악……인가. SAYANE가 도쿄에서 부르는 음악과 과거의 키리야마 사야네가 불렀던 음악…… 뭐가 다른 것일까.

난 모르겠어. 금방 도망쳐버렸던 둔감한 쓰레기이니까.

"아아~. 믿음직한 후배가 도와주다니, 정말 기쁘다!"

전단지를 다 붙인 뒤, 나와 에미 누나가 끌려간 곳은 공민관였다. 상큼하게 웃으며 나와 에미 누나를 이끄는 토미 씨를 뒤에서 때려주고 싶었다.

웃기지 마. 뭐가 『30분 안에 보내줄게』냐.

"오오. 이오리 씨 댁의 슈 아니냐! 하하~. 덕분에 살았다."

정면현관에 발을 들여놓은 순간, 그 즉시 토미 씨의 아버지에게 발견되어 간단히는 돌아갈 수 없는 대환영무드가 연출되었다.

"아, 예. 잘 부탁드립니다……."

공민관에서는 축제 당일의 사전준비를 하고 있었다. 대량의 파이프의자와 공예품을 전시하기 위한 책상 등을 이벤트 홀에 들여놓거나, 저예산의 간결한 장식을 만들고 있었다.

작업하고 있는 사람은 언뜻 보기만 해도 정년퇴직을 한 고령자층이 중심이었다. 그밖에 상대적으로 평균연령이 낮은 편인 주부들이 몇 명 정도 있었다.

무거운 물건을 옮기는 일도 있기 때문에, 고양이 손이라도 빌리고 싶은 마음은 이해할 수 있었다. 이해할 수 있었지만……이 닮은 꼴 부자 같으니라고. 처음부터 나를 노동력으로 쓸 생각이었군.

평일 낮에 한가함을 주체하지 못하는 성인남성. 그는 바로 니트, 마츠모토 슈였다.

긍정적으로 생각하자면 나는 선택받은 것이었다. 믿을 수 있는 일꾼으로.

“점심을 대접할 테니까 제발 잘 좀 부탁한다! 저 바보 아들놈은 오후부터 일을 가야한다고 하고, 많지 않은 학생들은 학교에 가야해서 노인네들만으로는 힘들다고!”

“……예.”

선택받았다는 사실은 영광이었지만, 노동의 보수가 점심밥뿐인가. 영 의욕이 나질 않았다.

“나도 도울 테니까, 같이 열심히 하자♪”

“예! 열심히 하겠습니다!”

에미 누나에게 칭찬받고 싶으니까 죽을힘을 다하자!!

“좋아! 그럼 슈는 나하고 같이 긴 책상을 옮기자!”

에. 에미 누나와의 공동 작업이 아니야? 역시 집에 가고 싶다.

에미 누나는 사무작업 쪽에 뽑혀갔고, 나는 도요토미 부자가 지휘하는 육체노동반에 들어가게 되었다. 기분의 급격한 상승과 하강을 참으면서, 나는 오후까지는 나태한 몸을 혹사하는 신세가 될 것 같다는 사실을 각오했다.

“하아…… 지쳤다…….”

이벤트 홀의 바닥에 대걸레질을 한 것만으로도 장식품 수준으로 빈약한 체력은 완전히 고갈되었다. 재빨리 로비로 피난해서 참가상으로 지급된 캔커피를 궁상맞게 홀짝였다.

무리야, 육체노동은. 컴퓨터나 스마트폰 화면과 눈싸움을 하는 게 일과인걸.

몰래 도망갈까…….

고등학교와 대학교 시절, 몇 번인가 아르바이트를 한 적이 있었는데 대부분은 무단결근에 이어 잠수 타는 형태로 그만두었다. 몰래 도망간다, 라는 저질 행위 상습범.

도망치는 일에는 익숙했다. 그 뒤, 현장이 어떻게 되든 내가 알 바가 아니었다.

"……아니, 그럼 안 되지."

나는 어제의 광경을 떠올렸다.

완전히 포기하지 않은, 실망하지 않은 사야네의 눈을.

나는 미지근한 캔커피를 쭉 들이켜고는 다른 사람들의 휴식이 끝나는 시간보다 한 발 빠르게 전시대 운반에 들어갔다.

누구나가 싫어하는 단순한 잡무이든 뭐든, 나라는 인간을 필요로 해준다면 열심히 하기로 했다.

"앗, 슈."

에미 누나가 홀로 들어왔다.

이름을 불렀기 때문에 나는 일시적으로 작업을 하던 손을 멈추었다. 그러자, 문득 수건이 내 이마에 와 닿았다.

"땀을 잔뜩 흘렸어. 제대로 닦지 않으면 감기 걸릴 거야."

걱정하는 것 같은 곤혹스러운 얼굴의 에미 누나를 독점한 내 체력과 의욕은 순식간에 전부 회복되었다.

단순해, 남자란. 여자를 위해서라면 잠재능력도 깨울 수 있으니까.

"남은 파이프의자와 긴 책상은 제가 전부 옮길 생각이에요."

신이 나서 떵떵거리는 남자. 기세에 맡겨 쓸데없이 많은 일을 떠맡고 말았다.

에미 누나에게 칭찬받고 싶다는 도핑효과가 5분 만에 효과가 끊어지리라고는 알지 못한 채.

………………허리아파. 울고 싶어.

마음의 오아시스였던 에미 누나도 담당한 장소로 돌아버렸고, 주위에 있는 노인네들은 몸의 아픈 곳이나 지병, 단골 병원들을 이야기할 뿐…… 묵묵히 작업에 몰두하는 수밖에 없었다.

이걸로, 조금은 모두에게 도움이 될까.

"흐이…… 허리 아퍼……. 역시 힘들구나."

"그래도 하는 수밖에 없어. 우리가 하지 않으면, 할 사람이 없으니까."

지친 것 같은 기색의 아저씨들에게서 그런 잡담이 들려왔다.

그 말 대로였다. 이 사람들이 기획하거나 준비하지 않았다면, 아마도 이 축제는 그대로 스러져버렸을 것이다.

축제를 개최한다고 해서 돈이 나오는 것은 아니었다. 지위나 명예가 주어지는 것도 아니었다. 그래도, 이 사람들은 자발적으로 행동했다.

나고 자란 이 마을을 좋아했으니까. 토미 씨와 같은 이유.

내게 그런 감정은 없었다. 고향을 좋아할 자격도 없었다.

"핫하. 스틸이다!"

이봐요, 토미 씨.

"레이업 슛! 휘유~♪"

당당하게 농땡이 치지 말라고!

토미 씨는 잠시 동안은 성실하게 작업을 했으나, 오전수업을 마치고 하교한 초등학생들과 실내 농구를 시작했다. 아저씨들도 잡담을 하는 사이사이에 작업을 하는 것 같은 페이스라서, 묵묵히 의자니 전시대니 하는 것들을 옮기는 나 자신이 바보 같아졌다.

"슈도 같이 농구 안 할래? 지면 주스 사는 걸로."

"아니아니…… 축제 준비를 하러 온 거 아냐? 성실하게 해야지."

내 그 말에 토미 씨가 눈을 동그랗게 떴다. 그러더니 "푸핫." 하고 웃음을 터뜨렸다.

"있지~ 이건 축제 준비지 노동이 아니야."

"그렇게 말해도……."

"우리 자신이 즐겁지 않으면, 타인을 즐겁게 해주지 못해. 지역민과의 교류가 이벤트의 활성화로 연결되는 거야."

땡땡이 치고 있던 주제에 정론을 말하고 있는 것 같은 것이 화가 났다.

"그러니까 말이지. 너도 같이 놀……."

"토미 씨."

"응? 핸디가 필요한 거냐? 너만 특별히 슛이 들어가면 10점으로 해줄까?"

"슬슬 출근할 시간 아니야?"

벽시계를 본 토미 씨의 얼굴이 새파랗게 질렸다.

늦게 출근하는 조의 근무시간은 잘 몰랐지만, 이미 정오가 지나 있었다.

"히이익! 집안의 대들보는 일하러 다녀오마!

토미 씨는 내게 농구공을 던져주고는 허둥지둥 애차에 올라타 그대로 일터로 가 버렸다.

"에에~? 토미 형은 일하러 가는 거야?"

"이제부터 뜨거운 승부가 될 참이었는데 말이지~ 어쩔래? 요스케."

유쾌한 형과도 같은 존재가 사라졌기 때문일까, 초등학생 2인조는 불만스러운 표정을 감추지 않았다. 아직 충분히 날뛰지 못했다고 말하기라도 하는 것처럼, 공을 가진 내 쪽으로 관심 어린 시선을 던져왔다.

"형은 누구야? 요즘 자주 보는 신참인데."

요스케인지 뭔지 하는 녀석이 의아하다는 것 같은 반응을 보였다. 그런데, 설마 신참이라니. 5년 정도 도쿄에 있던 데다가, 지역민과의 교류를 피해 왔으니 인지도가 전무한 것은 당연했지만.

"친구도 없는 것 같고, 한가해 보이는 것 같은데 대학생?"

"그, 그게 말이지. 지금은 『가을방학』이라서, 축제준비나 도

울까 해서."

매일이 가을방학이지만. 그것보다, 이 요스케라는 꼬맹이…… 토미 씨의 영향을 받아서 건방진걸.

"핫핫하! 슈는 직업이 없는 니트다!"

토미 씨네 아저씨! 헤살을 넣지 말라고요! 초등학생들이 약간 질색하잖아요!

"너희, 괜찮으면 준비를 도와주지 않을래? 나랑 아저씨 군단만으로는 힘이 부족해."

"싫네요~. 다비나가와 축제 같은 덴 관심 없고~ 그럴 시간에 친구랑 게임하고 노는 편이 더 재미있는걸."

"매년 재미도 없고 말이지. 늙은이 같은 것들만 하니까."

나도 같은 의견이긴 했지만, 애들은 너무 솔직해서 잔인하구나…….

"농구로 우리한테 이기면 도와줄까~."

"지, 진짜냐? 할게, 할게."

정말 일손이 부족했기 때문인지, 나는 운동부족인 주제에 그만 이성을 잃었다.

"좋다! 나도 슈의 조력꾼을 해볼까! 다비중 배구부의 에이스였던 피가 끓어오른다. 토스라면 내게 맡겨라!"

"토스가 아니라 패스가 필요해요."

토미 씨네 아저씨가 소매를 걷어붙였지만, 분명히 전력외이리라. 저 배는 다 술배인걸.

결국 2대 2 농구시합을 시작했으나, 슛 한 번 쏴보지 못한 채 3분 만에 힘이 다했다. 토미 씨네 아저씨는 시작한 지 30초 만에 발목을 삐어 그대로 퇴장했다.

"하아…… 하아…… 나한테 스포츠는…… 너무 벅차……."

나는 하늘을 보고 드러누운 채로 입으로 거칠게 숨을 몰아쉬었다. 위에서 나를 내려다보는 초등학생들은 아직 부족하다는 눈빛을 하고 있었다. 좀 봐줘……. 나는 토미 씨가 아니라고.

"난 이젠 못 움직여……. 나한테 상관 말고 너희는 가서 놀아……."

"우와~ 도망치는 거야? 무직에 한가하면서~ 한심해~."

빠직.

"무직에 한가한 거랑은 관계없잖아!"

요스케의 도발에 폭발한 스무 살.

도망친다, 라는 단어가 가슴에 날아와 꽂혀 내 몸을 강제적으로 일으켜 세웠다. 나는 곧바로 집에 갔다가 다시 공민관으로 돌아와서는…….

"한가함을 주체 못한 어른의 힘을 깨달아라. 내가 이기면 축제 준비를 돕도록 해."

지참한 게임기와 함께 TV가 있는 휴게실로 꼬맹이들을 데려갔다.

"본 적이 없는 게임기이지만, 말 잘 했어~! 우리가 이기면 루위치 사줘!"

야야야. 수입이 없는 니트에게 최신게임기를 뜯어내려는 거냐?

뭐…… 1990년대를 살아보지 않은 초등학생이 이 게임으로 날 이길 수 있을 리 없겠지만!

여기서부터는 나의 역습이다.

"어떠냐! 나한테 이기려면 아직 백 년은 이르다고! 헤이헤이 헤~이!"

전투기에 올라탄 동물이 서로 빔을 쏘는 『갤럭시 폭스74』를 대전 모드로 플레이해서, 초등학생을 상대로 어른스럽지 못하게 전력을 다하는 스무 살.

내가 이기는 건 당연하다고. 이 녀석들이 태어나기 전에 발매된 게임이니까.

난 수직방향 공중회전도, 유턴도 가르쳐주지 않은 나쁜 어른이야. 미안하다, 꼬맹이들아.

"엇?! 피했……다?"

꼬맹이들이 가르쳐주지도 않은 공중회전을 피로하면서 내 빔 공격을 피했다. 조작에 익숙해진 초등학생들은 단결해서, 여우를 태우고 있던 내 전투기를 둘러쌌다.

이 녀석들! 자기 스마트폰으로 조작방법을 검색했어!

"니트 형이 그쪽으로 갔다! 둘러싸서 두들겨 패~!"

서로 적절한 지시를 내리는 초등학생들……이라고 할까. 울고 싶어지니까, 니트 형이라고 부르지 말아줄래? 정신공격은 비겁하잖아.

"니트 형. 결코 포기하지 마. 자신의 감각을 믿어."

"시끄러!"

요스케의 도발에 폭발하기를 두 번째. 시끄러, 라고밖에 받아치지 못하다니 너무 잡졸 캐릭터 같지 않아?

"있지. 너희 초등학교에 리제라는 여자아이가 있지? 학교에서는 어떤 모습이야?"

정신공격을 회피하기 위해, 나는 공통이 될 법한 화제를 꺼내보았다. 그러자 요스케가 입을 다물었다.

"있지~. 같은 반에 있지요~."

요스케의 친구가 그를 놀리듯이 팔꿈치로 가볍게 찔렀다. 이건 혹시……?

"요스케는 리제를 좋아하는 거야?"

"누, 누가 그런 4차원을! 늘 혼자 있으니까 불쌍해서 놀아주는 것뿐이야!"

요스케가 얼굴을 빨갛게 물들이며 맹렬하게 반격을 해온 탓에 내 전황은 눈에 띄게 악화되었다.

"내가…… 갤럭시폭스로, 진다고?! 다비나가와 최강(자칭)인…… 이 마츠모토 슈가?!"

궁지에 몰렸을 때의 최후의 수단은 리셋이었지만, 그건 역시나 쓰레기나 할 법한 행동이었다. 대신, 양심이 썩은 패배직전의 나는 몰래 바닥을 두드렸다. 이 승부는…… 무승부로 가자!

"앗?! 멈췄다~?!"

"음~ 오래된 게임이니 어쩔 수 없네."

약간의 진동을 주는 것으로 강제 프리즈. 속이 뻔히 들여다보이는 어른에게 어린아이들은 의심의 시선을 던졌다. 그러나, 나는 천연덕스러운 얼굴로 게임팩을 바꿔 끼웠다.

골든아인이라면 이길 수 있다. 캐릭터 선택에서 오드지프를 내가 먼저 가져가고, 화장실에 틀어박혀서 반격하면…… 이길 수 있을 거야!

“치사한 형의 인생도 리셋할 수 있으면 좋을 텐데 말이지~.”

“야, 그만둬. 나도 슬슬 울어버린다.”

너희의 정신공격은 니들이 생각하는 것 이상으로 내 마음을 후벼 판다고.

게임처럼 몇 번이고 인생을 다시 살 수 있다면…… 그렇게 바라는 것은 너무나도 어리석고, 그리고 허무했다.

“이 녀석들. 언제까지 놀고 있을 거야. 슈는 커다란 초등학생 같네.”

어느샌가 에미 누나가 등 뒤로 살며시 다가와 있었다.

“……놀기 시작한 사람은 토미 씨였는데요.”

“그 사람은 옛날부터 덩치만 큰 초등학생이었어. 슈는 영향받으면 안 돼.”

에미 누나는 리모컨으로 TV를 끄고, 내 등을 떠밀어 나를 다시 홀로 데리고 돌아왔다. 거기서 의외였던 것은, 설영작업과 관계가 없는 초등학생들이 홀까지 따라왔다는 점이었다.

“니트 형이 불쌍하니까 도와줄게.”

“다음번에 또 그 게임으로 대전하자~.”

그렇게 말하면서 초등학생들은 설영을 돕기 시작했다. 단시간의 교류이긴 했지만 조금은 친해졌다는 증거……인 것일까.

그저 게임을 가져온 것뿐이었지만, 토미 씨처럼 나 자신이 먼저 행동을 해서 만들어진 사소한 변화였다. 대화조차 거부했더라면, 이런 교류는 존재하지 않았을 것이다.

내가 초등학생일 때에는 토미 씨가 이런 식으로 놀아줬었지…….

“다비나가와 축제에 와줘. 분명히 재미있을 거야……. 아니, 우리가 재미있게 해 줄 테니까 말이지.”

“응! 친구들 잔뜩 데리고 놀러올게~!”

요스케와의 그런 구두약속마저도, 그런 것에 익숙지 않은 내게는 매우 신선했다

『우리 자신이 즐겁지 않으면, 타인을 즐겁게 해주지 못해.』

아까, 토미 씨가 남기고 간 말이었다.

내게는 아직 이해하기 힘든 말이었지만, 때로는 이런 것도 나쁘지 않다는 느낌이 들었다.

“고맙다! 정말 도움이 많이 됐어~.”

“역시 젊은 사람은 대단혀!”

“아뇨……. 후반부에는 저도 녹초가 돼버렸는걸요. 그래도, 준비가 무사히 끝나서 다행이에요.”

회장의 설영이 끝난 것은 저녁 무렵이었다.

토미 씨네 아저씨를 비롯한 지역민들이 고생한 것에 대해

조촐한 위로의 말을 해주었다.

교류를 피하고 있던…… 그런 내게, 아들을 칭찬하는 것 같은 음색으로.

얼마만일까. 남에게 감사의 말을 들은 것은.

이 사람들이 계속 이어온 것들을 좀 더 많은 사람들이 알아줄 수 있도록, 나는 며칠 동안 전속력을 낼 것이다.

키리야마 사야네가 기대하는 마츠모토 슈에게 아주 조금이라도 가까워지고 싶다고 생각하니까.

"리제는 아동관에 있을 테니까, 슈도 같이 데리러 가지 않을래?"

준비반은 공민관 앞에서 해산했고, 나는 에미 누나와 함께 근처에 있는 아동관으로 향했다.

그녀와 어깨를 나란히 하고 걷던 중에 나는 불현듯 깨달았다.

어느샌가, 에미 누나의 키를 추월했다는 것을.

어린아이일 때 보았던 에미 누나는 좀 더 키가 커서…… 그야말로 어른인 누나였다. 내가 에미 누나의 키를 뛰어넘었다는 것은 그녀가 줄어든 것이 아니라, 그녀와 만나지 않았던 몇 년 동안 내가 어른이 됐다는 뜻이었다.

"응? 왜 그래?"

내가 힐끗힐끗 곁눈질 하는 것을 알아차린 것일까. 에미 누나가 의아하다는 듯이 고개를 갸우뚱했다.

"아니, 그냥…… 변함없이 예쁘구나, 해서요."

"이 녀석이. 연상을 놀리지 마. 예쁘다는 말을 들으며 설렁

겉치레로 그러는 것이라고 해도 기쁘니까."

추월한 눈높이가 기쁘기도 하면서, 두 번 다시 돌아갈 수 없는 시간의 경과가 느껴져서 안타깝기도 했다.

나는 아무래도 좋은 애수를 느끼며, 시시한 일상회화의 캐치볼을 즐겼다.

"다비나가와 축제의 선전 말인데요. 혹시 광고용의 PV같은 것도 생각하고 있나요?"

"우~응. 지금으로서는 전단지와 홈페이지가 고작이야. 그런 것에 어두운 연령층이 많고, 마사키요 씨도 잘 모를 거야."

그렇다면, 어쩌면 힘이 될 수 있을지도 모른다.

아련한 환상의 기억을 더듬어 올라가면, 내가 할 수 있는 일은 저절로 알 수 있었다.

"레슨을 받으면서……라는 형태가 되겠지만, 저한테 맡겨주실 수 있나요? 사야네의 지명도에 비하면 효과는 미미할지도 모르지만, 그래도 안 하는 것보다는……."

안 하는 것보다는, 처음부터 쓸데없다고 일방적으로 단정하는 것보다는 훨씬 나았다.

******

다음날인 수요일. 연습실을 방문한 나는 맨투맨으로 교습을 받는 것을 고대했으나…… 에미 누나는 오늘은 웬일인지 아침부터 외출용 외투를 걸치고 있었다.

그리고, 척 보기에도 외출합니다, 라는 것 같은 몸단장을 부지런히 시작했다.

"어…… 어디 가시나요?"

"마사키요 씨한테 못 들었어? 나, 음악교실이랑 병행해서 미쿠모 여관에서 파트타이머로 일하고 있어."

미쿠모 여관이란 근방에 있는 작은 온천여관이었다. 토미 씨, 에미 누나, 사야네와 함께 몇 번인가 온천에 들어가기 위해 간 적이 있었다. 그래도 요 몇 년은 별로 얼굴을 내비추지 않았지만. 아르바이트를 모집할 만한 체인점은 차를 타고 이동해야 할 거리에 있었으므로, 도보로 다니려면 이곳밖에 없었다.

"완전히, 음악교실만 하고 있다고 생각했어요……."

"나도 그러고 싶은데, 최근에는 레슨을 받으러 오는 아이도 적어져서 말이야. 남편의 피부양자에서 빠져나가지 않도록 조정하면서, 일주일에 사흘은 파트타이머로도 일하고 있어."

역시. 여기도 살기 팍팍해진 것일까…….

"내가 밴드에 협력하는 건 마사키요 씨의 힘이 되고 싶다는 것도 있지만, 이 지역의 아이들이 좀 더 음악을 접할 수 있는 기회가 되면 좋겠다고 생각하는 마음도 있기 때문이야. 제자가 줄어드는 건, 역시 쓸쓸하니까 말이야."

"그러……네요."

"그 외에는 리제에게 친구가 생겼으면 좋겠고. 축제 때 온 초등학생들에게 딸이 화려하게 차려입은 모습을 피로하고 싶은 엄마의 마음인 것일까."

아아. 이 얼마나 멋진 여성인가. 심장에 꽉 찬 뜨거운 열기를 방출하는 것 같은 한숨만이 새어나왔다. 이렇게 헌신적인 아내가 있는 토미 씨에게 질투를 할 것 같았다.

"에미 누나는 프로를 목표로 하고 있었죠. 이제 그럴 마음은 없는 건가요?"

"으~응……. 고등학생 때까지는『음악의 세계에서 먹고 살겠다』라는 꿈도 있었지만, 졸업한 뒤에는 곧바로 결혼해서 아이도 낳았으니까."

"만약, 토미 씨와 결혼을 하지 않았더라면……?"

내 질문에 에미 누나는 잠시 생각에 잠겼다. 그러나.

"나는 사야네처럼은 되지 못해. 악보대로 악기를 잘 연주할 수 있는 사람은 산더미처럼 많지만, 0에서 음악을 만들어내는 재능은 나한테는 없어."

에미 누나는 상냥하게 미소를 지으며 어쩔 도리가 없다고 말하려는 것처럼 어깨를 으쓱였다.

내가 말하면 우스꽝스럽고 얄팍하게 들릴 말이라도, 에미 누나가 말하니 매우 무게감이 있었다. 아무리 노력해서 연주 기술을 몸에 익혀도, 천재만이 넘을 수 있는 벽이 있다……. 노력도 하지 않고『범재』란 것을 변명으로 삼는 나와는 명확히 달랐다.

"미련은 없어. 마사키요 씨와 리제가 있어주는 일상은 정말 즐거우니까."

약간 부끄러워하면서 에미 누나는 솔직한 감정을 자랑하듯 늘어놓았다. 좋아하는 상대와 맺어져서 평생을 백년해로한다는 것은 꿈을 이루는 것 이상으로 행복한 일이라고 말하는 사람도 있었다.

나는 바보라서, 이렇게 에미 누나가 가르쳐주지 않으면 이해할 수 없었다.

"내 꿈은 리제에게 맡겼어! 그 아이가 꿈을 이루어주는 것이 내 꿈이려나."

"……좀 거창한 소리를 하고 있네요."

"시끄러워요. 내가 말해놓고도 좀 창피했거든!"

에미 누나가 뺨을 발갛게 물들이며 집게손가락으로 내 뺨을 꾹꾹 눌렀다. 그 귀여운 동작에 어릴 때의 나는 가슴을 두근거렸고, 연상의 누나라는 의미에서 동경을 했다.

"저…… 에미 누나가 지켜보지 않으면, 금방 땡땡이칠 자신이 있어요."

"으응? 그런 말해도 곤란한데. 오늘은 저녁때까지 근무시간을 짜놨으니까."

"그러니까, 여관에서 연습할게요!"

나는 옛날부터 에미 누나에게는 신세만 지는구나.

하지만 에미 누나라면 웃으면서 용서해주니, 나도 모르게 어리광을 부리고 말았다.

스스로 생각해도 기분 나빴다. 억지를 써서 결국 여관에까지 쫓아가고 말았다.

에미 누나가 여관 측에 상의하자, 여관을 경영하는 할아버지는 선뜻 허락했다. 덕분에 별로 사용하지 않는 빈 방을 빌릴 수 있게 되었다.

아, 여기에도 전단지가. 여관의 로비나 현관에 붙어있던 축제 전단지는 아마도 에미 누나가 붙인 것이리라. 지역민이나 관광객에 대한 선전효과는 높을……지도 모른다!

"이야~ 우리 여관의 간판인 에밀리가 부탁한다면 거절할 수 없지."

젊은 여자에게 헬렐레 하는 에로 늙은이……가 아니라, 사장인 할아버지에게 감사하면서 나는 3평정도 되는 다다미방으로 안내받았다. 총면적은 넓지 않은 유서 깊은 개인여관이었지만, 내부는 깨끗하게 정돈돼 있었다.

운동부 합숙 같군. 해본 적은 없지만.

오늘 이곳을 찾은 데에는 에미 누나와 레슨을 하는 것 외에 또 한 가지 중요한 목적이 있었다.

"여관 내부라든가 외관을 촬영해도 될까요? 이 지역을 소개하는 PV에 쓰고 싶어서요."

"페브이, 가 뭣이냐?"

"피브이, 예요. TV광고 같은 선전동영상이에요."

할아버지에게 이해하기 쉽게 설명하자, 어렵지 않게 승낙을 얻을 수 있었다. 나는 지참한 디지털카메라를 써서 여관의 풍경을 촬영해갔다.

이미지나 동영상으로 쓸 소재가 그럭저럭 모이자, 나는 빌린 방으로 귀환했다. 그리고 온천에 다녔던 과거의 날들을 그리워할 시간도 생략하고, 여기까지 나르는데 고생한 무거운 짐을 정리했다.

그러고 있으려니, 에미 누나가 재빨리 상태를 보러 와 주었다.

"어때? 연습할 수 있을 것 같아?"

연지색의 여관종업원 복장이 신선해서, 낯선 모습에 요염함마저 느껴질 정도였다. 유럽식 외모에 일본식 복장의 융합…… 아름답다.

이런 거…… 남자 손님들은 견딜 재간이 없으리라. 사장인 할아버지가 호색한의 얼굴이 되는 마음도 이해가 되었다.

"네. 헤드폰으로 소리가 새는 걸 없애면 폐도 끼치지 않을 테고, 주위도 조용하니까 집중할 수 있을 거예요."

"주위가 조용한 건 묵고 있는 손님이 적기 때문이야. 오늘은 평일이기도 하니까."

"여기가 붐비는 건 장기연휴나 단풍철 정도죠."

"맞아. 이번 달 하순부터 조금씩 늘어날 거라고는 생각하는데 말이지."

실례되는 말투였지만, 실제로 그 말 대로였다. 이 지역에 사는 호색한 노인네들은 당일치기 온천을 명분삼아 에미 누나를 보러 올 것 같았지만……. 아니, 보러 오고 있겠지.

"PV소재로 쓰고 싶으니까, 접객하는 분위기를 내줬으면 하는데요."

나는 그렇게 말하면서 동영상 촬영 모드의 카메라를 에미 누나에게 향했다.

"어, 어어……? 나도 찍는 거야? 창피한데."

"살짝 요염하게 어른의 웃는 얼굴로…… 좋아요, 좋아. 머리카락을 귀 뒤로 넘기는 몸짓도 해 주셨으면 해요."

에미 누나는 곤혹스러워하면서도 두 무릎을 꿇고 앉았다. 그리고 부끄러워하면서도 카메라 렌즈를 향해 접객용 미소를 지어보였다. 그러자……내 시선은 이제 그것에 완전히 못 박혔다. PV의 소재로 사용한다고? 개인감상용이네요.

탄력 있고 부드러운 금발을 귀 뒤로 넘긴 순간, 셔터를 누르던 집게손가락은 미친 듯이 셔터를 연타했다.

"아, 그만! 너무 찍었어! 슈, 눈에 핏발이 섰어!"

"아뇨, 조금만 더요……. 앞으로 20컷만 더……! 부탁해요, 에미 누나……!"

필사적인 색광 카메라맨이려나?

역시나 부끄러워졌는지 에미 누나가 두 손을 뻗어 카메라 렌즈를 가렸다. 그라비아 촬영을 하러 온 게 아니니까 말이지! 이 정도로 해 두자(최고화질로 보존).

"내가 모아놓은 사진도 나중에 슈에게 보내줄게. 마사키요 씨는 중학교라든가 옛날에 뛰어놀던 장소를 찍어오겠대."

"고맙습니다! 정말로 도움이 될 거예요……!"

"신경 쓰지 마. 축제 당일까지는 시간도 없고, 슈만으로는 힘들 테니까 말이야♪"

다비나가와의 사람들이나 장소의 사진·동영상을 서로 분담해서 모으자……. 어제, 에미 누나가 그렇게 제안했다. 정말로 고마운 일이었다. 동영상 편집 작업도 있기 때문에 나 혼자서는 절대로 무리였으니까.

그리고, 이쪽도 잊으면 곤란했다. 나는 테이블에 키보드를 올려놓고 레슨 준비를 마쳤다. 에미 누나의 친정에서 빌려온 것은 W5라는 기종이었다. 검게 칠해진 외장은 그럭저럭 사용한 흔적은 있었지만, 정성스럽게 손질이 돼 있어서 20년도 더 된 물건이라는 점을 감안하면 깨끗한 편인 것 같았다.

"그럼, 당장 해야 할 일을 끝내면 다시 올 테니까, 그때까지는 지금까지 가르쳐 준 부분을 연습하고 있어."

에미 누나가 작게 손을 흔들며 방을 나섰다. 에미 누나가 언제 보러 올지 예상할 수 없다는 이 압박감. 작은 새의 지저귐을 만끽하면서 나는 건반에 의식을 집중했다.

땡땡이치고 싶다는 욕구가 피어올라도, 내게 환멸을 느낀 에미 누나의 얼굴을 상상하면서 꾹 참고 연습을 계속했다. 많지 않은 아군이자 진심으로 어리광을 부릴 수 있는 사람이야. 절대로 버림받고 싶지는 않아.

그러나, 시간의 경과와 함께 동기부여가 점점 약해졌다.

다른 사람의 도움이 없으니 의욕이 겉돌기 시작했다. 생각한 대로 손가락이 움직이지 않았다. 좀 더 잘 연주할 수 있는데, 머리로는 이해하고 있는데. 하고 싶은 것과 할 수 있는 것의 간극이 초조함을 더욱 부채질했다.

쿠억?! 집중력이 깨지려던 때, 갑자기 머리 위에서 충격이

전해져왔다.

"슈. 열심히 하고 있느냐?"

그 소리에 나는 뒤를 돌아보았다. 그러자, 리제가 내게 기대듯이 달라붙어 있는 것이 아닌가. 체구가 작아서 무겁지는 않았지만, 기세 좋게 몸통박치기를 가했기 때문에 충격은 굉장했다.

"리제…… 학교는?"

"점심시간! 자유 시간에는 황폐한 세계를 떠돌아다니고 있다."

방의 시계를 확인하니 정오가 가까웠다. 외부의 소리를 차단하고 의식을 집중하고 있었기 때문에, 현재시각도 리제의 접근도 전혀 알아차리지 못했다.

"엄마에게서 네가 연습하고 있다고 들었다. 감시는 내게 맡겨라."

"내가 딴 짓을 하면 또 몸통박치기를 할 거야……?"

"후하하~ 죄인에게는 혁명과 함께 심판의 철퇴를 내릴 거다."

리제는 앳되게 웃으면서, 뒤쪽으로 물러났다. 그리고.

"단죄의 심판!"

"으억!"

……나를 목표로 결사의 다이브를 했다.

품으로 뛰어든 리제의 충격을 이기지 못한 빈약한 니트, 나는 리제와 함께 다다미에 자빠졌다. 그러자, 이게 어떻게 된 일일까요……. 쏟아져 내리던 졸음기가 싹 달아나버렸습니다!!

"어때? 연습을 잘 돼…… 어머, 리제?!"

방에 들어온 에미 누나의 시야에는 방바닥에 드러누운 내 위에 올라탄 리제의 모습이!

"미안해, 슈. 곧바로 리제를 철수시킬 테니까, 레슨은 그 뒤에 하자."

"크아아아아아아아아아! 마녀사냥은 용납되지 않는다!"

"그래그래. 학교로 돌아가자♪"

학교에서의 탈옥(?)은 일상다반사인 모양이었다.

"그리고, 이건 이요리 씨가 갖다 주신 간식. 가스업체의 트럭으로 잠깐 들렀다 가셨어."

에미 누나가 건네준 두루주머니에는 형태가 가지런하지 못한 직접 만든 주먹밥이 들어있었다. 중학교 때에는 급식이 없었기 때문에, 엄마가 고군분투하면서 주먹밥이나 도시락을 싸 주곤 했지…….

나는 가슴 앞에서 두 손을 맞댄 뒤, 주먹밥을 한 입 가득히 씹으며 주린 배를 채웠다.

"슈…… 내가 장모님이 되는 건 아직 이른 것 같아♪"

"하지 마세요. 오해라니까요."

장난삼아 나를 놀리는 에미 누나. 그녀는 자유로운 꼬맹이를 확실하게 붙잡은 채로 일단 방을 나섰다. 에미 누나도 점심휴식에 들어갈 테니, 당분간은 둘이서 연습할 수 있었다.

응. 일단은 졸음기도 가셨고, 기분전환도 할 수 있었다. 혼자서는 시야가 좁아지기도 쉬울뿐더러, 마음의 방심도 생겨나기 쉬웠다. 거기에, 고독에 휩싸여 심신이 극한까지 몰렸다.

혹시, 리제 나름대로 나를 격려해준 것일까?

상냥한 부모 밑에서 성장한 상냥한 초등학생이잖아……. 토미 씨, 리제를 잘못 키우지 않았어.

"마중 나와 달라고 부탁한 기억은 없다. 리제는 자유를 사랑한다."

"늘 멋대로 없어지지 좀 마! 너 같은 녀석은 나 정도밖에 찾으러 오지 않는다고!"

창문 밖에서 리제의 목소리가 들리는가 싶더니, 동급생인 요스케가 리제를 찾으러 온 모양이었다. 에미 누나가 요스케에게 리제의 신병을 인도하고, 두 사람은 보고 있으면 흐뭇해지는 말싸움을 하면서 초등학교로 돌아갔다.

그 모습에서 묘한 친근감이 느껴졌다. 그 광경은…… 예전의 나와 사야네의 모습과 어딘가 비슷했다.

"기다려…… 사야네."

그 녀석에게 보여주겠어. 쓰레기의 인생은 마지막에 불타오르고 끝난다는 것을. 완전히 불타는 순간 정도는, 이 세상의 누구보다도 환하게 빛나면서 산화해 주겠어.

그러니까, 기다려. 너를…… 축제에 끌어낼 테니까 말이지.

나는 그저 오로지 건반을 계속 두드렸다. 고막에 소리를 새겨 넣기 위해, 힘차게 전 체중을 싣듯이. 배고프다. 졸리다. 피곤하다. 그런 욕구는 지금까지 충분히 충족시켜 왔다.

손가락이 끊어져도 좋았다. 지금 죽어도 상관없…… 그건 좀 곤란하지만. 엿새 뒤에는 죽어도 좋으니까 적어도 이 닷새

간만큼은 최고로 목숨을 불태우게 해줘, 신이시여.

마지막으로 웃고 죽을 수 있게.

레슨이 끝나자, 이번에는 자택에서 편집 작업에 들어갔다.

아침 일찍, 지역을 돌아다니면서 PV 소재를 모으면서 초중고생들에게 전단지를 배포. 아침 10시부터는 에미 누나의 친정에서 레슨. 밤에 집에 돌아와서는 아침결까지 컴퓨터 앞…… 축제 당일까지는 이런 사이클의 하루가 계속 반복되었다.

수면시간은 3시간. 만화, 애니메이션, 게임…… 이전의 일과는 시공의 저편으로 지워 없애버렸다.

때때로, 엄마가 내 방을 들여다보면서 “환자는 얼른 자라!” 라고 걱정을 했다. 하지만, 그 아들은 얌전히 그 말을 따르는 척 하면서 엄마의 기척이 사라지면 그 직후 다시 컴퓨터 앞으로 복귀했다.

순찰을 도는 선생님의 눈을 속이는 수학여행의 밤. 그 공방과 비슷했다.

다비나가와 축제 전날인 토요일. 몇 분 전까지는 금요일이었던 심야시간대에 나는 동영상 편집 작업에 열중하고 있었다. 블루라이트를 계속 쬐어 피곤한 눈을 문지르며 나는 신경질적으로 머리를 감싸 쥐었다.

“핵심적인 게 부족해…….”

PV의 마지막을 장식할 예정이었던 장소의 영상이 없었다. 아니, 있긴 있지만…… **그 계절이 아니**라고.

그 장소란 다비나가와 하천둔치였다. 10월인 현재, 벚꽃나무로 이루어진 가로수도, 유채꽃 꽃밭도 완전히 오프시즌이었다. 촬영된 동영상은 평범하고 밋밋한 하천둔치에 불과했다.

이래서는 의미가 없었다. 다비나가와를 모르는 사람의 마음을 끌기에는 너무 약했다.

봄에 촬영된 것을 지역민 누군가에게 빌릴까, 아니면 다른 대안을 생각할까.

고민하고 있을 시간조차 아까웠다. 거기에 더해 이 동영상은 이미 PV로서는 기능하지 못할 것이다.

하루에 퍼지는 선전의 범위 따위 대수롭지 않았다. 축제 홈페이지에 올려도, 일반인의 SNS에서 발신한다고 해도.

그래도…… 하는 거야. 아무 것도 하지 않고 끝내고 싶지는 않아.

내가 할 수 있는 일은 지금도 옛날도, 이 정도이니까……. 적어도 이 정도는 끝까지 해내고 싶었다.

나는 컴퓨터의 과거 폴더를 뒤졌다. 그러고 있으려니…….

"이것도…… 지우지 못했나."

내게 일말의 희망을 안겨준 것은 수년 전의 사진과 동영상 데이터였다.

잘 아는 소녀가 비친 그리운 광경을 나는 곧바로는 직시할 수 없었다. 눈을 돌리고 싶은 본능을 억누르며 발췌한 장면을 편집본의 마지막에 집어넣었다.

이 PV에 어울리는 BGM은 단 하나.

나와 소녀의 관계를 이어주고 있는 선율뿐이었다.

"다 됐다……."

나는 최종확인을 마치고 몇 시간 만에 겨우 컴퓨터의 전원을 껐다.

의자의 등받이에 기대 천장을 올려다보았을 때에는…… 아침햇살이 커튼틈새를 통과하고 있었다.

나는 스마트폰을 한 손에 들고, 토미 씨에게 전화를 했다. 토요일이니까 쉴 것이라고 생각은 하지만, 일어났을까?

『……안녕.』

몇 번의 신호음을 사이에 두고 나른한 목소리가 되돌아왔다.

"일하느라 피곤한 참에, 아침 일찍부터 전화해서 미안해. 자고……있었지?"

『음……뭐, 그렇지. 점심때까지 자고 있으면 리제가 두들겨 깨우니까, 마침 잘 되긴 했지만…….』

어떤 식으로 두들겨 깨우는지 좀 보고 싶었다.

"공민관의 이벤트 홀에, 라이트연출용 조명기구를 반입해도 괜찮을까?"

『빙글빙글 돌려서 색을 바꾸는 라이트라면 공민관에도 있다만?』

"스탠드식만으로는 역시 조금 부족해. 사야네를 끌어내는 이상, 될 수 있는 한 최고의 환경을 만들어주고 싶어."

『참고로, 어떤 기자재가 필요한데?』

"PAR라이트, 무빙 라이트, 미니블루 라이트, 핀 스포트라이트…… 그리고 조명을 조작하는 DMX류가 필요하려나. 빛을 강조하는 스모크머신도 하루사키 시의 대여업자한테 빌릴까, 생각 중이야."

최소한 이 정도는 갖춰놓고 싶었다.

축제는 내일이었지만 곧바로 수속을 하면 아슬아슬하게 시간에 맞출 수 있었다.

『나로서는 대찬성이다만, 실행위원의 예산은 이제 안 남았어.』

"그렇겠지……. 혹시나 하고 생각했는데……."

당일한정 대여라고는 해도, 수만 엔은 들 것이다. 실행위원의 예산을 쓸 수 없다면, 비용을 자기부담 하는 수밖에 없었다.

대여할 기자재 수를 최소한으로 줄이고 새 게임기나 게임을 팔면…….

『대여업자는 내가 만나볼 테니까, 넌 네 일을 우선해. 회장 설영이나 운영에 대해서는, 이벤트에 관계할 기회가 많은 내 쪽이 더 적임일 테고 말이지.』

"어? 돈은……?"

『큰 부자는 아니지만, 그 정도라면 선배가 내주마. 너희를 공연에 끌어들인 건 나이니까. 의지해준다면 기꺼이 협력하마.』

……갑자기 그렇게 멋진 모습을 보이지 말아줘.

『나도 너희에게 의지를 할 테니까, 너도 우리에게 의지해. 그게 고향사람이라는 거잖아.』

토미 씨 같은 남자가 되지 못했다는 사실을 후회하게 되니까.

『에밀리가 기다리고 있지? 어서 가봐.』

"……고마워, 토미 씨."

감사의 말은 작은 목소리로.

"최근 에미 누나. 토미 씨가 알지 못하는 표정을 잔뜩 보여 주고 있어."

『뭐? 야, 야야. 내가 모르는 에밀리라니 그게 도대체 뭐냐?! 야! 잠…….』

나는 일방적으로 전화를 끊었다.

놀리는 것으로 얼버무린 것은 토미 씨를 상대로 진지한 분위기를 띠는 것이 창피했기 때문이다.

이 마을은 지독했다.

근본부터 악독한 인물이 없었기 때문에 내가 밑바닥인생의 위치가 돼버렸다.

자…… 마지막 레슨을 하러 가볼까.

토요일 심야에까지 이어진 레슨도 종반에 접어들어, 나는 에미 누나의 친정에 틀어박혀 본방에서 연주할 세 곡을 처음부터 끝까지 쉬지 않고 연주하는 최종단계에 들어서 있었다.

남의 곡을 악보대로 연주하는 것만으로도 고작이었지만, 뒷일은 본방에서의 의욕에 맡겨 어떻게든 하자. 쌓인 피로와 수면부족이 몸의 중심을 불규칙하게 흔들었다.

손가락과 팔의 감각은 이미 마비돼 있었다. 너무 아파서 아프지도 않았다.

사고회로가 제대로 기능하지 않았다. 몇 번이나 귀에 새겨

넣은 궤적을 더듬으며, 매일 반복한 음악을 본능에 따라 치고 있을 뿐이었다.

…………………………………….

눈을 들자, 그곳에는 천사가 있었다.

죽은 것은 아니었다. 배경은 분명히 현세였다. 기억이 꽤 흐릿했지만, 에미 누나의 친정에서 계속 키보드와 마주하고 있던 것은 기억하고 있었다. 끝없이…… 에미 누나의 박수가 귀에 와 닿을 때까지.

창문으로는 하얀 빛이 섞인 아침햇살이 쏟아져 들어왔다. 방을 꾸미고 있는 악기들의 형태대로 그림자가 뻗어 있었다.

"새액…… 우응……."

뒤통수에는 부드러운 극상의 감촉이 느껴졌고, 드러누운 내 시야의 끝에는 잠이 든 에미 누나의 순진무구한 얼굴이 있었다.

크어, 이럴 수가! 내가…… 에미 누나의 무릎을 베고 있잖아.

그것을 깨닫기가 무섭게 갑자기 부끄러워져서, 얼굴의 표면 온도가 상승했다. 반칙이잖아. 너무 귀여워. 바닥에 엉덩이를 댄 채 다리를 M자로 만들고 기분 좋다는 듯이 자고 있는 에미 누나가.

스타킹이 살에 닿는 감촉이나 에미 누나의 달콤한 향기는 심장의 격렬한 두근거림을 더욱 폭발적으로 만들었다.

왜, 이런 상황이 되었는지는 분명하지 않았다. 하지만…… 일생에 한 번 있을까 말까한 최고급 무릎베개를 좀 더 만끽하고 싶다.

덤벼봐, 도요토미 마사키요. 지금만큼은 내가, 무방비한 에미 누나를 독점하고 있다고.

"……우—응. 어라……?"

쏟아져 들어오는 빛이 눈이 부신 것일까. 천사가 눈꺼풀을 작게 떨면서 눈을 떴다.

"안녕, 에미 누나."

"안녕, 슈."

연인 사이인 거냐. 최고다.

"……좀 물어봐도 될까요?"

"응. 뭔데?"

"왜, 무릎베개를 하는 상황이 된 거죠?"

내 시시한 질문에 에미 누나는 손으로 입가를 가리면서 쓴웃음을 지었다.

"슈가 세 곡을 다 연주하고는 바로 잠들어버렸어. 정말로 피곤했구나."

"아아…… 역시 그랬나요."

어제는 전혀 자지 않았기 때문에 그런 예감이 들기는 했다.

술에 취해 민폐를 끼치는 인간들 같아서 면목이 없군…….

"일어날 때까지 무릎베개를 해주자고 생각했는데, 나도 어느 샌가 잠들어버린 것 같아. 뭔가 좀 미안하네."

"아뇨…… 지금까지 중에 최고로 멋진 기상순간이 되었습니다."

에미 누나가 고개를 갸우뚱했다. 하지만, 세상 남자들만 내 마음을 알면 돼.

"아직 졸려서 그런데…… 좀 더 이대로 있어도 괜찮을까요?"

"차암, 어리광쟁이네. 마사키요 씨한테도 해 준 적이 없는데."

지금 그 대사…… 위험해. 역시. 나, 기분 나쁘게 히죽대거나 하고 있지는 않겠지?

"……알았어. 지금까지 열심히 한 보답이야."

에미 누나는 몹시 난감해해하며 눈썹 끝을 늘어뜨렸지만, 성모와도 같이 미소를 지으며 그 상태로 내 머리를 부드럽게, 부드럽게 쓰다듬어 주었다. 그것만으로도 모든 것을 보답 받은 것 같은, 전신의 피로가 씻기는 것 같은 감각이었다.

그러나 본무대는 오늘 오후. 처음이자 마지막 진심은 그때 전부 방출하기로 정했다.

"에미 누나……."

"응? 왜에?"

"저 말이죠…… 사야네한테 다녀올게요. 그 녀석에게서 도망친 최악의 인생이지만 한 번 정도는 진심으로 그 녀석의 옆에서 같이 걸어보고 싶어요."

"걸을 수 있어. 지금의 슈라면……. 자랑스러운 내 제자이니까."

나는 이 사람을 동경했다.

옆집에 살던 외국인 누나와 친해지고 싶어서 음악교실에 다니기 시작했다. 첫사랑……은 아니었다. 연상의 누나를 동경하는 시기도 있을 것이다, 라고 생각했다.

하지만, 지금이라면 단언할 수 있었다. 이 사람은 나의 첫사랑이었다. 왼손약지에서 빛나는 은색의 반지. 이제는 내 것으로 만들 수 없는 에밀리 스털링이라는 여성을…… 좋아했다.

“에미 누나는…… 제가 없어지면 쓸쓸할 것 같아요?”

내 갑작스러운 질문에 에미 누나는 눈을 동그랗게 떴다. 그러나 온화한 표정은 무너뜨리지 않았다.

“……쓸쓸할 거야, 아마도. 계속 울고, 눈물이 다 말라도 울다가, 언제 레슨을 받으러 와도 좋도록 여기서 계속 기다릴 거라고 생각해.”

“그런가요……. 고마워요.”

배어나온 눈물방울이…… 눈에서 굴러 떨어질 것 같았다. 이런 쓰레기가 사라져도 슬퍼해주고, 줄곧 돌아오는 것을 기다려줄 사람이 있었다.

내 인생에는 의미가 있던 것일까.

무엇도 될 수 없건만, 오래 살 가치가 있는 것도 아니건만.

“……슬슬 가볼게요.”

“응. 다녀와.”

내가 상체를 일으켜 세우자…… 문득 탱탱한 감촉이 뺨에 와 닿았다. 희미한 숨결과 분홍색의 입술. 에미 누나의 키스는 수초 간의 정적을 만들어냈다.

어디까지나, 사이가 좋은 남동생에게 하는 것 같은 스킨십. 그 이상도 이하도 아니었다.

이 포상을 받고 싶어서, 어느 남자초등학생은 뻔질나게 이 음악교실을 들락거렸다.

하지만 이제는, 필요 없는 것이었다. 이것이 마지막 레슨이니까, 포상도 이것으로 끝이었다.

"사야네와 화해할 수 있도록…… 주문을 걸어줄게."

"반해버릴 것 같으니까…… 하지 말아 주세요."

"얘가~. 유부녀에게 그런 의미심장한 것 같은 말은 하지 마."

"독신남을 착각하게 하는 에미 누나 잘못이에요."

지금은 이제 좋아하지 않는 소중한 사람. 나도 에미 누나도, 달리 사랑하는 사람이 있었다.

행복해지세요.

그녀가 사랑하는 사람과, 꿈을 맡긴 작은 소녀, 그들과 언제까지나 행복하세요.

안녕, 나의 첫사랑.

지금 간다. 내가 정말로…… 좋아하는 사람.

******

이른 아침의 맑고 깨끗한 공기를 가르고 나아가는 것은 생각한 것보다 훨씬 상쾌했다. 개를 산책시키고 있던 할아버지, 할머니들을 화려하게 피하며, 나는 자전거를 타고 사야네의 집을 향했다.

본심은 불안과 우울함으로 가득 차 있었다. 묘한 진땀을 흘리며, 떨리는 다리로 앞으로, 앞으로 페달을 밟아 도망치고 싶은 충동을 뿌리치고 이 장소에 도착했다.

"스토커냐……."

우왕좌왕, 허둥지둥.

자전거로 주변을 왔다 갔다 하거나, 자전거에서 내려 여기저기 돌아다니거나……. 이래서는 인기 아티스트를 따라다니는 사생팬으로 오해를 받아도 불평을 할 수 없겠네.

만나줄 것인가. 말을 나눠줄 것인가……. 그렇게 무서워해봤자 아무 것도 시작되지 않는다. 이 이상 미움을 받아도 상관없었다. 밑바닥보다 더 밑은 없었다.

그 녀석이 집에 있을 확률은 약 98퍼센트. 2층에 있는 사야네의 방을 밖에서 바라보면 충분히 알 수 있었다. 사야네는 어두운 환경을 좋아했기 때문에, 커튼이 완전히 닫혀 있다면 방에 있다는 증거였다.

"슈? 이런 아침 일찍부터 무슨 일이니?"

"앗. 안녕하세요."

집 앞에서 빨래를 말리고 있던 사야네의 어머니가 나를 발견하고 말을 걸었다.

"미안. 사야네라면 외출했단다."

"어. 그럴 리가……."

커튼, 닫혀 있는데 말이지. 왠지 창문도 아주 살짝 열려 있고.

"……슈가 오면 『외출했다고 하고 쫓아버려』라고 사야네가 말했는데 말이지."

"역시 방에 있잖아요!"

사야네의 어머니, 선뜻 자백해 버렸다.

"엄마! 왜 솔직히 말하는 거야————————!!"

창문으로 몸을 내민 사야네의 우렁찬 외침이 대자연에 울려 퍼졌다. 너무나도 조용한 시골이라, 정원에서 대화를 나누던 우리의 말소리가 다 들린 모양이었다.

몰래 훔쳐 들으려고 창문을 살짝 열어놓았다는 의혹도 있다고.

"……돌아가."

사야네가 겸연쩍다는 것처럼 방의 창문을 완전히 열었다. 사야네의 어머니가 눈을 빛내면서 호기심 왕성한 표정으로 우리를 지켜보았다. 딸의 연애 사건이라고 착각하는 것 같았다.

"축제에 와줘. 네가 없으면 아무 것도 안 돼."

"……."

내 말이 들렸겠지만 대답은 없었다. 나는 그에 개의치 않고 말을 계속했다.

"계속 도망쳐 온 인생이지만 말이지. 한 번 정도는 도망치지 않고 맞서보겠다고 결심했으니까."

"……믿을 수 없어."

"말로만 하는 소리가 아니라는 걸 지금부터 에미 누나네 집에서 증명해 보여도 좋아. 네가 납득할 수 있을 소리를 완벽하게 내겠어."

사야네는 내게 등을 돌린 채 침묵했다. 정원에서 올려다보고 있었기 때문에 내게는 사야네가 어떤 표정을 하고 있는지 알 수 없었다. 고작 일주일간의 연습이었지만, 내게는 자신감의 근원이었다.

잃어버린 신뢰를, 거리를, 겉꾸민 말만으로 해결할 수는 없었다. 그것을 체현해 내야만 해. 절대로 무리일 것이라는 개념을 뒤집는 것으로.

"그리고…… 선전용 PV도 만들었어. 토미 씨랑 에미 누나도 도와줬어."

"……그 얘기를 왜 나한테 하는데?"

"네가 가장 먼저 봐 줬으면 해. 그때의 영상과…… 그 곡을 사용했으니까."

나는 주머니에 넣어둔 USB메모리를 손에 쥐고, 입을 한 일자로 꽉 다문 사야네에게 들어보였다.

"새삼 이런 걸 만들어도 거의 쓸모는 없을 거야. 그래도…… 사야네가 봐 줬으면 해서 가져왔어."

의미가 없다는 것을 알아도, 무언가를 완수해낸 증거로서…… 사야네에게 보내고 싶었다.

얼굴빛도 바꾸지 않고 미동도 하지 않는 소꿉친구.

그쪽이 그럴 생각이라면, 나도 더는 기다리고 있을 수만은 없었다.

나는 팔을 크게 휘둘러 2층에 있는 사야네를 향해 USB메모리를 던졌다.

기록매체가 정교한 포물선을 그리며 날아갔다.

받아줘.

부탁해.

포물선이 마지막으로 도착한 곳은.

사야네가 내민 오른손이었다.

무시했으면 1층 지붕에 떨어졌을 것을, 일부러 잡아준 것이었다.

"네가 온 것에는 놀랐어. 그렇게 모질게 말하면 도망칠 거라고 생각했으니까."

"몇 번이나 도망치자고 생각했고, 몇 번이나 집에 틀어박히고 싶다고 바랐어. 하지만…… 많은 사람들이 도와주고 등을 떠받쳐줘서 너를 부르러 올 수가 있었어."

그것이 5년 전과의 차이. 멋대로 혼자서 끌어안지 않고, 주변 사람들의 도움으로 부족함을 메웠기 때문에야말로 일시적이나마 마주 볼 여유가 생겼다.

멀어져가는 네 모습을 열심히 뒤쫓을 수가 있었다.

사야네는 잠시 동안 침묵으로 일관했다. 하지만…… 열려있던 창문을 조용히 닫으며 어울리지 않는 희미한 미소를 띠고, 한 마디 말했다.

"갈 수 있으면…… 갈게."

그거, 절대로 안 오는 사람의 단골대사잖아.

제3장 시골뜨기의 폭풍

오전 10시, 제35회 다비나가와 축제 개막.

그렇다고는 해도, 화려한 오프닝 이벤트가 있는 것도 아니었고 참가자들이 모이는 것도 아니었다. 간단히 말하자면, 수수하게 스윽 시작하는 느낌이었다.

공민관의 주차장에는 드문드문 차가 주차돼 있어서, 비교적 평균연령이 높은 주민들이 공예품을 견학하거나 구입하고 있었다. 가까운 곳에 있는 예전 가축시장터에도 주차를 할 수 있었지만, 그래봤자 한 손으로 셀 수 있을 정도의 차들만이 주차돼 있었다. 그 외에는 도보나 자전거로 몇 사람인가, 상황을 보러 온 것이 전부였다.

200명에서 300명의 구경꾼이 온다면 예년 정도의 성과라고 기뻐할 수 있으리라.

『여러분 덕분에 올해도 무사히 개최할 수 있었습니다. 올해는 무대공연이 다른 때와는 다르니까 많이들 즐기고 가주세요!』

토미 씨가 무대 위에서 인사를 한 것과 동시에 무대공연도 시작되었다.

『거짓말 않고 진짜로 말이지. 마지막에 엄청난 거물이 대기하고 있으니까! 이틈에 자식들이라든가 손주라든가, 하루사키 시내 중심에 사는 사람들도 불러줘! 다비나가와의 미남의 부탁이야!』

토미 씨가 마이크를 이용해 회장의 분위기를 돋웠다. 관객석의 파이프의자에 앉은 노인들에게서 따뜻한 웃음이 일었다. 누구에게나 겉꾸미지 않는 성격이라, 지역주민이나 노인들에게 인기가 높단 말이지.

무직이라는 사실이 들통날까 봐, 교류를 피해왔던 누구 씨와는 크게 달랐다.

"그것보다, 거물이 온다고 예고해도 되는 건가……?"

사야네가 모습을 드러낼 확률은 거의 절망적이건만. 우리 순서는 오후 두 시의 마지막으로 예정돼 있었으니까, 그때까지 와주지 않으면 축제는 용두사미로 끝나게 될 터였다.

"슈! 거의 업자에게 맡겨놓았다만, 조명은 이런 느낌이면 괜찮은 거냐?"

무대에서 내려온 토미 씨가 내게 그렇게 물었다. 그 질문에 나는 주먹을 들어보였다.

"응. 내가 생각한 이상적인 회장에 가까워진 것 같아. 정말로 덕분에 살았어."

"연주 중의 조명조작은 맡겨둬라. 사용방법은 업자에게 배웠으니까. 우리 실행위원회가 화려하게 연출해주마."

나는 이벤트홀을 둘러보았다. 대여한 조명기구가 희망한 대로 배치돼 있었다. 귀중한 휴일을 투자해 준 토미 씨를 위해서라도, 최고의 퍼포먼스를 피로하고 싶었다.

"앰프라든가 음향기기도 세팅돼 있는데, 이것도 토미 씨가 한 거야?"

무대와 무대 주변에는 이미 음향기기가 반입되어 PA도 불평할 여지없이 세팅돼 있었다. 무대 가장 앞에는 모니터스피커가 놓여 있었는데, 다른 출연자들이 사용하리라고는 생각되지 않는 본격적인 라이브사양이었다.

"어제, 이요리 씨와 리제가 반입해서 준비해뒀어. 음균형도 조정해줬고. 난 완전 문외한이니까. 정말 덕분에 살았다."

"그랬구나……. 두 사람한테도 고맙다고 해야겠네."

엄마도 휴일이었을 텐데, 몰래 도와주었던 건가.

"이요리 누님은 특히 힘이 잔뜩 들어가서 말이지. 『아들이 연주할 거니까, 어중간한 소리가 나는 건 용서 못해』라든가, 앗! 으앗……?!"

"마사키요! 떠벌떠벌 쓸데없는 소리 늘어놓지 마!"

토미 씨의 등 뒤에서 전 불량배 엄마가 습격했다.

말하던 도중에 엉덩이를 걷어차인 당사자는 그래도 약간 행복하다는 듯이 고통에 몸부림치고 있었다.

"바보 아들놈도 잡담은 그만하고 얼른 악기 옮기는 거나 도와."

"예이예이."

이 화가 난 어조는 쑥스러움을 감추기 위한 것이라는 사실을…… 아들인 나는 알아. 얼굴을 맞대고 감사 인사를 하면 점점 더 화를 낼 테니, 나는 평소와 다름없는 말 잘 듣는 아들을 연기했다.

나 혼자서는 만들 수 없었던, 수많은 사람들이 준비해 준 대무대.

사야네는 올 것이다. 제발 와줘.

나와 에미 누나의 토미 씨의 차를 빌려서 일심분란하게 악기를 날랐다.

“드럼세트는 무거운데…… 슈 혼자서 괜찮겠어?”

“맡겨주세요. 이래 봬도 남자이니까요.”

그렇게 폼을 잼지만, 엄청 무거운데요.

에미 누나가 마치 요새 같은 분위기와 규모로 개조한 드럼세트는 일시적으로 분해해, 드럼 전용 가방에 넣었다. 에미 누나의 운전으로 공민관의 주차장으로 운반한 뒤에는 대기실에 반입하기 위해 손에 들고 날랐는데…… 상상 이상의 부담이 덮쳐왔다.

하이해트, 크래시, 차이나, 스플래시, 라이드. 심벌 종류만 약 13장. 각종 탐과 스네어가 합계 9개. 베이스드럼은 쓸데없이 3개나 있었다.

엄마도 경트럭으로 운반을 도와줬는데, 세 번 이상은 왕복했어…….

“에미 누나…… 심벌이 이렇게나 많이 필요해? 베이스 드럼도 3개씩은 필요 없지 않아?”

“필요해! 세 번째 베이스드럼은 20인치짜리라서 26인치짜리와는 소리가 다른걸.”

평소에는 온화한 에미 누나가 맹렬하게 반론을 해왔다.

“뭐, 솔직히 비주얼을 중시한 거지만♪ 내 드럼세트는 외관이 다니까.”

그렇겠죠……. 그래야 에미 누나다웠다. 에미 누나네 친정, 부자구나.

"드럼은 내가 옮길 테니까, 키보드나 현악기를 부탁해도 될까?"

"……죄송합니다."

에미 누나가 나를 신경 써서, 대신 드럼 가방을 들어주었다. 나 꽤 한심하지 않아? 육체노동에서 배려를 받는 남자라니, 쓰레기보다 못하잖아.

인도어스러운 니트 생활로 인해, 전신의 근육이 완전히 빠진 모양이었다.

"무거운 건 내가 나를 테니까, 넌 라이브 의상이라도 옮겨라."

"예이."

악기를 내리고 옮기는 것도 도와주는 엄마에게도 전력 외 통보를 받았다.

"용태가 안정돼 있어도 넌 환자이니까 말이다. 너무 무리하지는 마."

"……고마워. 무리는 하지 않을게."

내 병에 대해서는 엄마밖에 알지 못했기 때문에, 엄마는 다른 의미로 신경을 써주었다. 병이 발각된 지 일주일 이상 지났지만, 최근에는 큰 자각증상은 없었다.

무리하지 않는다……는 보장은 할 수 없었지만, 적어도 내가 쓸 신시사이저 세트는 옮기자.

"약한 자는 전장에서 살아남을 수 없다. 여기가 중세 유럽이었다면…… 넌 이미 죽었을 거다."

"하아. 그러게요. 한심합니다."

가볍게 기타를 둘러메는 리제 스승님을 본받고 싶다.

기타와 베이스는 곡에 따라 튜닝을 다르게 해 둔 것과 예비를 포함해 각각 세 개 이상이나 들여왔다. 앓는 소리를 내면서 겨우 악기와 부속품을 모두 반입하고, 나는 조금이라도 체력을 회복시키기 위해 대기실의 다다미 위에 나뒹굴었다.

"이렇게까지 준비를 하고, 게스트의 존재까지 넌지시 암시해놓고는 그 녀석이 안 온다면…… 정말 눈물 나겠네요."

"사야네 말이야? 분명히 올 거야."

묘하게 낙관적인 에미 누나. 그녀는 스마트폰의 화면을 훑어보면서 희미하게 입 꼬리를 끌어올렸다.

"그리고, 죄송하게 됐어요. 기껏 도와주셨는데 PV, 헛되이 돼 버려서……. 쓸모가 없죠."

"아니야. 헛되지 않아. 슈의 마음은 누군가에게 전해졌을 거야. 분명히."

에미 누나는 고개를 좌우로 저으면서 나를 격려해 주었다. 무작정 이리저리 뛰어다니기만 했던 나는…… 그 위로만으로도 보답을 받은 기분이 들었다.

어쨌든, 팔도, 다리도 아프니 점심 무렵까지 휴식을…….

"놀자— 놀자—."

그러나 리제의 방해가 발생했다. 리제는 엎드린 채로 누운 내 등 위에 올라타 작은 몸을 흔들어댔다. 무겁지는 않지만, 좀 봐줘…….

"엄마— 슈— 놀자—."

"그래그래. 알았어."

떼를 쓰는 딸의 끈기에 꺾인 에미 누나가 자리에서 일어나, 엄마답게 리제의 오른손을 잡아끌었다.

"모처럼이니까 슈도 같이 가지 않을래?"

"물론 가겠습니다."

남자란 단순한 생물이구나. 휴식보다도, 여성의 초대를 우선하다니.

나는 기진맥진한 몸을 채찍질해 리제의 왼손을 잡았다. 부부와 아이 같은 미지의 감각을 맛보면서, 나는 셋이서 전시품을 관람하기도 하고 큰북이나 합창 등의 무대공연을 보기도 했다. 남편이 실행위원의 일을 하는 사이, 아내와 딸을 데리고 다니는 남자…… 불륜이려나?

한편, 또 한쪽의 엄마는 사야네의 어머니와 사이좋게 잡담을…….

"야, 인마. 키리야마. 너, 졸업앨범 사진을 멋대로 에밀리에게 유출했겠다!"

"그런 적 없어. 그냥, 차를 마시면서~ 옆에 졸업앨범을 놓고 환담을 했을 뿐이야~."

"엉덩이 대, 걷어차 주마."

"부끄러운 걸 감추는 이요링도 귀여운걸~♪"

"이요링이라고 하지 마! 흑역사를 확산시키는 건 그만둬. 하지 말아줘, 부탁드립니다."

응, 사이좋게……인지는 모르겠지만, 동급생이었기 때문에 화기애애하게 대화를 나누고 있었다. 그 외에 다른 동급생들도 몇 명인가 와 있던 모양인지, 미니동창회 같은 그룹이 만들어져 있었다.

그러나 회장에 발걸음을 한 사람들은 평균연령 50대의 지역주민이 태반이었다. 서로 잘 안다고 할까, 인생에서 한 번은 본 적이 있는 오래된 얼굴들뿐이었다.

선전도 전단지나 홈페이지뿐이었고, 시내중심부에 사는 사람들이 편도 40분 이상 걸려서 보러 올 정도의 축제라고는 생각되지 않았다. 이 지역에 사는 어린아이들이나 젊은이들이 좀 더 흥미를 가져준다면 좋으련만.

사야네의 집에 다시 한 번만 가볼까? 그 모습으로는 다시 가봤자, 평행선을 그리는 것으로 끝나겠지만.

"자, 터치! 배리어! 빔 터치는 금지야!"

공민관 구석이나 주차장을 놀이터삼아 술래잡기를 하는 어린아이들도 있긴 했다. 축제를 보러 왔다기보다는, 놀 구실이 필요했던 것뿐인 느낌도 들지만.

그 술래잡기를 하던 아이들 중 한 명이 이쪽으로 달려와서…….

"니트 형!"

요스케잖아! 정말로 와 준 거냐!

"친구한테 들었는데, SAYANE가 와서 노래한다는 거, 진짜야?"

느닷없이 밑도 끝도 없는 질문을 해서 나는 한순간 당황했다.

"형, SAYANE하고 공터에서 같이 놀았잖아? 뭐, 아는 거 없어?"

"응? 그렇게 친하지 않으니까 잘 모르겠는데……."

"같은 옷을 입고 있었는데도?"

"둘 다 같은 체육복밖에 옷을 안 갖고 있는 것뿐이야."

발야구를 하던 모습을 누군가 보고 있던 모양이었다. 그 녀석은 출신지를 공개하고 있으니까, 지역 아이들도 알아보는 것은 이해할 수 있었다. 오히려 그것보다, 전단지 등에서는 사야네의 이름을 밝히지 않았을 터인데, 왜 이런 소문이 퍼졌는지 이해가 되지 않았다.

"오늘 연주…… 리제도 나오지? 응원하고 있다고…… 전해줘."

요스케가 리제를 계속 힐끗 쳐다보면서 기어들어가는 목소리로 중얼거렸다. 과연, SAYANE에게 관심이 있는척한 것은 이 녀석 나름대로 멋쩍은 것을 감추려는 것이었나. 아아, 너무 풋풋해서 등줄기가 근질거려.

"부끄러운 건 알겠지만, 그런 건 자기 입으로 직접 전해야지. 아직 손이 닿을 때, 내 목소리를 들어줄 수 있을 때 『좋아한다』라고 전하지 않으면…… 후회할 테니까."

"차, 착각하지 마! 그런 녀석 따위, 좋아하지 않는다니까!"

"어릴 때에는 아직 잘 몰라도, 좀 더 어른이 되면 깨달을 거다."

그럴 자격도 없는데 잘난 듯이 그런 소리를 하고 말았다. 연애방면에 둔한 리제는 어리둥절한 얼굴로 우뚝 서 있기만 했고, 요스케는 빨갛게 물든 뺨을 얼버무리듯이 도망쳤다.

"슈~. 슬슬 점심이라도 먹자."

어느샌가 시계바늘은 정오 가까이를 가리키고 있었다.

"와아! 에밀리 누나다!"

"에미 누나에게 접근하지 마! 가서 사탕이나 빨아, 꼬맹이 주제에."

나는 아이의 특권을 이용해 에미 누나 근처에 몰려들려고 했던 음흉한 꼬맹이들을 쫓아냈다. 이 녀석들, 초등학교 시절의 나와 사고회로가 똑같은 것 같아…….

에미 누나가 가자고 했기 때문에, 우리는 일단 근처에 있는 드라이브 인 가게로 향했다. 그곳에서 에미 누나가 방금 전 요스케의 분위기를 알아차리고 "슈…… 그건 초등학생의 사랑이지? 딸의 청춘이지? 꺄~아." 하고 쓸데없이 들뜬 것을 달래며, 리제를 포함해 셋이서 지역명물인 된장라면을 먹었다.

그리고 또다시 공민관으로 돌아오자…….

"뭐야…… 이거."

나와 에미 누나는 몇 번이나 눈을 깜박이며 자신의 눈을 의심했다.

오후 1시가 지난 현재, 주차장은 거의 만차가 되어 있었다. 근처의 가축시장터에도 자동차가 줄지어 서있었다.

자동차 번호판에서는 이곳 현의 넘버를 포함해 주변 현이나 간토의 넘버까지 보였다. 조용한 온천지대인 다비나가와에 이렇게까지 자동차가 몰려드는 광경은 내 20년 인생에서 맞닥

뜨린 적이 없었다.

"어라라! 뭣이여, 이건?!"

이래서야 지나가던 이 고장의 노인들도 놀랄 터였다. 쓸데없이 참석자가 많은 시골마을의 장례식에도 이 정도로 사람이 모이지는 않는다. 누가 보더라도 오전보다 사람이 현저히 늘었고, 젊은 녀석들의 비율도 현격하게 늘어 있었다.

다비 중학교의 학생들도 속속 달려왔고, 표준어를 사용하는 낯선 젊은이들도 있었다. 심지어 간사이사투리나 큐슈사투리를 쓰는 사람도 적지 않았다.

"흐음흐음. 과연……. 압화란 참 심오하군……."

혼잡해진 회장을 둘러보고 있으려니, 초등학생 사이에 섞여 압화 체험 코너에 있는 중년남성을 발견할 수 있었다. 축제에 올 것인지 어떤지 미묘한 대답을 했던 교감 선생님이었다.

"스기우라 선생님! 애들 사이에 섞여서 뭘 하고 계신가요?!"

"우, 우와…… 깜짝 놀랐다……."

장난꾸러기인 에미 누나가 뒤에서 갑자기 어깨를 잡자, 교감 선생님은 펄쩍 뛰어오를 것 같은 기세로 놀랐다.

"교감 선생님 덕분에 다비 중학교 학생들도 꽤 와준 모양이에요. 정말 도움이 됐습니다."

나는 교감선생님에게 고개를 숙였다. 그러자.

"아니. 나는 거의 아무 것도 하지 않았다……. 지역 문화나 축제를 접하는 것도 수업의 일환이라고 생각하니까, 교육자로서는 장려하고 싶구나……."

교감 선생님은 겸손해하면서 고개를 끄덕였다.

“하지만, 내가 온 건 내 개인적인 취미 때문이다……. 5년 전의 감동을 잊을 수 없어서 말이지.

“……사야네, 올 기미가 안 보여요.”

“하하…… 괜찮을 거다……. 이 분위기, 이상하다고 생각하지 않으냐……?”

기분 탓일까, 주변을 둘러본 교감선생님이 살짝 신바람 나는 것 같은 목소리로 말했다.

평소에는 한산한 공민관이 라이브하우스와도 같은 고양감을 내뿜으며, 준비한 파이프 의자에 다 앉지 못한 사람들이 입석(立席)의 벽을 만들고 있었다.

남녀노소가 500명…… 아니, 아직 계속 늘어날 가능성도 있었다.

“일어날 거다…… 폭풍이. 그녀는 말이지……. 사람을 끌어당기는 유일무이한 재능을 갖고 있어.”

평소에는 무기력하고 졸려 보이는 교감선생님이 흥분해서 주먹을 부르르 떨고 있었다.

폭풍……인가. 일으킬 수 있으려나. 이렇게 작은 시골마을에서.

“일으키는 거야…… 네가. 기분파인 폭풍을 지배할 수 있는 절대적인 존재가, 바로 너다!”

잠깐잠깐. 음악애호가의 사고는 이해하기 어려웠다. 왜 나는 과대평가되고 있는 것인가. 도쿄에서 사야네가 잘 나갔던 것은 사야네가 노력했기 때문이었다. 그 녀석의 노력의 결과였다.

사야네와 헤어지고 나서, 나는 사야네의 노래를 듣는 일조차 멀리했다. 그런 내가 만든 노래 따위, 떠올리고 싶지도 않겠지…….

“그러고 보니, 아침 일찍, 키리야마가 학교에 와 있었지…….”

“예? 왜요?”

“나는 잘 모르지만, 너는 조만간 알게 되지 않을까……?”

“아뇨. 저는 초능력자가 아니니까 몰라요.”

머지않아 도쿄에 돌아갈 테니 모교의 모습을 기억해두고 싶다…… 뭐, 그런 것이겠지.

“스기우라……! 이봐이봐이봐. 당신도 늙었군!”

그렇게 목소리를 높이며 교감선생님의 어깨를 끌어안은 것은 엄마였다.

“……우, 우와…… 또 불량배가…….”

“이요리 씨도 스기우라 선생님을 아시는 건가요?”

“알다마다. 이 녀석은 우리 반 담임이었으니까 말이지. 벌써 25년 전 정도인가?”

엄마가 중학생 무렵이라는 것은, 교감선생님은 대략 30대일 때인가.

“이요리 밑에서 컸는데도, 저기 있는 아들은 성실한 학생이라 정말 다행이었다……. 마사키요 녀석은 이요리의 영향을 있는 대로 받아서, 학교는 빼먹지, 다른 학교 학생과 싸움은 하지…….”

“이봐. 그게 무슨 말이야? 어엉? 자고로 손이 많이 가는 학생일수록 귀여운 법이잖아?”

“앗, 앗. 불량배들은 왜 하나같이 등을 두드리는 걸까…….”

엄마가 탁탁 교감선생님의 등을 두드렸지만, 교감선생님도 싫어하는 기색은 보이지 않았다. 이러니저러니 해도, 제자와의 재회를 만끽하는 것처럼 보였다.

그러고 보면, 아버지의 장례식 때에도 참석했던 기억이 났다. 어렴풋했지만, 이 두 사람이 나란히 선 모습은 단순히 기시감이 아니었다.

“여러모로 성가시게 했고 또 약한 모습도 보였지만 말이지……. 지금은 아들이랑 재밌게 지내고 있어. 오늘은 스기우라를 신음하게 만들 깜짝 선물을 준비했으니까 기대하라고.”

“그런가…… 그건 무척 기대되는군…….”

교감선생님이 자연스럽게 미소를 지었다.

보기에, 안도해서 걱정거리를 덜게 된 것 같은 부드러운 미소를.

이런 그리운 만남도 있는 지역축제가 계속 이어졌으면 했다. 나는 그렇게 바랐다.

“슈. 슬슬 옷을 갈아입을까?”

“아, 그러네요.”

본방까지 한 시간이 안 남았기 때문에, 의상 등의 준비를 시작해야 했다. 교감선생님과 헤어진 우리는 대기실로 돌아와, 여성들은 탈의실을 대신하는 작은 방으로 이동했다.

긴장한 탓인지 괜히 목이 탔다. 관객 앞에서 연주하는 것은 오랜만이니 당연하다면 당연한 일이었다. 손가락은 멋대로 떨렸고, 심장은 금방이라도 터질 것처럼 고동쳤다.

숨을 쉴 때마다 목이 떨렸다. 나는 떨리는 목으로 숨을 들이마셨다가, 어깨의 긴장을 풀면서 크게 토해냈다.

이래서는, 틀림없이 실수를 한다. 어떻게든, 진정을 해야 했다.

멤버의 유일한 남자라 고독한 나는 대기실에 남아 에미 누나가 준비해 준 의상으로 갈아입었다. 검은 정장에 검은 셔츠라는 모노톤의 코디는, 마츠모토 슈라는 유감스러운 소재를 캐주얼하게 위장했다.

내가 옷을 다 갈아입자, 여성들도 대기실로 돌아왔다.

"짠. 어때?"

에미 누나가 여성스럽게 두 팔을 벌리면서, 의상을 강조하듯이 한 바퀴 빙글 돌아보았다.

직접 만든 것 같은 의상은 어두운 색조의 천에 세련된 프릴을 단 것으로, 연주가 예정된 노래의 곡조와도 꼭 어울렸다. 성스러운 천사 같은 외모와의 화학반응이 참으로 견딜 수 없게 멋졌다.

"너무 근사해서 정말 최고예요."

"와~아. 고마워♪ 연령상 이제는 좀 안 어울릴까, 하고 걱정했어."

당치도 않았다. 그 젊음과 미모는 도저히 아이가 있는 유부

녀라고는 생각되지 않아요.

"……아, 나는 역시 좀 이상하지 않냐?"

설마, 엄마까지 의상을 입을 줄이야. 좀처럼 치마를 입지 않아서일까, 옷이 불편하다는 듯이 옷자락 끝을 누르고 있었다.

"……응. 이상해."

"조금은 배려를 해라, 이 등신아. 역시 바지를 입고 갈까."

위협적인 어조로 혼이 나고 말았습니다.

솔직히, 전혀 이상하지 않았다. 아니, 오히려, 그 청량한 느낌은 자칫하면 대학생으로 잘못 봐도 이상하지 않을 것 같았다. 피부도 깨끗하고 키도 크고, 이 동네의 중딩들이 홀딱 반하는 것도 이해 못할 일은 아니었다.

리제는 원래부터 사복이 고스로리였기 때문에, 평소대로구나, 라는 느낌이었다. 그 객관적으로 봐도 커다란 눈과 맞물려 마치 서양인형을 방불케 했다. 시골에서 썩게 두기에는 아까운, 다이아몬드 원석이라고 할 수 있으리라.

"본방 30분 전이니까, 무대에 악기반입을 시작해줘. 다른 무대공연은 다 끝나서 암막이 내려져 있으니까 팍팍 세팅을 해도 괜찮아."

토미 씨의 지시를 받고, 우리는 대기실에 놓아두었던 악기를 이동시키기 시작했다. 토미 씨와 다른 실행위원들의 도움을 받아, 무대가 있는 이벤트홀로 반입해갔다.

본방 5분 전. 그 녀석의 모습은 없었다.

무대 위의 세팅은 끝났고, 암막 때문에 보이지 않는 관객석에서는 엄청난 술렁거림이 끊임없이 들려왔다. 수 십 명의 노인이 앉아있던 예년과는 떠도는 분위기부터가 달랐다.

우리는 무대 뒤에서 대기했다. 토미 씨가 관객석을 향해 「오늘의 메인이벤트」라고 바람을 넣는 목소리도 점차 멀어지는 것 같은 감각에 휩싸였다.

긴장, 불안, 실패 뒤의 혹평. 정신적 지주가 되어 줄 사람의 부재.

도망치는 편이, 처음부터 하지 않는 편이 아무도 안 다치지 않았을까.

새삼 진심을 내도, 발버둥을 쳐봐도 너무 늦은 것일까.

나는 평생, 그 녀석에게 용서받지 못하는 것일까.

…………

……!!

뭐지? 이 회장이 떠나갈 것 같은 환성은.

지진과도 같은 반향은.

다비나가와라는 장소는 말이지. 운동회 이외에는 성원의 충격파 같은 게 발생하지 않는다고.

가만히 있을 수가 없어.

나는 공민관의 입구로— 똑바로 달려갔다.
역시, 너였구나.
라이브의상을 걸친 그녀가 애용하는 세발자전거를 타고 공민관에 도착하고 있었다.
뭐냐, 이 녀석.
마치 대형 바이크라도 타고 왔다, 라는 것 같은 영문 모를 오라를 내뿜지 마.
땀에 젖은 머리카락을 우아하게 뒤로 넘기면서 자전거용의 촌스러운 헬멧을 벗고 있을 때냐.
일일이 체인을 걸고 있는데, 그런 거 안 걸어도 아무도 안 훔쳐가.
웃기지 마. 제어가 되지 않아.
흥분물질의 과도한 분비가 내 긴장감을 흐트러뜨렸다.
이런 초현실적인 등장에도 흥분으로 설레어 몸이 멋대로 떨리는 것을 멈출 수가 없었다.

엄청, 멋지잖아.

"한번 날뛰어, 보려고 왔어."

과묵하고 점잖은 척 하는 철가면의 표정을 지은 채 그렇게 내뱉었다.
그러나, 그 가면의 깊은 곳에는 열정을 감추고 있었다.

확고한 자신감과 지금까지 길러온 경험이 깃든 순수한 눈동자로 나를 똑바로 바라보는 그녀의 이름은…… 키리야마 사야네.

나와 사야네라면 무슨 일이든 할 수 있었다.

어디까지라도, 갈 수 있었다.

"날뛰어 주자. 나와 네가."

이미 불가능 따위는 없었다.

그 어떤 불안도, 괴로움도 사야네의 등이 모두 지워주었다.

오늘만큼은 5년 전으로 돌아가도 괜찮겠지.

대폭발을 일으킬 것 같은 환성과 기대는 다비나가와에 상륙한 폭풍의 전조였다.

나는 사야네의 손을 잡고 클라이맥스의 개막을 맞이할 무대로 뛰어올라갔다.

시골의 공민관은 현저하게 수용인원초과 상태였다. 방대한 관객을 둘로 가르며 등장한 나와 사야네는 무대 뒤에서 대기하고 있던 다른 멤버와 합류했다.

"불안해 보이는 얼빠진 얼굴로 나를 기다리던 녀석이 있던 것 같네."

에미 누나의 발안으로 우리 다섯 명이 손을 잡고 둘러서자, 사야네는 곧바로 신랄한 비아냥거림을 던져왔다.

"혹시…… 저 이외에는 알고 있던 건가요? 사야네가 올 거라고……."

각자 고개를 끄덕이거나 웃거나 했다.

알고 있었군…… 이 사람들. 그러면서 비밀로 했던 거였어!

사야네가 사전에 의상을 입고 있던 것도, 에미 누나나 누군가가 비밀리에 전해줬기 때문이었군!

"오늘 아침에는 메일을 받았는데 말이지. 슈에게는 비밀로 해줬으면 한다고."

너무해. 나 혼자만 쓸데없이 전전긍긍하거나 마음을 졸였다니.

"……주역은 늦게 나타나는 편이 최고로 멋지잖아요?"

"진짜, 좀 봐줘……."

기도 죽지 않고 그렇게 말하는 사야네에게 나는 찍소리도 할 수 없었다. 젠장.

"요컨대, 슈에게만 자신을 멋지게 보이고 싶다는, 꼬이고 꼬인 여자마음……."

"아————!! 에밀리 씨!!"

에미 누나가 생글생글 웃으며 설명을 보태려고 하자, 사야네가 맹수처럼 위협했다.

절규에 지워져서 거의 들리지 않았어…….

"……어흠. 들떠 있는 시간은 여기까지야."

어라. 늦게 온 녀석이 헛기침을 하며 지휘를 하기 시작했다.

"고향을 위해서라든가 그런 건, 내게는 아무래도 좋아. 노래하고 싶으니까 노래한다. 그것뿐이야."

다섯 명의 시선이 교차하고, 전원이 고개를 끄덕였다.

개막을 기다리는 관객들의 불길한 적막에 감싸인 가운데, 나는 호흡을 가다듬으면서 단숨에 외쳤다.

"다 타버릴 때까지 날뛰어보자!"

우리는 맞잡은 손을 「하나 둘」 하고 들어 올렸다가, 전원의 『읏샤!!』 하는 기합과 함께 밑으로 내리치면서 떼었다.

나는 암막의 안쪽을 들여다 본 토미 씨와 준비완료의 눈짓을 주고받았다. 이 사람이 없었더라면 나와 사야네가 나란히 서는 일은 없었을 것이다. 이 몇 분이 나 나름대로의 보은이 되었으면 했다.

그리고, 두꺼운 암막이…… 천천히 올라갔다.

불규칙하게 산개한 무수한 무빙라이트가 스모커를 일직선으로 꿰뚫는 **인공의 밤하늘**.

상하좌우에서 쏟아지는 망막을 태워버릴 것처럼 눈부신 PAR라이트. 스모크머신의 옅은 연기가 빛의 궤적을 과장되게 연출해, 장대한 라이브감을 더 두드러지게 했다.

이곳은 이미 공민관의 홀 따위가 아니었다.

키리야마 사야네가 강림한 라이브 무대였다.

홀의 창문은 검은 천으로 덮여 있었고, 빛을 받아 뚜렷하게 형태가 드러나 있는 것은 다섯 명의 이 고장 멤버뿐이었다.

양쪽 끝에 선 기타리스트와 베이시스트. 후방에서 지켜보는 드러머와 키보디스트. 스탠드에서 마이크를 잡아 빼 중앙에 진을 친 보컬리스트.

역광 때문에 관객들의 모습은 암흑과 거의 하나가 되어 무대 위에서는 실루엣밖에 보이지 않았다. 그러나, 방대한 열량과 기대치는 전신의 신경을 흥분시켰다.

부풀어 오른 인간화약에 불을 붙일 수 있는 것은 우리뿐이었다.

일으키자, 폭풍을. 열기의 폭풍을.

에미 누나가 스틱을 들어 하이해트로 4박자를 셌다.

이어 플로어탐, 스네어. 베이스 드럼으로 도입부를 만들고, 때때로 로우탐을 왼손으로 두드렸다.

드럼의 필인(fill-in)을 신호로, 한음 반을 내린 기타와 베이스가 드럼과 공명했다.

리듬대(隊)가 구축하는 밑바탕을 리제의 건방지고 묵직한 리프[#7]가 뚫고나갔다. 저음의 일그러짐이 반주를 중후하게 장식했다.

일어서라. 파이프의자에 앉은 녀석들, 전원 일어나.

가속해가는 선율에 비례하는 환성과 우리에게 되돌아오는 것 같은 열기의 반향. 고막을 뒤흔드는 소리를 좀 더, 좀 더 만들어 내. 건반을 장악하는 손가락으로, 듣는 사람을 앞으로 상체를 내민 자세로 이끌어.

#7 리프 청중에게 인상적으로 각인시키기 위해 주기적으로 멜로디나 코드를 반복해 연주하는 것.

전주로 만족하지 마. 사야네의 노랫소리가 퍼져나간 순간, 팽창한 공기에 균열이 발생했다.

관들이 쳐올린 주먹과 외침이 그 균열을 재촉했다. 그 모든 것이 우리의 영혼을 부추겼다. 성원의 격류에 꺾이지 않기 위해, 우리도 약동을 멈추지 않았다.

머리를 마구 흔들며 시야를 같이 격렬하게 진동시켰다.

사야네의 흥분이 최고조에 달하고, 홀에 폭풍이 몰아닥쳤다. 미니블루 라이트가 대환성의 집합체를 비쳐냈다.

노인도 굽은 허리를 혹사시키며, 마치 수명을 깎아먹기라도 하듯이 외쳐댔다. 교감선생님, 저렇게 머리를 흔들어대는 사람이었구나.

솔로 파트에 들어서기 무섭게, 리제의 가느다란 손가락이 정밀한 태핑을 만들어냈다. 에미 누나의 고속 탐 돌리기는 헤드의 파괴도 불사해서, 드럼의 비명이 들려올 것만 같을 정도였다.

매료시켰다. 음악이 사랑한 모녀가 사람들을 반하게 만들 퍼포먼스를 내보였다.

부추겼다. 사야네의 작열하는 절규는 수천의 관중을 절정으로 이끄는 속효성의 애무였다.

너희의 모든 것을 던져라.

나의, 우리의 집대성을 던져줄 테니까.

두 번째 곡은 연인의 헤어짐과 봄의 벚꽃을 이미지한 발라드였다. 기본으로 튜닝해 둔 현악기들로 바꿔들고 자아낸 전주는 어딘가 일본풍의 슬픈 느낌이었다. 리제의 기타가 내뿜는 하울링의 일그러짐에 자극받아 몸의 감각이, 모든 잡념이 황홀해하는 것처럼 경련했다.

음악의 세계에 의식이 몰두해갔다.

나는 2중 구조의 신시사이저를 최대한 활용해 어쿠스틱 피아노와 스트링스의 음색을 교묘하게 나누어 연출해 관객의 눈과 귀를 연주에 집중시켰다.

그렇게나 날뛰던 인간들의 무리가 직립부동의 자세로 노래를 열심히 듣고 있었다.

때때로 에미 누나나 엄마, 리제와 눈이 마주쳤다. 나는 어떤 표정을 하고 있을까. 그녀들처럼 진심으로 즐겁다는 듯이 웃고 있으려나?

건반에 떨어진 무수한 땀방울이 조명의 빛을 환상적으로 반사했다. 부족했다. 잃어버린 5년을 만회하기에는 아직 한참 부족했다.

저 녀석과 같은 속도로는 걸을 수 없었지만, 저 녀석이 같은 속도로 걸어주는…… 지금 이 순간만의 덧없는 기적. 이 경치를 나는 평생 잊지 않을 것이다.

기억에서 지워버렸던 사야네의 노랫소리를, 나는 이제, 절대로 잊지 않을 것이다.

나는 여운에 잠기면서도 아연실색해서 주변을 돌아보았다. 8분 따위는 눈 깜짝할 사이에 지나있었다.

정말로 두 곡이나 친 것일까? 전혀 실감이 나지 않았다. 하지만 회장이 떠나갈 것 같은 박수와 앙코르가 터져 나왔다는 것은, 끝까지 다 연주했다는 의미리라.

사야네는 처음에는 멍하니 서 있었지만, 곧 무대 뒤에서 예비기타를 꺼내왔다.

그리고 손에 든 기타를 어깨에 메고, 스탠드 마이크를 입가에 가까이 가져왔다.

『안녕하세요. 메이저데뷔를 꿈꾸는 무직의 사야…… 사야네로입니다.』

나도 모르게 웃음을 터뜨리고 말았다. 사야네로라니…… 좀 더 제대로 된 가명을 쓰자고.

정체가 탄로 나는 것을 방지하기 위해 생각한 설정이라고는 생각하지만, 관객들은 이미 다 꿰뚫어보고 있었다. 태반의 젊은이들은 「SAYANE—!!」라고 외치고 있고 말이지.

『저는, 이 다비나가와에서 태어나 자랐습니다. 초등학생 때 소꿉친구의 흉내를 내서 음악교실에 다니기 시작했고, 중학생이 되었을 때에는 같이 곡을 만들기도…… 했습니다.』

과거형…… 당연한가.

『오늘은, 오늘만큼은 옛날로 돌아간 것처럼…… 순수하게 즐기면서 노래를 부를 수 있었다고 생각합니다. 아직 「혼자」 노래를 부르는 것은 힘들지만……. 저는…… 언젠가 여러분 앞으로 돌아갈 수 있도록 강해지고 싶습니다…….』

내가 선 위치에서는 무대의 가장 앞에 선 사야네의 표정을 읽을 수 없었다.

『마지막 곡입니다. 「be with you」.』

하지만, 그녀의 목소리가 떨리는 것은, 꺼질 것처럼 갈라진 것은 누구 때문……일까.

몸을 뒤로 돌린 사야네는 희미하게 웃고 있었다.

앙코르 곡명을 소리 없이 말하는 입술의 움직임. 사야네는 또다시 우리를 등졌지만…… 돌아서는 순간, 그 뺨을 따라 흐르던 한 줄기의 눈물이 내 눈에 남아 가슴에 둔한 통증을 아로새겼다.

요전 날, 사야네가 다비중에서 흥얼거리던 오리지널 곡.

우리 둘이서 만든, 둘이 함께 있었던 단 하나뿐인 발자국.

……여기서부터 모든 것이 시작됐다.

메인조명이 모두 꺼지고, 핀 스포트라이트의 빛이 보컬과 키보드만을 겨누어 비추었다.

나는 단색의 키보드에 손을 얹고 피아노음색을 연주했다.

왼손으로는 코드를 치고 오른손으로는 멜로디를 더했다. 연인의 피부를 만지는 것처럼 신중한, 상냥하게 포옹하는 것 같은 그 멜로디라인은 강렬했던 첫 곡과는 대조적이었다.

전주의 피아노솔로에 맞춰 사야네가 부드럽게 노랫소리를 더했다.

가사에 자신 혹은 소꿉친구인 남자를 겹쳐보면서, 사야네는 격정의 감정을 노래로 바꾸었다. 절정부에서는 무대조명이 점등, 모든 악기가 일제히 연주를 시작했다.

사야네도 합류한 트윈기타는 아름답게 교차하고, 슬로템포의 드럼과 베이스가 연약한 소녀의 등을 가만히 지탱해 주었다.

그 녀석은 울고 있었다.

아마도, 눈에 눈물을 매단 채 힘껏 노랫소리를 짜내고 있을 터였다.

나는 사야네의 목소리를 청중들에게 전할 뿐.

아우트로의 피아노 연주를 마칠 때까지, 그 녀석의 노랫소리를 받아낼 뿐이었다.

******

"건배!"

라이브 뒤. 회장의 철수작업을 마친 토미 씨가 합류하면서, 우리 집에 모인 여섯 사람은 음료를 한 손에 들고 축제 뒤풀이를 시작했다. 대량의 술과 청량음료 외에 지역주민들에게 받은 간식이나 특산품 등도 테이블 위에 늘어놓여 있었다.

에미 누나가 직접 만든 요리, 맛있다. 이것만 있으면 아무 것도 필요 없어. 특산품에는 눈도 주지 않고, 나는 에미 누나가 직접 만든 날개달린 교자와 새우살을 다져넣어 튀긴 연근 등을 만끽했다.

"이야~ 고생들 했어. 완전히 분위기가 달아올라서 말이야. 축제는 대성공이었어."

지쳤으면서도 기분이 좋은 토미 씨가 그릇에 지역전통주를 따라 한 모금 머금었다.

내일부터 출근해야 하니까 적당히 마셔. 그렇게 에미 누나가 다짐을 해두는 것이 부부다워서 보기 좋았다. 그런가. 사람들은 내일부터 다시 일을 해야 하는 건가. 나와는 관계없었다.

"그래서 결국, 축제에는 몇 사람이나 왔어?"

문득 에미 누나가 그렇게 물었다. 그 질문에 토미 씨가 광대뼈를 끌어올렸다.

"놀랍게도, 5900명 정도다! 예년에는 300명으로도 완전히 감사한 지경이었으니까, 가히 무시무시한 수준이지!"

"……내 인지도도 대단한 게 아니네."

"아니아니…… 다비나가와의 인구를 훨씬 뛰어넘었거든. 이 부근에라면 읍 하나를 만들 수 있을 정도의 수준이야."

사야네는 여느 때와 다름없는 차분한 태도로 되돌아와 있었다. 라이브에서 한 말이나 눈물이 기억에 새겨져 지금도 내 뇌리를 떠나지 않았다.

어쩌면, 그것은 꿈이었던 것이 아닐까 하는 생각이 들었다.

"그 SAYANE가 다비나가와 축제에서 활동재개! 뭐, 그런 수수께끼의 부가가치가 붙어서 말이지! 인터넷 검색어에서도 『다비나가와』가 급상승했다고!"

토미 씨가 들뜨는 마음도 이해할 수 있었다. 인기절정의 와중에 활동을 중지하고 고향으로 돌아와 게릴라 라이브라는 원점회귀적인 흐름은 큰 부가가치가 될 수 있었다.

교감선생님 같은 오래된 팬이 많은 것일까. 다비나가와 주변에서 활동하던 인디시절 쪽이 더 좋았다, 라는 별종들이.

"다비나가와에 그렇게 복작복작하게 사람들이 모인 건 태어나서 처음 봤다. 도쿄 쪽 사람들도 많았던 것 같던데, 어떤 마법을 쓴 건지."

"이요리 누나의 말씀대로라니까요. 전단지나 웹사이트에서 선전을 하긴 했지만, SAYANE의 이름은 밝히지 않았는걸요!"

"사야네가 노래한다는 거, 처음부터 뻔히 보였지."

"계집. 친구와의 계약에 맹세코 자백을 해야 한다."

사야네는 무릎을 꿇고 앉은 다리 위에 리제를 앉힌 채 묵묵히 차조기잎말이를 먹고 있었다.

그 본인을 우리는 일제히 응시했다.

"……딱히 대단한 일은 하지 않았어. SNS에 사진을 올렸을 뿐이야."

대충 그렇게 말하면서 사야네는 스마트폰 화면을 들어올렸다. SAYANE의 공식계정에는 【다비나가와 마츠리, 돌격하고 오겠습니다】라는 짧은 투고문과 함께 사진이 첨부돼 있었다.

……다비중 체육복을 입은 사야네가 애차인 세발자전거에

올라타고 있는 사진이었다.

그 자각 없이 엉뚱한 행동을 하는 성격도 많은 팬들에게 사랑받는 이유 중 하나임이 틀림없었다.

"그 스마트폰…… 아직 안 바꿨구나."

"……고장 나기 전에는 기변을 할 필요가 없는 것뿐이야."

낯익은 오래된 모델의 기종에 나도 모르게 반응하고 말았다. 겸연쩍어하던 휴대전화의 주인은 바로 휴대전화를 거둬들였다.

내 돌발적인 중얼거림에서는 「기쁨」이 배어나왔다. 솔직한 감정을 표정으로 표현할 수 있었다면 좋았을 텐데……. 예전에는 어떻게 표현했더라. 벌써…… 잊어버렸다.

고양감 넘치는 소동 속에 섞여드는 일말의 쓸쓸함.

그것은 어느샌가 스마트폰을 자유자재로 사용하는 사야네에 대해서, 였다. 자유롭게 사진을 찍는다거나, SNS를 혼자 운영한다거나…… 나는 **그런 모습을 알지 못하니까**.

"갸하하! 사야네의 개그센스, 보통이 아닌데! 역시 전 자전거 폭주족!"

"시끄러워. 닥쳐. 입 다물어."

"예. 죄송합니다."

여덟 살이나 어린 사야네가 노려본다고, 변명도 않고 바로 사죄한다는 극도로 꼴사나운 전 불량배가 여기 있었다.

"리제! 사야네는 금방 화를 내."

"리제는 기진맥진하다. 평민은 잠자코 주스를 헌상해라."

"예. 고생하셨습니다."

리제의 컵에 콜라를 따르는 머슴 토미 씨, 정말로 꼴사납네.

"그러니까, 이 투고를 본 수십만 명의 팔로워가 다비나가와 마츠리를 급 검색했다는 거로군. 투고일은 오늘 아침이었으니까, 6000명 가까이가 실제로 모였다는 건 역시 위협적일 거야."

"도쿄에서는 고속버스를 타도 다섯 시간은 걸리고, 신칸센에서 지선, 택시로 갈아타도 세 시간 반은 걸리니까…… 굉장하긴 하네."

나는 그렇게 분석했다. 실질적으로 SAYANE의 프리라이브나 다름없는 이벤트였으니, 미리 투고를 했다면 일만 명 수준은 되지 않았을까.

"……어제까지는 축제에 갈 생각이 없었어. 자고 일어났더니 마음이 바뀌어서 투고한 것뿐이야."

사야네는 낮은 목소리로 그렇게 중얼거렸다.

"사야네에게는 정말 감사할 일뿐이야. 라이브 뒤에 말이지. 우리 음악교실에 문의가 잇따라서 말이지. 요다음에 체험교실을 열기로 했어♪"

에미 누나가 만면의 미소를 지으며 고마워했다. 그러자 사야네는 쑥스러워하면서 시선을 돌렸다.

"저, 저는 노래를 불렀을 뿐이니까요. 하지만, 에밀리 씨가 좋아해주니 기쁘네요."

라이브 직후, 에미 누나는 음악교실을 홍보했는데, 초등학생이나 부모들이 모여들어서 대성황이었던 것이다. "어떤 악기를 연습할 수 있나요?", "누나들처럼 잘하게 될 수 있나요?", "우리 아이를 가르쳐 줬으면 좋겠어요." 등등, 관심의 시선을 보내온 모양이었다.

거기에 다비중에 다니는 학생도 몇 명 섞여서, 자세한 내용을 들으러 온 것은 예상외였지만.

"다비중의 아이들이 음악에 흥미를 가져준 것도 기뻐. 폐교 전에 뭔가 이벤트를 하고 싶다고 생각하던 모양이니까."

"폐교하는 해에 다비 중학교의 전통이 부활할 것 같아 잘 됐네요. 우리가 졸업한 뒤로는 아무도 하지 않은 것 같았으니까요."

"정말 그래. 난 어쩔 수 없이 너희한테 협력했는데, 그런 계기가 될 수 있던 건 나쁘지 않다고 생각했다. 목이랑 어깨가 결려서 이젠 사양이지만."

"그런 말 하면서, 엄마는 연주 중에 아주 신이 났었잖……아야!"

아들에게 아픈 곳을 찔려서일까, 엄마가 손가락으로 총을 만들어 고무 밴드를 쐈다. 어린애인가.

"리제도 몇 명인가 친구가 생겼지? 잘 됐구나♪"

"친구는 필요 없다. 약해져 버리니까 말이지."

"순 거짓말. 대화 어플로 연락처 교환한 거, 다 알아."

에미 누나가 자신의 일처럼 기뻐했다.

그러고 보니, 리제는 대인기에 가까운 반응이었군. 초등학교 3학년이 굉장한 기술과 퍼포먼스를 피로했으니, 반의 인기인이 되는 것도 납득이 되었다.

인터넷에서는 사야네를 보러 왔던 관객이 리제에게도 반해서, 라이브 동영상을 확산시키고 있다는 이야기도 이따금 보였다. 호랑이도 제 말한다면 온다고, 그때 리제의 스마트폰이 「띠링」 울렸다.

"……메시지가 도착했다. 전장의 동료에게서다. 어떻게 하면 좋으냐."

"내가 말하는 것도 좀 그렇지만 친구에게서 온 메시지는 대답을 해주는 편이 좋아."

"흐으음…… 전사에게는 휴식도 필요할지도 모르겠군."

당혹스러운 기미로나마 리제는 익숙지 않은 손놀림으로 메시지를 작성했다.

교우관계가 좁은 니트가 건방지게 조언을 하는 것은 우스꽝스러웠지만.

"전장의 동료가 제자로 들어오고 싶다고 한다만."

"와아♪ 리제 선생님의 탄생이다—♪"

에미 누나가 뛰어오를 것처럼 크게 기뻐했다! 그 언동이 어른인데도 천진난만해서 하나같이 귀여운걸!

"그, 래, 서! 제자의 이름은 뭐야? 남자아이? 남자아이지?"

"요스케."

에미 누나가 "꺄————♪"라며 나잇값도 못하고 몸부림을 쳤다. 리제는 무표정한 것이 전혀 의식하지 않는 것 같았지만……. 우선은 남자다움을 보여줬구나, 요스케.

"……내 아이인 리제에게 친구가 생기는 건 조금 쓸쓸해."

사야네, 넌 대체 리제의 뭐냐.

"남자친구 같은 건 인정하지 못해! 우우웃…… 리제는 쭉 아빠 집에서 사는 거야……."

보기 흉하게 울기 시작한 토미 씨는 전원이 다 무시했다.

"그건 그렇다고 쳐도, 라이브의 열띤 분위기는 보통이 아니었지! 관객석에 내려간 사야네가 관객들에게 둘러싸여서 이리 치이고 저리 치이고 말이야. 정말로 무서웠어!"

토미 씨가 곧바로 회복해서, 달아올랐던 관객들을 떠올리고는 몸을 떨었다.

첫 번째 곡의 2절에서는 열량이 극에 달해 사야네가 관객석으로 내려가는 바람에 6000명 가까운 사람이 한꺼번에 몰려들었던 것이다.

라이브 직후에는 리제가 관객의 해원에 다이브. 구르듯이 파도타기를 하는 모습이 청춘펑크 같았다고는 하나, 나까지 흉내를 내어 뛰어들다니. 열기가 최고조에 달한 사야네에게 자극받은 것인지, 여운에 몸을 맡긴 것인지…… 성격에 맞지도 않게 빗장이 풀려버리고 말았다.

"슈 녀석, 관객들이 피하는 바람에 바닥에 떨어졌지?! 그건 정말 웃겼어!"

"웃지 마……! 진짜로 창피했으니까……!"

그 녀석들…… 리제는 받아내서 파도를 태웠으면서, 내가 뛰어들자 날렵하게 피해버리다니!! 무릎을 세게 찧어서 엄청

아팠다고!! 내가 미소녀가 아니기 때문이냐!!

"후후……."

사야네가 입을 가리고 어깨를 떨었다. 그때를 떠올리고 웃지 말아 줘어어어…….

그러나 내게는 뒷맛이 깨끗한 일이기도 했다. 요스케가 "니트 형도 멋있었어!"라고 칭찬해 주었던 것이다.

칭찬받는 것에 익숙지 못한 인생이었기 때문에, 그때를 떠올리면 옆에서 보기에는 왠지 기분 나쁘게 웃어버리고 말았다.

중고 루위치 정도는 사줄까…….

"나도 20년만 더 젊었어도 뛰어들었을 텐데 말이다. 역시나 아줌마가 떨어져 내려오면 다들 여러 의미에서 괴로울 테고, 또 아들 녀석 같은 꼴이 나면 슬플 테니 자중했다."

"아뇨아뇨. 이요리 누님 같은 타입이라면 그건 포상입니다! 저는 초등학교 때부터 이요리 누님의 풍만한 몸을 만져보고 싶었는걸요! 가슴이라든가 전혀 처지지 않으셨잖아요!"

위험해……. 그거, 후배의 엄마에게 할 얘기는 아니지…….

토미 씨, 틀림없이 취했어…….

"에밀리. 그 바보자식을 좀 누르고 있어 봐라. 바라는 대로 다이브해 주마."

"네~에♪ 저희 남편이 실례해서 죄송해요~."

"그, 그만 둬! 앗, 앗…… 아아아아아아아아!"

억지로 웃는 얼굴이 무서운 에미 누님에게 뒤에서 붙잡힌 토미 씨를 술에 취한 엄마가 일격에 때려눕혔다. 아아, 저 누님과 동생의 거리감, 정말 오랜만이다…….

그런데 엄마도 「아들 녀석 같은 꼴」이라니, 너무해. 그렇게 말하면 트라우마가 될 거라고, 진짜

"기분 나쁜 평민에게 심판을 내려주마. 일곱 개의 계약에 따라, 죄를 갚고 참회하라."

"리제…… 무거워…… 용서해 줘……."

엎드린 자세로 쓰러진 토미 씨의 허리 위에 리제가 턱 올라탔다.

그것을 에미 누나가 어처구니없다는 듯이 지켜보는 광경은 그야말로 이상적인 가족이었다. 토미 씨도 입으로는 아파하면서 언동 하나하나 행복한 듯이 황홀해하고 있었다.

살짝 취한 김에 한탄하게 해줘. 부러워. 몇 달 전까지는 대학생이었기 때문에 결혼이니 아이니 그런 것이 아직 실감이 나지 않았지만…… 솔직히 동경했다.

집에서 벌이는 술판답게 혼란스러운 가운데, 나는 긴장을 풀기 위해 음료수로 입안을 축이고 있었다.

"사야네…… 저기, 그……."

단순히 고맙다는 말에도 목이 메었다.

"……왜? 할 말이 있으면 똑바로 말해. 짜증나니까."

"오늘은…… 고마웠어. 네 덕분에 다들 웃을 수 있게 되었다고 할까……."

"……그러니까, 난 대단한 일은 하지 않았어. 실행위원을 포함해 많은 사람들이 노력했기 때문이야."

이야기도 크게 무르익지 못하고, 대화는 금방 끊어졌다.

사야네도 살짝 고개를 숙인 채, 말을 꺼내기 어려운 듯이 낌새를 살피고 있었다.

아아, 서로 시선이 허공을 헤맸다. 나는 어디를 쳐다보면 된단 말이냐…….

나는 거동이 수상해지지 않도록, 평정심을 잃지 않으려고 노력했다. 그러고 있으려니 사야네가 내 노력을 위로했다.

"……너도, 고생했어."

그러면서 테이블 위에 놓여있던 조릿대 잎 모양의 어묵을 접시에 담아주는 것이 아닌가.

"……사야네도 고생 많았어."

그러니까, 나도 답례를 해야지. 나는 사야네의 머그컵에 우롱차를 따라주었다.

"……오늘 라이브, 슈는 즐거웠어?"

"……그래. 너무 즐거워서 위험했어. 이 시간이 쭉 계속 되면 좋을 텐데, 라고 생각했어."

"……나도."

그 뒤에는 두 사람 모두 입을 다물고, 서로를 외면한 채 식사에 전념했다. 하지만, 변화가 있다고 하면 낚시할 때에 벌어져 있던 그 미묘한 거리가 없어졌다.

바로 만질 수 있는 거리에 사야네가 있었고, 사야네의 옆에는 내가 있었다.

거북하지는 않았다.

나는 그렇게 느끼지만, 너는…….

밤 10시가 지나고, 떠들썩했던 뒤풀이도 슬슬 끝이 날 분위기가 되었다.

그때, 갑자기 토미 씨가 벌떡 일어났다.

"실행위원을 대표해 고맙다는 인사를 하게 해줘. 라이브 입소문이나 동영상이 널리 퍼지고 있는 것 같아서 말이지. 다비나가와로서는 최고의 PR이 됐다고 생각해. 정말로 고마워."

토미 씨는 그렇게 말하며 전원을 향해 깊이 머리를 숙였다.

"다음 이벤트는 언제가 될지 모르지만, 폐교 전의 다비중에서 재미있는 일이라도 기획하고 싶어……. 그러니까, 그때는 또 같이 해줘!"

우리는 망설이지 않고 고개를 끄덕였다. 이 마을에서 태어난 사람의 태반이 다니던 모교. 은혜를 갚는다는 그런 대단한 것은 아니었지만, 마지막 정도는 성대하게 보내줄 수 있다면…… 좋겠어.

"그럼, 오늘은 해산! 모두 고생 많으셨습니다!"

단층집에 오늘 하루를 매듭짓는 토미 씨의 목소리가 울려 퍼졌다. 끝난다. 끝나버린다.

바쁘고, 소란스럽고 계속 가슴이 고동치며 최고로 몸이 뜨거워졌던 하루가.

즐거운 시간은 눈 깜짝할 사이에 흘러갔다. 쓸쓸하다. 허무해.

마치 가슴에 구멍이 뻥 뚫린 것처럼.

아니, 「쓸쓸하다」라고 느끼는 것은 이상했다. 며칠 전까지만 해도 혼자이지 않았는가.

방에 틀어박혀 게임을 하거나, 인터넷을 하거나…… 그런 일상에 만족하고 있었을 터.

몰랐더라면 좋았을 것이다.

계속 혼자였다면, 이런 허무함을 품지 않았을까.

최고다, 고향. 늘 따뜻한 사람들이 있고, 같이 있으면 즐겁다는 것을 알게 돼 버렸어.

폐교는 3월. 축제는 내년에도 있었다.

내게 남겨진 시간은…… 앞으로 어느 정도인지는 알 수 없지만.

"우, 우우…… 아아아……! 출근하는 거…… 싫다아아아아…… 컨디션이 꽝이야……."

"정말. 그러니까 너무 많이 마시지 말라고 말했는데."

에미 누나가 곤드레만드레 취한 토미 씨의 어깨를 끌어안고 간신히 차의 뒷좌석에 밀어 넣었다. 그런 에미 누나를 나는 현관에서 배웅했다.

엄마도 술에 취해 곤드라진 듯, 한 발 앞서 탁자난로에서 잠들고 말았다. 평소에는 술을 마시지 않는데, 빠른 속도로 소주를 마셨으니…….

"슈. 잠깐만."

운전석에 앉은 에미 누나가 창문을 열고 의미심장하게 손짓을 하며 나만을 가까이 불렀다.

"사야네의 공식계정을 본 적 있어?"

에미 누나는 왠인지 목소리를 낮추었다. 조금 떨어진 위치에 있는 사야네에게 들리지 않게 하기 위해서일까?

"아뇨…… 한동안은 사야네에게서 멀어져 있어서요. 방금 전 그 녀석이 보여준 화면으로 처음 봤습니다."

멀어져 있었다……. 정확히는 멀리하고 있었다.

"이건 내 오지랖이지만, 만약 괜찮다면 나중에 봐봐. 사야네의 성격으로는 자기가 먼저 말을 하지는 않을 것 같으니까."

"……잘은 모르겠지만, 그럴 마음이 들면 확인해 볼게요."

그 세 발 자전거에 올라탄 사진 외에도 뭔가 투고돼 있는 것일까?

나는 에미 누나나 조수석의 리제와도 손을 흔들어 인사를 했다. 그리고 그 자동차의 그림자가 보이지 않게 되자, 이제 소꿉친구는 둘만 남았다.

"…………."

"…………."

시골촌구석답게 가로등의 숫자는 약간 미덥지 못할 정도로 적었다. 하지만 돌아가는 길을 같이 가 줄 정도로 친한 것도 아니었고, 사야네의 집은 우리 집에서 걸어서 5분 거리이기도 했다. 그리고 뭣보다, 이 녀석이 싫어할 것 같았다.

"……나 갈게."

"……그래."

서로 어색한 한 마디.

사야네가 걸음을 뗄 때마다, 현관에서 비추고 있던 불빛이 옅어졌다.

"사야네!"

나는 저도 모르게 그녀를 불러 세우고 말았다.

"…………."

반쯤 캄캄한 밤에 녹아든 사야네는 나를 등진 채 아무 말도 없이 그 자리에 멈춰 섰다.

"오늘…… 네가 와 준 이유. 정말로 **기분이 내켰기 때문**이야?"

내 질문에 몇 초간의 침묵이 이어졌다.

"……난 안 갈 생각이었어. 넌, 분명히 또 도망칠 거라고 생각했으니까."

사야네는 감정을 토해내듯이 띄엄띄엄 말을 이어나갔다.

"……하지만, 넌 무대에 올랐어. 그래서 나는 네 옆에서 노래하기로 결정한 거야."

그런 말을 남기고, 사야네는 또다시 귀로에 오르려고 했다. 하지만 내게는 또 하나, 알고 싶은 것이 있었다. 가슴 깊숙한 곳에 가라앉아, 나무가 뿌리를 뻗는 것처럼 깊고 넓은 아픔을 낳게 하는 새로운 기억.

"마지막에 울었던 건……?"

라이브 마지막에 흘린 눈물의 이유가, 알고 싶었다.

"5년 전에는 네가…… 오지 않았으니까."

……너무 늦었다. 모든 것이 너무 늦었어.

새삼스레 필사적으로 쫓아갔어도 단 하루의 기적밖에 얻을 수 없었다. 이제 5년 전으로는 절대로 돌아갈 수 없으니까.

일주일 전에 근처에 사는 전 불량배가 니트를 끌어낸 뒤로 오늘까지 이어진 소란스러운 나날은, 꿈도 희망도 없는 밑바닥인생을 하늘 가장 높은 곳에 올려놓았다가 다시 나락으로 처박는 벌칙게임일 뿐이었다.

"……나는 이제, 혼자로 돌아가겠어. **소꿉친구인 키리야마 사야네**는 슬슬 끝이야."

짓궂은 신이 쓸모없는 인생의 목숨을 가져가기 직전에 보여준 환상, 이었다.

필요 없었다. 이런 가짜 행복 따위. 노력도 하지 않고, 상처입는 것을 두려워해 소중한 사람을 스스로 손에서 놔버린 남자가 웃으며 죽을 수 있을 거라고 생각했던 건가.

한 순간이라도, 기대했던 건가.

"……안녕, 슈."

기적은 끝날 것이다. 우리는 머지않아 다시 남남이 될 것이다.

빠른 걸음으로 멀어지는 호리호리한 뒷모습을 나는 그저 잠자코 지켜보는 수밖에 없었다.

"……윽!"

안타깝고 답답한 감정에 휩쓸리는 대로 나는 주머니에서 스마트폰을 꺼냈다. 그리고 SNS를 검색해 SAYANE 의 공식계정을 열었다.

사야네가 투고한 사진 바로 위…… 오늘 아침 시각에 투고

된 동영상. 좋아요와 리트윗 수는 엄청났고, 코멘트란의 호의적인 반향도 셀 수 없었다.

재생한 동영상의 내용은 이 고장의 다양한 모습이었다. 한적한 전원풍경과 온천가, 폐교가 임박한 다비나가와 중학교 등, 이 지역주민이라면 누구나가 아는 풍경과 사람들의 조합.

그것은 1분 정도의 선전용 PV였다.

『be with you』의 정규음원이 지역주민들의 이야기를 최대한으로 돋보이게 했다.

요전날의 발야구 시합 뒤에 토미 씨가 촬영한 단체사진은 사야네가 부루퉁한 얼굴로 다른 곳을 쳐다보고 있었다. 다시 보니 쓴웃음이 나왔다.

바쁜 사람들의 협력을 얻어 마츠모토 슈라는 한가한 인물이 심혈을 기울여 만들어낸 최고걸작은 축제 바로 전날에야 겨우 완성되었기 때문에 거의 무의미했다…….

바로 지금 이 순간까지는 그렇게 생각하고 있었다.

그러나 내가 건넨 PV를 사야네가 SNS에 업로드 해줬던 것이다.

동영상의 마지막은 내가 과거에 촬영했던 중학교 시절의 사야네. 봄의 하천둔치에 나란히 서 있던 무렵의…… 한 번은 내던져버렸을 터인 기억이었다.

꾸밈없는 미소를 살짝 엿보인 사야네가 벚나무 가로수를 배경으로 기타를 치는 모습으로 끝날 터였는데.

예상치 못했던 『뒤』가 있었다.

왜 **내가 알지 못하는 키리야마 사야네**가 찍혀 있는 것인가?

제작자조차 알지 못하는 미지의 시간.

그게, 그 마지막은 새로이 덧붙어져 있었으니까.

다비나가와 중학교의 체육관 옆에 있는 계단 아래…… 계단 디딤판에 스마트폰을 세팅했기 때문일까, 카메라의 시점은 약간 낮았지만 그런 것은 아무래도 좋았다.

동영상의 남은 시간은 7초.

우리 둘에게 친숙한 배경을 뒤에 업은 『19세의 사야네』가.

렌즈 건너편을 향해 온화하게 말을 걸었다.

전 기다리고 있습니다.

좋아하는 곳에서, 좋아하는 사람의 옆에서, 노래를 부르게 해주세요.

정신을 차리니 나는 혼자서 울고 있었다. 화면이 흐리게 보일 정도의 눈물이 자연스럽게 흘러나와, 팔뚝으로 훔치고 또 훔쳐도 막을 수가 없었다.

"읏…… 우우…… 하…… 아아…… 왜…… 나는……."

감사와 후회와 사죄.

그것들이 뒤섞인 감정의 탁류는 굵은 눈물이 되어 뺨을 타고 흘러내렸다.

나는 중력에 이끌려 두 무릎을 꿇었다. 화면에 비친 사야네를 끌어안듯이.

인적 없는 본가의 현관 앞.

그렇게, 안구의 수분이 다 말라버렸어도 초라하게 언제까지고 웅크리고 있었다.

10월 15일…… 내일 모레는 그 녀석의 생일이었다.

그리고 5년 전, 내가 그 녀석 앞에서 도망친 날이었다.

제4장 혼자서는 아무 것도 하지 못해

우리는 태어났을 때부터 함께였다.

같은 해에 같은 병원에서 태어나, 다비나가와에서 자랐다. 서로의 본가는 걸어서 5분 거리. 엄마들끼리 동급생이라는 연도 있어서, 철이 들었을 무렵에는 이미 사야네가 옆에 있던 것 같은 느낌이 들었다.

아버지는 늘 웃는 얼굴로 내 억지를 다 들어주셨다. 갖고 싶은 것은 뭐든 사주셨고, 여러 곳에 데리고 가주셨다.

엄격했던 엄마는 "슈의 어리광을 너무 받아주지 마."라고 늘 화를 냈지만.

유치원에 들어간 뒤, 아버지가 병으로 돌아가셨다.

이제는 희미해졌지만 『죽는다』라는 개념을 이해하지 못했던 나를 대신해, 엄마가 비통하게 울었던 것은 기억하고 있었다.

나는 별로 울지 않았다. 엄마가 있었기 때문에 쓸쓸하지 않았던 것인지도 몰랐다.

그리고…….

"내가 쭉 같이 있어줄게!"

사야네도 곁에 있어 주었다. 비어버린 조각을 채워주는 소중한 존재였다.

"엄마! 나 옆집의 음악교실에 다니고 싶어!"

"뭐어? 스털링 씨 댁 말이냐?"

초등학교에 진학하는 것과 같은 시기. 엄마에게 부탁해 나는 음악교실에 다니기 시작했다.

이유는 단순명쾌했다. 옆집에서 늘 웃고 있는 중학생인 에미 누나와 친해지고 싶었기 때문이었다. 동경하는 누나에게 칭찬받고 싶으니 피아노를 열심히 하자…… 그런 느낌의 동기였다.

그런 부정한 의도를 알아차린 것일까. 사야네도 며칠 뒤 레슨 견학을 희망했다.

"슈랑 같이 있는 건 나인걸."

"어머어머. 사야네도 참, 질투도 다 하고~."

"질투가 아니라 감시하는 거야!"

견학 뒤, 바로 어머니를 끌고 와서 입회신청서에 사인을 하게 했다.

딱 그 무렵이었을까. 싸움을 벌인 토미 씨가 중학교에서 정학을 당하고 심심풀이 삼아 우리를 상대로 놀아주기 시작한 것이.

옷매무새는 칠칠치 못하게 흐트러뜨리고 머리카락은 금발로 염색한 토미 씨는 아무도 없는 다비나가와 역에서 낮잠을 자고 있었다. 그러다가 초등학교가 끝나고 돌아가는 우리에게 잔뜩 무시하는 투로 말을 걸어왔다.

"야야. 거기 초딩 커플. 나랑 야마노테선 게임이라도 안 할래?"

거의 초면이었던 나와 사야네는 "불량배가 시비를 걸어왔어."라며 겁을 먹고, 맹렬하게 달려 집으로 피난, 최종병기인 엄마를 소환했다.

"도요토미 씨 댁의 마사키요 아니냐! 너, 우리 애들을 겁주지 마!"

"이, 이요리 씨의 자녀분이었나요?! 죄송하게 됐습니다!!"

무인역 앞에서 엄마에게 머리를 조아리고 비는 토미 씨, 정말로 꼴사나웠지…….

그 뒤 어떻게 됐느냐면, 한가한 토미 씨는 우리 집에 때때로 얼굴을 내비치게 되었다. 낚시를 가거나, 자전거로 그 근방을 질주하거나……. 나와 사야네에게 재미있는 동네의 형, 오빠가 되었다.

"우에에에에엥…… 토미 오빠……!"

초등학교 근처의 아동관에서 놀던 사야네가 토미 씨에게 울며 매달리는 일도 있었다. 타고 놀던 그네를 상급생에게 빼앗겼기 때문이었다.

"토미 씨! 나한테 싸움을 가르쳐 줘! 사야네를 울린 고학년 녀석들을 쓰러뜨리겠어!"

"자, 진정해. 서로 치고 받고 싸우는 싸움은 초딩한테는 아직 이르다. 내가 초딩 때에 유행한 놀이인데, 스포츠맨십에 준하는 복수극을 가르쳐주마."

몹시 흥분한 나를 달랜 토미 씨는 『사형』이라는 놀이를 가르쳐주었다.

손바닥만한 공을 지붕 위에 던지고, 지명당한 사람이 공을 바닥에 떨어뜨리지 않고 잡는다. 그 공을 또다시 지붕 위에 던지고, 굴러 떨어지기 전에 다른 사람을 지명해서……를 반복한다는 것 같았다.

“한 번 진 녀석은『일형』, 네 번 져서『사형』이 된 녀석은 욕을 얻어먹으며 다른 사람들이 던진 공에 얻어맞는다는 공개처형의 벌을 받는 거다. 평화적인 복수에는 안성맞춤이지?”

토미 씨에게 잔머리를 전수받은 나와 사야네는 상급생들에게 도전, 벌칙게임으로 가차 없이 상대방을 울렸다. 어디까지나, 어린애들의 놀이로 두들겨 패줬다는 것이 상쾌했다.

그렇게 상급생들을 울린 다음 날. 분해하던 상급생들은 형을 데리고 왔다. 다비중 교복을 입은 남자들의 목깃에는 3학년의 학년장이 붙어 있었다. 체격도 초등학교 1학년이었던 우리를 훨씬 능가하고 있었다.

“여자 앞에서 폼을 재고 싶어서 나대는 꼬맹이 놈. 사과하면 용서해주마.”

그들은 우리를 가장 가까운 밭으로 불러내 속 좁은 사죄를 요구했다. 그러나, 무서워하는 사야네를 지키듯이 나는 그 앞을 가로막고 섰다.

“초등학생의 싸움에 끼어들다니 정말 꼴불견이네! 그러니까 여자한테 인기가 없는 거야!”

“인기가 없는 건 관계없잖아! 고등학교에 가면 여자친구 따위 금방 생길 거라고!”

내 도발에 분노한 남자들이 주먹을 들어 올린 절체절명의 순간.

"그래. 잘 말했다, 슈!"
남자들은 뒤에서 걷어차여 한심하게 땅바닥을 나뒹굴었다.
"초등학생 싸움에 중학생이 끼어들다니 아아, 한심해. 이요리 누나가 최고로 싫어하는 타입이야."
"도, 도요토미?! 관계없는 녀석은 참견하지 마!"
"하하하! 딱 좋잖아? 관계없는 사람들끼리…… 사이좋게 지내자고!"
나의…… 우리의 영웅 토미 씨. 중학교의 동급생을 상대로 기죽지 않고, 몇 대 치고 차는 것으로 순식간에 상대를 제압하고, 바닥에 나뒹굴게 된 남자들은 울먹이며 돌아갔다.
역시나 믿음직스러운 동네형……이라며, 순진한 우리는 토미 씨를 잘 따랐지만, 토미 씨도 계산이 있었던 모양이었다.
어느 날…… 왜인지 잔뜩 멋을 낸 토미 씨는 음악교실에도 따라왔는데.
"아앗……. 여, 여긴, 어, 그러니까, 에, 에밀리의 집이었던 건가……."
"옆 반의…… 도요토미? 슈랑 사야네 하고 아는 사이였구나."
"아, 아니~ 슈하고 사야네에게 견학 와달라고 부탁받아서 말이지!"
아무도 부탁하지 않았어. 당신이 멋대로 따라온 거잖아. 지금이라면 그렇게 생각했을 것이다.
에미 누나와의 풋풋한 대화는 너무 어색해서 정말 웃겼다. 국어책을 읽는 토미 씨의 어조와 긴장해서 잔뜩 굳은 어깨가 초등학생의 눈으로 봐도 보통이 아니었다.

"토미 씨는 말이야. 엄청 재미있고 또 믿음직스러워!"

"흐응~ 의외인걸. 학교에서는 불량하고 무섭다는 이미지가 있었으니까 말이야."

지금 생각하면 토미 씨 혼자 짝사랑을 하고 있던 것이리라.

불량한 척 하는 주제에 순정파라서 한 번도 말을 걸지 못했다. 그래서 나쁜 머리를 최대한 굴려서, 우리를 교류의 창구로 사용한 거다.

나와 사야네가 토미 씨를 칭찬하니 에미 누나의 경계심도 풀린 것 같았고, 말하자면 『고고한 불량배이지만 사실은 좋은 녀석』이라는 그런 호인상의 법칙에 활용되었다는 것이다.

두 사람이 연인이 되기까지의 과정은 다른 이야기에서 하기로 하고…….

그런 아련한 청춘의 조력도 하면서 주3회의 레슨을 받기를 6년. 소꿉친구인 두 사람은 함께 음악교실에 발걸음을 하며 음악의 기초와 매력을 배워나갔다.

"……최고로 멋진 악구가 생각나서 수업을 빠지겠습니다."

중학생이 되자, 사야네는 꽤 유명인이 돼 있었다.

사춘기가 되면서 성격은 차분해진 반면에, 빈번히 수업을 빼먹고는 체육관 앞 계단에서 에미 누나의 어쿠스틱 기타를 치곤 했으니까.

멜로디의 일부를 만들어서는 고개를 모로 꼬며 시행착오를 반복하는 음악소녀……. 그 기인 같은 행각은 학생 수가 그렇게 많지 않은 교내에서 특히 두드러졌다.

나는 선생님에게 부탁받아 늘 사야네를 다시 교실로 데려오기는 했다. 그러나.

“수업을 너무 많이 빠지면 고등학교에 못 갈걸.”

“……시간이나 규칙에 구속된 당신이 불쌍해.”

“후훗.”

“……시끄러워. 입 다물어. 웃지 마.”

입술을 삐죽거리는 사야네의 모습에 저도 모르게 웃음이 새어나왔다. 이 녀석은 의외로 엉뚱한 면이 있었다.

진지한 얼굴로 이상한 소리를 하기도 하고, 조용한 교내에 다 울려 퍼질 정도의 목소리로 직접 만든 노래를 기분 좋다는 듯이 부르기도 했다. 목조교사의 다락방에 좌식의자와 기타를 들여놓고 작곡실로 개조, 교사에게 들킬 때까지 불법 점거했던 일화도 잊어서는 안 된다.

나는 그런 천재기질이 있는 소꿉친구를 옆에서 보는 것을 좋아했다.

방과 후, 하천둔치의 계단에 걸터앉아 빌려온 어쿠스틱 기타로 노래를 부르는 사야네…… 그 옆이라는 특등석에 앉아 유채꽃 융단을 바라보며 상냥한 음색을 듣는 것을 무척 좋아했다.

등 뒤에 우뚝 솟은 벚나무 가로수에서 흩날린 꽃잎. 봄의 따스한 기운에 이끌려 무심코 잠이 들었다고 해도, 몸이 기울어지는 내게 어깨를 빌려주었다.

"……멍청한 얼굴로 자지 마, 바보."

눈을 뜬 순간, 차갑게 꾸짖거나 했지만.

"사야네는…… 좋은 향기가 나는걸."

"……그런 거, 치사해."

칭찬을 받으면 시선을 돌려버리는 귀여운 일면도 나는 잘 알고 있었다.

"얼굴도 예쁘고…… 눈도 맑고, 읍, 읍읍."

"……너무 우쭐대지마."

볼을 벚꽃색으로 물들인 사야네는 내 입에 두 손을 포개 나 좋을 대로 아무 말이나 막 던지는 것을 막았다.

"조금만 더 이러고 있어도 될까?"

"……좋을 대로 해."

"그럼 호의를 받아들여서……. 아야."

무방비한 허벅지를 베고 누우려고 했더니, 사야네가 가볍게 손가락으로 찔러왔다. 하지만 드물게 기분이 좋은 날이면, 무릎베개를 해주는 일도 있었다.

사야네가 하천둔치에 강림하면 산책하던 노인이나 아이들이 모여들어, 작은 규모의 스트리트 라이브가 되는 일도 드물지 않았다.

그 수는 결코 많지 않았지만, 우리의 궤적은, 발걸음은 이미 시작됐던 거야.

사야네가 곡에 불어넣는 가사는 거의 여성의 시선이었다.

좋아하는 사람과의 거리가 너무 가까워서 어떻게 대해야 할지 알 수 없다는 안타까움을 표현하거나, 변함없는 이 일상이 쭉 계속 되기를…… 이라는 바람을 담기도 했다.

달콤새콤하고 애절하며, 청춘의 맛이 가득 채워진 사랑의 노래는…… 강한 공감을 불러 일으켰다.

연인보다 가까운 거리에서 함께 걸어온 두 사람은 청춘을 보내는 방법을 아직 파악하지 못했다.

우리는, 어떤 관계일까.

"슈…… 나하고 같이 노래를 만들어줬으면 해."

언제나처럼 봄빛의 하천둔치에서 어깨를 붙이고 나란히 앉아 있으려니, 사야네가 내게 그렇게 부탁을 했다.

"나, 작곡 같은 건 한 적 없는데."

"내가 심은 씨앗을 네가 어떻게 성장시킬지…… 시험해보고 싶어. 내 목소리가, 좀 더 많은 사람들에게 닿을 수 있도록…… 너랑, 계속 노래하고 싶어."

"언젠가 발목을 잡게 돼도, 말이야……?"

"……바보구나. 네가 있으니까, 키리야마 사야네는…… 기분 좋게 노래를 부를 수 있는 건데."

사야네는 부끄럽다는 듯이 고개를 숙이면서 자신의 머리카락을 손가락에 돌돌 말았다.

자신은 없었지만, 나는 몸속 깊은 곳에서부터 환희했다. 키보드와 작곡의 기초만을 조금 알 뿐인 내가, 사야네에게 도움이 될 수 있다면…… 그녀가 그리는 경치를, 둘이서 공유할 수 있다면.

"할게. 사야네가 바란다면……."

어디에나 있는 평범한 인간이 천재의 곁에 있을 수 있는 시간은 유한하다고, 비록 그렇게 정해져 있다고 해도 이렇게 기쁜 일은 또 없었다.

"약속이야. 장차 나아갈 길을 잃고 헤매게 된다면…… 다시, 이곳에서 만나는 거야."

"그래, 약속할게."

사야네가 내민 새끼손가락에, 나는 내 손가락을 걸었다.

그것은 4월…… 중학교 1학년의 먼 옛날에 나눈 무책임한 약속이었다.

"지금은 데모테이프를 일일이 돌아다니면서 팔거나, 길에서 팬을 늘리는 시대가 아니라고 생각해. 일단 손쉽게 할 수 있는 건 SNS와 연동한 라이브 배포 서비스일 거야. 거기서부터 점점 지명도를 올려서, 해당지역에서의 원맨라이브를 성공시킨다, 라는 흐름이 인디밴드에게는 가장 이상적이려나."

"……과연. 고맙습니다. 에미 누나."

우선은 지명도를 올리기 위해, 우리는 옆집에 살던 에미 누나에게 상의를 했다. 이미 토미 씨와 결혼해서 아이가 있었지만 우리를 위해 시간을 내주었다.

"아우아우, 아이~ 잘한다. 대단해대단해요~! 참 잘했어요~."

뒤뚱뒤뚱 걷는 리제와 놀아주는 사야네의 심각한 어휘력

저하는 일단 둘째 치고.

"물론 슈도 협력하는 거지?"

"예. 앞으로도 계속 사야네의 곁에서 걷고 싶으니까요."

내 대답을 들은 에미 누나는 고개를 끄덕이며 우리에게도 친숙한 연습실로 향했다. 그리고 우리가 있는 거실로 가늘고 길쭉한 형태의 소프트 케이스를 가져왔다.

케이스 안에 들어있던 것은, 내가 음악교실에서 사용하던 신시사이저였다.

"내가 주는 소소한 선물이야. 사야네에게 빌려준 어쿠스틱 기타도 안 돌려줘도 돼."

"에미 누나……."

"고생이 심할 거라고 생각하지만, 열심히 해, 내 제자들. 누나는 언제나 너희 편이야."

에미 누나는 나와 사야네의 머리에 천천히 손을 얹었다.

고마워요. 당신 같은 사람을 만날 수 있었다니, 우리는 세상에서 제일 행복한 시골뜨기임이 분명해요.

우리는 소중한 은사에게 깊이 고개를 숙이며 감사의 말을 전했다.

******

성격이 급한 소꿉친구는 일단 결심을 하자 바로 행동에 옮겼다.

사야네는 집의 농사를 돕거나 성실하게 수업을 듣는다고 맹세하는 것으로 어수룩한 부모님을 회유, 라이브 배포의 기초가 될 스마트폰을 사달라고 하는데 성공했다.

그것과 병행해, 사야네는 본격적인 작곡에도 착수했다. 기타와 콧노래로 구축한 멜로디라인을 내가 나 나름대로 신시사이저와 시퀀스 소프트로 편집했다. 원곡의 대부분은 사야네의 작품이었지만, 애절하고 찌르는 것 같은 선율은 더욱 날카롭게 다듬었다. 그리고 그것을 사야네가 하나로 모아 기타를 이용해 재구축해나갔다.

첫 곡이 70퍼센트 정도 완성된 6월 경. 우리는 학교에서 라이브 배포를 시작했는데…….

"어, 어라……. 백업? 지피에스? 스토리지?"

라이브 배포를…….

"문자는 어떻게 찍어야 하는 거야…… 일본어로 변환이 안 되는데……!"

라이브 배포를 하고 자시고 할 수준이 아니었다.

점심시간, 체육관 앞 계단이라는 정위치에 앉아서 스마트폰과 눈싸움을 하는 4차원 소녀. 그랬다……. 사야네는 나면서부터 아날로그인간이라, 전자기기에는 어두웠던 거다!

"배포라든가 SNS 운영은 내가 할 테니까, 너는 음악활동에 전념해줘."

"……슈가 신경을 써주다니, 왠지 납득이 안 가."

사야네가 심기가 불편한 듯 반쯤 감은 시선으로 나를 쳐다보았다. 나는 그것을 그대로 받아넘기고, 사야네가 맡긴 스마트폰을 주인 대신 설정했다. 우선 사용할 수 있는 상태로 만들고, 유명한 SNS와 라이브 배포 어플리케이션을 인스톨했다.

나는 스마트폰을 갖고 있지는 않았지만, 스마트폰 게임을 하느라 엄마의 스마트폰을 갖고 놀고 있었다. 그래서 스마트폰의 조작에는 익숙했다.

"인터넷에서의 이름은 뭘로 할래? 본명으로 할 수도 있는데."

"……SAYANE, 면 돼. 알파벳으로."

직설적인 성격이니 그대로 본명을 사용하려나? 라고 생각했더니, 아티스트다운 울림의 이름을 생각해두었던 모양이었다.

"……키리야마 사야네라는 이름은, 친한 사람만 불러줬으면 해."

"그 안에는 나도 포함돼 있어?"

"……일일이 말하지 않아도 알아서 알아차려. 바보."

사야네는 기어들어가는 것 같은 목소리로 소곤소곤 중얼거렸다.

나도 모르게 마음속에서 몸부림을 쳤다……. 위험해. 지금 사야네, 엄청 귀여워.

중학교 1학년. 연심 같은 것은 아직 미지의 감정이었지만, 설마, 이게……? 나도 몰라!

심신의 동요를 얼버무리기 위해, 나는 SAYANE의 계정작성에 몰두했다.

"시간도 없으니까, 한 곡만 불러봐 줄래?"

점심시간은 앞으로 5분 정도 남아 있었다. 나는 시험 삼아 한곡만 동영상배포를 해 보기로 했다.

내가 스마트폰의 카메라를 향하자, 사야네는 평소보다 몇 배나 더 험악하게 얼굴을 찌푸렸다.

화가 난 것이 아니라, 아마도 긴장한 것이리라.

"……하아."

내가 쓴웃음을 지은 이유를 알아차린 것일까. 사야네는 크게 한 번 심호흡을 했다. 그리고 딱딱하게 굳은 표정을 약간 누그러뜨리며, 내 신호와 함께 어쿠스틱 기타를 끌어안았다.

"……안녕하세요. 사, SAYANE라고 합니다. 중학교 2학년……일까요?"

왜 의문형인데? 웃음이 터질 것 같으니까 그만둬.

"프로가 되지 않아도 좋으니까, 우리의 노래를 많은 사람들이 들어주었으면 좋겠습니다. 말하는 것은 서투른 데다가, 점심시간이 곧 끝나므로…… 얼른 노래를 부를게요."

담담하고 엉성한 토크도 애교의 하나였다.

우리…… 내 존재도 포함돼 있는 그 표현이 솔직하게 기뻤다.

"제작중인 오리지널 곡입니다. 『be with you』."

사야네는 카메라를 의식에서 몰아내고 오른손에 쥔 피크로 현을 튕겼다. 가만히 만지는 것 같은 섬세한 음색이었지만, 노랫소리는 흔들림 없고 힘찼다.

이 노랫소리는 쓸쓸한 운동장에도 메아리쳐서, 점심시간이라서 소란스러웠던 교내의 학생들도 귀를 기울였다. 곡 자체는 아직 거칠었지만, 사야네의 노랫소리는 잡념을 지워주어서 사람들은 그것에 빠져들었다.

교감선생님이 가장 먼저 창문을 열고, 그것을 뒤따르는 것처럼 교실과 교무실의 창문이 차례대로 열렸다.

희미한 숨소리나 비브라토#8의 한 조각마저도 놓치지 않도록.

한적한 시골의 바깥이라고는 해도, 완전히 무음의 환경은 아니었다. 봄바람이나 차량의 주행음이 방해를 할 텐데, 내 세계에는 사야네의 노랫소리만이 존재했다.

……정말 좋아해.

언제까지고 노래하는 그 모습을 지켜보고 싶어. 가장 가까운 거리에서 노래를 듣고 싶어.

"고맙습니……힉……?!"

연주를 마친 사야네가 주위의 위화감을 알아차리고는 뒷걸음질을 쳤다. 노래에 이끌려 모여든 수십 명의 학생들이 사방팔방을 에워싸고 두터운 박수와 상찬의 갈채를 보내고 있었기 때문이었다.

"…………안녕!"

앗. 도망쳤다.

사야네는 군중을 헤치고 어디론가 달려가 버렸다. 촬영하던 동영상에는 얼굴을 빨갛게 물들인 사야네가 달려가는 모습까지 똑똑히 찍혔다. 이건 이것대로 화제성 측면에서는 재미있을지도 모른다.

#8 비브라토 목소리 또는 현악기의 음을 약간 울리게 하는 기법.

모처럼이니 SAYANE 채널을 만들어서 유명한 동영상 투고 사이트에도 올려보자.

사야네가 부른 곡은 미완성 따위가 아니었다. 아니, 미완성이 아니게 되었다.

설마…… 노래를 부르면서 미완의 부분을 자연스럽게 끌어내 즉석에서 보완하다니.

나는 깊은 감회와 함께 일말의 불안함을 느꼈다. 소꿉친구인 『키리야마 사야네』는 아티스트로서의 『SAYANE』의 면모를 보이기 시작했다, 라고.

"굉장한걸…… 저 녀석."

사야네의 노래가 많은 사람에게 닿는 것은 환영해야 할 일이었다. 그렇지만, 동시에 늘 곁에 있어주던 『소꿉친구』가 멀리가 버린 것 같은 느낌도 들어서.

애타는 모순이 내 안에서 뿌리 깊은 초조함을 만들어내고 있었다.

"마, 말도 안 돼……."

인터넷에서 활동을 시작하고 나서 10개월 뒤…… 나는 매일같이 동영상에 딸린 숫자를 확인하고서는 온몸을 떨었다. 심정은 주로 경악이었다. 라이브 배포의 총 시청자수는 80만 명을 돌파했고, 동영상 투고 사이트로의 액세스 수도 그에 비례해서 그 끝을 알 수 없었다. 밀려드는 수많은 코멘트도 호의적인 것들로 점철되어 있었고, 하루에 한 번, 항례가 된 라이브 배포에서는 사야네가 「……밤입니다」라고 어색하게 인사하자, 그 몇 배의 인사가 시청자들에게서 리얼타임으로 되돌아왔다.

때때로 보이는 엉뚱한 모습도 그녀의 인기를 뒷받침했다. 사야네는 SNS의 트렌드 여왕의 자리에까지 올라갔다.

라이브를 방과 후의 하천둔치에서 배포하는 것도 익숙해졌을 무렵. 시청자들이 쉽게 친근감을 갖기 쉽도록 5분 정도의 토크타임을 신설했는데, 처음과 비교하면 질문에 대한 대답도 매끄러워졌다.

【SAYANE가 좋아하는 아티스트와 장르는?】

"……애절한 연애를 주제로 한 노래를 좋아하지만, 기타를 가르쳐 준 음악교실의 언니가 좋아하는 곡에 영향을 받기도 합니다. 예를 들면……."

프리토크는 아직도 약간 힘들었지만, 음악 이외에는 서툰 사야네의 성격을 고려하면 확실히 진보하고 있었다.

"제 노래는 아직 한 곡밖에 없기 때문에, 오늘은 커버곡을 부르겠습니다."

에미 누나가 자주 듣던 곡의 어쿠스틱 어레인지.

연인과의 이별과 봄의 벚꽃을 주제로 다루는 이 발라드를 SAYANE의 팬층인 10대 젊은이들은 잘 알지 못하리라.

그러나…… 그녀가 어레인지해서 부르는 것만으로도 라이브회장에서와 같은 일체감을 만들어냈다.

곡을 몰라도 관계없었다. 사야네의 노랫소리가, 연주가, 표정이, 아름다운 원곡이 가진 무한한 가능성을 다른 분야로도 끌어내고 있었다.

오리지널곡 이외에는 태반이 기존 곡의 커버. 내가 반주를 하고 사야네가 노래를 부르는 피아노 어레인지도 호평이었지만, 역시 코멘트에서는 신곡의 요망도 눈에 띄었다.

"신곡도 제작중이니까, 기다려 주세요."

사야네가 이렇게 해명하는 것도 몇 번째일까.

오리지널 두 번째 곡이 될 신곡은 여전히 완성될 기미가 없었다. 사야네에게서 기초가 되는 멜로디나 가사는 받았지만, 내게서 멈춰있는 것이 현상이었다. 사야네가 가진 본래의 특색을 죽이는 것은 아닐까 고뇌하고, 자신의 존재의의를 자문자답하는 날이 이어지고 있었다.

모처럼 인기도 끓어오르고 있는데. 화제성이 폭발하고 있는 타이밍인데…….

"『be with you』의 PV를 만들지 않을래? 동영상 사이트에 업로드하면, 홍보효과도 클 거야."

중학교 2학년이 된 범인이 생각해 낸 한정된 선택지. 궁한 나머지 꺼내본 제안이었지만, 사야네는 "응." 하고 승낙했다.

4월 하순의 하천둔치를 사야네가 걸을 뿐인, 그야말로 청춘영화의 한 장면. 에미 누나에게서 빌린 비디오카메라를 이용해 감독 기분에 젖은 나는 피사체의 웃는 얼굴을 찍었다.

우아한 배경을 매력적으로 채색하는 소꿉친구의 그 모습에, 카메라를 든 손이 떨렸다.

"미안…… 손이 흔들려서, 유채꽃밭 장면을 다시 찍고 싶은데."

"뭐?"

웃는 얼굴이 노려보는 얼굴로 바뀌어서 무서워…….

"……웃고 있는 것도 꽤 힘들어. 익숙하질 않으니까."

불평을 늘어놓으면서도, 사야네는 첫 위치로 돌아가 주었다. 유채꽃밭을 천진난만하게 걸어 다니는 여자아이를 몇 번이고 다시 찍고 싶다고까지 생각해.

이 행복한 시간을 몇 번이고 반복할 수 있으면 좋을 텐데.

어른 같은 건, 되지 않으면 좋을 텐데.

…………………

……………

"제대로 찍어, 바보."

"우웃……?!"

사야네가 거의 제로거리에서 렌즈를 들여다보는 바람에 나는 놀라지 않을 수 없었다. 몰두……했다고 해야 할까, 부끄럽게도 매료돼 있었기 때문에 사야네가 다가오는 것을 전혀 알아차리지 못했던 것이다.

"그럼, 클라이맥스는 벚나무가로수 앞에서 찍자. 기타를 치면서 노래를 부르는 자연스러운 모습의 사야네를."

"……알았어. 제대로 할 테니까, 너도 제대로 찍어."

어수선하게 들뜨는 내 마음을 알아차린 것일까, 사야네는 한심하다는 듯 반쯤 내리뜬 시선을 보내왔다.

"언제라도 좋아. 언제라도 부를 수 있어."

하지만 어쿠스틱 기타를 들자, 순식간에 표정을 바로잡았다. 아마추어라고는 생각할 수 없는 세련된 분위기는 내게 이런 마음을 갖게 했다.

이런 시골구석에서 썩힐 재능이 아니다.

수많은 사람들을 포로로 만들거나 혹은 구원하고, 녹아버릴 정도로 열광시킬 사명이 있다, 라고.

제대로 찍을 테니까.

세계에서 제일이라고 자랑할 수 있을 정도로 귀엽게…… 기록과 추억에 남길 테니까.

봄의 따스한 기운에 소리 높여 노래를 부르고, 지기 시작한 꽃잎을 두른 채 여섯 개의 현을 울리는 소꿉친구가…… 언제까지고 곁에 있기를.

사야네의 사명과 내 바람은 공존이 불가능했다.

******

10월. 그저 시간벌기에 불과한 청춘은 무정하게 흘러갔다.

내 방에 틀어박혀 무턱대고 건반을 마주하고 있던 나를 걱정한 사야네가…… 내 등에 손을 얹었다. 연주기술이나 편집기술을 단련하려고 하지도 않고, 고뇌하는 흉내만이 능숙한 남자의 등에. 그리고, 태양과도 같은 온기가 얄팍한 열등감과 약해질 대로 약해진 마음을 감싸 안았다.

아마도, 사야네가 나태한 나를 뒤에서 끌어안은 것이리라.

"나는 혼자서는 아무 것도 하지 못해. 우리 둘이라서 여기까지 올 수 있었어."

"사야……네……."

"노래를 부르기 시작한 것도, 기타를 치기 시작한 것도 전부 슈를 쫓아간 것이 시작이었어. 우리라면 어떤 꿈이라도 이룰 수 있어. 어떤 일이라도 할 수 있어……. 그렇지?"

그렇게 생각하고 싶었다. 이 녀석의 곁에 있겠다고 결심했을 때에는 그렇게 생각해 의심하지 않았다.

예상보다 빨랐던 것이다.

천재와 범인의 격차가 부각되는 순간이

"슈가 만든 거라면 어떤 노래라도 부를 거야. 『be with you』도 그렇게 만들어냈어."

"그랬……지. 그 때와 같은 마음으로……."

벌써, 이렇게 멀리까지 와 버렸다.

사야네만을 위해 만들었던 작년과는 책임의 무게도, 기대치도 달랐다.

……그렇게, 도망갈 길을 모색했다가 빠진 것은 바닥이 보이지 않는 자기혐오의 나선.

"2주일 뒤…… 다비나가와 축제에서 첫 라이브를 하자. 그리고 이다음에는 신곡을 잔뜩 준비해서 말이야. 큰 무대에서 원맨라이브를 할 수 있으면 좋겠네."

"응…… 할 수 있을 거야. 슈와 함께라면, 분명히 할 수 있을 거야."

"올해 생일은 대단한 선물은 할 수 없지만……"

나는 교복 주머니에 넣어놨던 것을 사야네에게 건넸다. 조금 이른 생일선물은, 하루사키 시의 악기점에서 산 피크였다. 중학생이라 이런 싸구려밖에 살 수 없었지만…… 신곡 따위 도저히 무리였으니까, 적어도 이걸로 속죄가 된다면 좋겠다, 라는 뜻이었다.

그것을 받아든 사야네가 한 말은…… 고마워.

지금 당장에라도 울음을 터뜨릴 것 같은 아련한 웃는 얼굴로 힘껏 고맙다는 뜻을 전해왔다.

"내년 생일에는 최고의 곡을 선물할게. 그러니까, 기다려 줘."

"응…… 기다릴게. 약속한 장소에서 계속 기다릴 거야."

금방이라도, 도망치고 싶었다.

내게는 늘어나는 중압감을 견딜 수 있는 자신과 재능이 없었다.

그럼에도 왜 나는 본심과는 정반대의 바보 같은 헛소리를 하는 것인가.

오직 사야네를 안심시키기 위한 것뿐인 입 발린 소리로 그 자리를 모면하는 것밖에 할 수 없는 겁쟁이 주제에.

"……그러고 보니까, 슈는 휴대전화, 안 사?"

문득 사야네가 천천히 그런 질문을 던져왔다.

"으—음. 우리 집은 엄마가 엄격하니까. 고등학생이 된 뒤에나 살 수 있을 거야."

내 등에 닿아있던 온기와 감촉이 멀어졌다. 나는 반사적으로 몸을 돌렸다. 그러자 사야네가 메모지자투리에 숫자와 알파벳을 적고 있었다. 그녀는 시선을 살짝 돌리면서, 그 자투리를 내게 내밀었다.

"유선전화로만 연락할 수 있다는 거, 엄청 불편하니까…… 빨리 사달라고 해. 나…… 메일이라든가 대화 어플…… 써보고 싶어."

나는 뺨을 석양색으로 물들인 사야네로부터 스마트폰의 연락처가 적힌 종이쪼가리를 받아들었다.

……비겁하잖아. 이런 타이밍에 연심을 알려오다니 말이야. 과열된 심장박동소리가 억누를 수 있는 수준이 아니라고.

곁에 있고 싶다. 늘 언짢아 보이는 얼굴도, 수줍어하는 얼굴도, 갑자기 웃는 얼굴도 전부 좋아하는 여자애이니까…….

"엄마한테 부탁해볼 테니까 만약 엄마가 사주시면…… 가장 먼저 연락할게."

"……알았어. 연락처, 아무도 등록하지 않고 기다릴게."

"아니, 가족들 정도는 빨리 등록해줘."

아주 살짝. 입술의 양끝을 아주 살짝 끌어올린 너를 거짓없이 정말 좋아하니까.

연장시키고 말았다.

나는 또, 무의미한 시간벌기를 반복하고 말았다.

다비나가와 축제에서 개최한 첫 라이브는 성황리에 끝났다.

라이브 동영상이 공식계정에서 확산되면서, 사야네의 지명도는 「상식」이라는 천장을 가볍게 초월했다. 인기의 증거인 것인지, 하루사키 시 중심부에 사는 중고생들이 전철을 타고 다비나가와를 찾아와 하교하는 사야네를 기다리는 행동도 늘기 시작했다.

"사야네는 신경이 예민하니까, 그런 행동은 그만해줄 수 없을까."

그러나 집요한 녀석들에게는 말로 주의를 줘도 소용없었다.

"넌 SAYANE의 뭐야? 남자친구?"

"아니…… 소꿉친구인데."

"아아~ **그저 집이 가까운 것만으로** SAYANE랑 친하다니, 부럽네."

팬이 아무 생각 없이 내뱉은 한탄.

무의식중에 오른손에 힘이 들어가며 덤벼들어 때리고 싶은 충동이 몰려왔다.

갈 곳 없는 분노는 정곡을 찔렸다는 반증이었다. 나의 현재 위치를 명확하게 표시하고, 약해빠진 마음을 뒤덮은 얇은 막을 제거해 버린 것에 대한 초조함과 분풀이.

한심했다. 꼴사나웠다. 그러나 나 자신을 돌이켜보는 행동은 하지 않았다.

어차피 무리다, 재능이 없다, 지금 와서 노력해봤자 늦었다.

자신에게 관대한 녀석들일수록 타인에게 지적을 받으면 괜히 화가 난다.

나는 말로는 사야네를 계속 응원하면서, 자신은 고뇌하는 척을 습관적으로 계속하고 있었다.

첫 라이브에서 한 달이 지나고, 석 달이 지나고, 반년, 그리고 9개월이 지났다.

길가의 잡초는 그저 호흡을 하며 쓸데없이 몸을 키우면서, 유일무이한 태양을 바라볼 뿐이었다.

어느샌가 의무교육의 최고학년이 되어, 존댓말은 이제 교사에게만 쓰게 되었다.

"슈…… 빨리 현실을 보는 편이 좋다."

방과 후 진로상담실에서 진행된 진로조사면담. 담임선생님은 내게 직언을 했다.

"진로조사표에는 『작곡가』라고 쓰여 있었다만, 나는 힘든 직종이라고 생각한다. 그 업계에서 먹고 살 수 있게 되려면 극히 일부의 재능과 노력, 그리고 운이 있어야 해."

"그러니까, 이제부터 열심히 해나가고 싶은 거예요. 독학으로 공부하면서 인터넷으로 투고도 하면서……."

"고등학교를 졸업한 뒤에는 늦는 거냐? 요즘 세상에 중졸로는 고생한다. 현실을 깨닫고, 취직을 하고 싶다고 생각했을 때 학력이 없으면 선택지가 큰 폭으로 줄어들어."

담임선생님은 반론의 여지도 없는 정론을 늘어놓았다. 학생을 생각해서 한 말인데도, 아직 어린애였던 나는 반항심밖에 들지 않았다. 어렸던 것이다. 외모 이상으로 정신이.

"늦어요. 3년이나 허송하고 있으면 사야네는 손이 닿지 않는 곳으로 가 버릴 거예요…….”

“잘 들어라 슈. 우리 어른들은 어린애에게 『꿈을 좇아라』라고 격려하지만, 동시에 『현실을 봐라』라면서 포기시키려고도 하는 불합리한 생물이다. 사야네는 응원할 만한 가능성을 이미 갖고 있지만, 넌 어떠냐? 시간만 있으면, 성과를 낼 수 있는 거냐?”

“그건…….”

선생님은 자신에게 관대한 자의 심정을 꿰뚫어보았다.

시간이 있으면 있는 만큼, 계속 뒤로 미룬다는 사실을.

“넌 아버지가 안 계시잖냐. 견실한 진로 쪽이 어머니의 부담도 덜하지 않겠어?”

여 보라는 듯이 정론을 들이미는 바람에 나는 결국에는 묵비권을 이용해 도망치는 수밖에 없었다.

“벌써 6월 말이다. 수험공부를 시작하려면 빠르면 빠를수록 좋으니까 말이다.”

지금 생각해보면, 담임선생님은 제자를 최우선으로 생각하는 성실한 사람이었다. 쓸데없이 초조해할 뿐인 바보에게는, 아이들의 꿈을 무조건 부정하는 못되고 뻔한 어른으로밖에 여겨지지 않았지만.

고등학교를 졸업하고 나서 음대나 전문학교에 진학……이라니, 그렇게 느긋하게 굴 여유는 없었다. 이것도 변명이었다.

“지금의 내가 사야네와 함께 있을 수 있는 것은, 소꿉친구로서 태어난 운, 그것 하나 덕분……인가.”

지도실에서 나온 나는 그런 자학적인 혼잣말을 중얼거렸다.
꿈은 잘 꾸는 주제에 역풍에 맷집이 약한 남자는 미래의 목표를 완전히 잃어버리고 있었다.
어른들이 돌아보게 하기 위해 더욱 노력한다, 라는 선택지는 머릿속에서 지운 채로.

초여름에 들어서자, 하루사키 역 앞의 광장에서 스트리트 라이브를 결행했다. 신칸센이 지나는 대형 역에서의 본격데뷔는 이용자가 왕래할 뿐이던 풍경을 완전히 싹 바꿔버렸다.
한여름의 야외 페스티벌.
그렇게 착각하게 만들 정도의 인간파도, 눌어붙는 작열의 환희가 멈추지 않았다.
SNS나 라이브 배포로 일정을 고지한 것뿐이었지만, 인터넷을 통해 불어난 팬이 결집했기 때문에 라이브의 대성공은 필연적이었다.
에미 누나나 토미 씨, 엄마도 환성의 일부가 되고, 심지어 조용하던 교감 선생님까지 공연을 보러 와주었다.
아직 중학생인 인디가수가 지인 외에 수백 명 이상을 동원한다. 그것이 얼마나 대단한 위업인지…… 아마도 동업자에게 물으면 단박에 알 수 있을 것이다. 관객에게 손수 팔기 위해 준비했던 백 장의 자작곡 CD가 한 순간에 동이 난 것도 커다란 성과라고 가슴을 펼 수 있었다.
에미 누나에게 바이올린 협력을 부탁하고, 나의 키보드와 사야네의 목소리로 기존의 발라드를 어레인지한 곡에는 많은 사람들이 눈물을 흘려주었다. 그 일을 나는 평생 잊지 않았다.

"마지막 곡은 오리지널입니다. 『be with you』."

연주된 다섯 곡 중 네 곡이 다른 사람의 노래를 편곡해 부른 커버곡이었다. 나는 이를 악물었다.

아직도 오리지널 곡이 한 곡뿐이라는 상황이 안타까웠고, 나 자신의 부족함에 짜증이 났다. 열기가 소용돌이치는 이 공간에서 오직 나 혼자…… 불합리한 자책을 거듭했다.

사야네는 저쪽, 나는 이쪽.

나는 길가의 이름 없는 인간밖에 될 수 없다는 것을, 다시금 뼈저리게 깨닫게 되었다.

행운을 타고난 범인의 꿈 이야기도 슬슬 끝이 날 때가 되었다.

물러날 때를 잘못 알면 더 크게 상처 입는다.

아직 취미의 범주에 머무는 사이에, 넓은 하늘로 날아오르려는 날개에서 떨어져도 경상으로 끝날 수 있도록 『자신의 의지』를 알려야만 했다.

스트리트 라이브 다음 날.

우리는 학교를 빼먹었다. 이미 한참 전에 꽃이 다 진 벚나무 가로수와 시들어버린 유채꽃밭을 둘이서 나란히 바라보며, 뜨거운 땀을 흘렸던 라이브의 여운에 잠겼다. 아니, 잠기고 싶었다.

지금은 그저, 내리쬐는 여름의 태양이 피부를 그슬리고 땀이 셔츠를 적셔 불쾌할 뿐이었다.

"우리, 어디까지 갈 수 있을까? 고등학생이 돼도, 대학생이 돼도 그 뒤에도…… 계속 달려 나갈 수 있을까?"

너뿐이라면, 갈 수 있어. 어디까지라도, 날아갈 수 있어.

사야네를 대신할 수 있는 것은 없었다. 그러나, 나를 대신할 만한 것은 얼마든지 존재했다. 인기인에게 기생해, 자신도 뭔가를 해냈다는 기분에 젖어 있는 쓰레기는, 그 뒤로 한 곡도 만들지 않았다.

동영상·사진촬영과 편집, SNS 운영, 라이브 허가 얻기, 악기운반, 녹음 보조, 위로의 말 건네기…… 이 정도는 레코드 회사나 기획사의 하위호환이었다.

가까운 미래, 이쪽 일을 전문으로 하는 어른이 대신하게 되리라는 것은 자명한 일이었다.

"슈…… 무슨 말 좀 해봐."

사야네가 입을 다문 내 얼굴을 들여다보았다.

무표정한 가면에 감춰진 불안한 시선을 나는 알 수 있었다.

"뭔가 대답해봐……. 늘 그랬던 것처럼 응원해줘…… 슈."

감지하고 있었구나. 이 밑바닥인생의 갈등을, 시간벌기를 어렴풋이 눈치를 챘으면서 사야네는…… 내게 웃어주고 있었다. 최고의 노래를, 들려주었다.

"네 인기와 실력이라면 지방의 원맨라이브도 성공시킬 수 있을 거야. 하지만 지금 이대로는…… 금방 한계가 찾아올 거야."

"내가 좀 더 열심히 하면 돼. 좀 더, 더 노래해서……."

"……아니. 사야네 혼자서 이 앞으로 나아가든가, 나를 대신할 사람이 유능하기만 하면 되는 얘기야."

나는 가방에서 10장 이상의 CD-ROM을 꺼냈다.

"이 1년 간, 네가 내게 넘겨준 데모곡…… 내가 완성시킬 수 있었다면, 지금쯤 원맨라이브도 가능했을지도 몰라."

"그건…… 하지만, 슈도 열심히, 고민해서……."

"노력하지 않은 범인이 겨우 『하나』로 만족하는 사이, 노력하는 천재는 과거의 결과를 뛰어넘으려 하고 있어. 노력하는 척만 잘하는 녀석 옆에서, 너는 『결과』만을 내보이며 계속 노력하고 있는 거야."

사야네는 침묵하는 수밖에 없었다.

근거가 없는 얄팍한 격려가 오히려 나를 몰아넣는다는 것을 알고 있으니까.

"넌 무의식중에 내가 따라갈 수 있는 정도로까지 수준을 낮춘 곡을 생각해내고 있었어. 더 굉장한 곡을 만들 수 있는데, 내 존재가 네 재능을 죽이고 있는 거야."

"그만둔다……라고는 말하지 않을 거지? 내가 바라면 곡을 만들어주겠다고…… 줄곧 옆에서 걸어주겠다고 했잖아……."

사야네의 목소리에 울음이 섞이기 시작하며 약하게 갈라지기 시작했다.

"덕분에 추억 만들기 놀이치고는 즐거운 꿈을 꿨어. 하지만 슬슬 수험준비도 해야 하니까 말이지. 지금쯤이 내가 물러날 때인 것 같아."

"거짓말……이지. 슈. 놀이라니……."

"현실을 보자고. 입만 산 무능력자일수록 꿈에 대해 떠들고 싶어 하는 법이야. 그리고 나처럼 질리기도 쉽게 질려서 포기도 빠르지."

"나, 슈하고라면 진심으로…… 어디까지라도 목표로 할 수 있다고…… 믿어. 나는…… 나는……."

내가 좋아하는 사람이 말을 잇지 못하고 있었다.

눈가에서 끊임없이 흘러내리는 커다란 눈물방울에, 예쁜 얼굴이 엉망이 되었기 때문이었다.

"네가 전국적인 유명인이 되면 자랑할 수 있으니까 말이야……. 나, SAYANE의 곡을 만든 적이 있어, 하고."

"…………어."

"뭐, 프로의 세계는 재능이 있어도 사라지는 녀석이 지천이 널려 있으니까, 네가 잘 팔린다는 보증은 없지만. 그늘에서 응원할……?!"

뺨에 찌르르한 통증이 내달렸다.

동시에 시야가 격렬하게 흔들리며 내 경솔한 말은 지워졌다.

"정말 싫어!!"

비통함과 분노.

이 두 가지가 혼재한 날카로운 눈으로 나를 노려보며 사야네가 밉살스러운 내 뺨을 후려친 것이었다.

달려가는 사야네를 나는 그냥 지켜보는 수밖에 없었다.

이걸로, 됐다.

이걸로, 저 녀석은 혼자서도 걸어갈 수 있다.

저 녀석은 상냥해서, 무능한 나와 보폭을 맞추려고 해왔다. 그것이 자신의 재능을 묻어버리는 결과가 되더라도, 거리끼지 않았다. 망설이지 않았다.

만약 내가 평범하게 물러난다면, 저 녀석도 음악에서 멀어져 버릴 터였다.

저 녀석은, 그런 녀석이니까.

상냥한…… 정말로, 내게는 아까운 근사한 여성이니까.

"좀 더 들려줘……. 내가 아닌 다른 사람하고 만든 노래여도 좋으니까…… 네 목소리를."

거치적거리기만 하는 내가 그녀를 내쳐버리기만 한다면, 새로운 가능성이 그녀를 받아들일 것이다. 지기 싫어하는 저 녀석은 싫어도 정점을 목표로 할 것이다. 경박한 남자의 무신경한 말을 뒤엎기 위해.

"젠장…… 사야……네."

이걸로 잘 됐을 터인데, 왜 내 시야도 같이 뿌옇게 흐려지는 것일까.

가슴이 미어져서, 얻어맞은 뺨이 너무 아파서, 나는 그 녀석이 없어진 하천둔치에 멍청히 서서 구질구질한 오열을 쏟아냈다.

최초의 도피이자, 최대의 도망.

노력해도 따라잡을 수 없다면 그 노력은 모두 헛수고이다.

그렇다면, 처음부터 진지해지는 편이 바보 같다.

대학으로부터도, 아르바이트나 취직으로부터도, 사야네로부터도 계속 도망치는 인생이 된 분기점.

우리가 함께 지낸 15년간은, 함께 길러온 추억은…… 연인보다도 가까우면서도 먼 관계가 만들어낸 봄 색깔의 환상이었다.

무엇과도 바꿀 수 없는 이 장소에서, 너무나도 짧은 청춘이…… 끝났다.

******

며칠 째일까.

건반을 치던 손가락이 수험공부를 위한 펜을 쥐게 된 것은.

소꿉친구와 대화조차 하지 않게 된 것은.

같은 반이었건만, 우리는 시선조차 주고받는 일이 없었다. 급우들은 그 분위기를 눈치 채고, 그 이상한 광경에 나날이 곤란해 하고 있었다.

매일같이, 가 아니었다. 나와 사야네는 매일, 함께 있었다.

지금은 과거형이지만.

10월, 졸업의 기색이 엿보이는 계절이 되어도 그것은 변함이 없었다. 다비나가와 축제가 있었든 사야네의 생일이 있었든, 끝나버린 청춘은 두 번 다시 시작되지 않았다.

사야네는 수업이나 HR을 빼먹는 나쁜 버릇이 다시 도진

듯, 담임선생님의 부탁으로 내가 프린트를 갖다 주게 된 것은 우울했다. 하지만, 사야네의 집으로 갖다 주면 되는 일이었다.

방과 후. 나는 너무나도 잘 아는 정원에 그 녀석의 세발자전거가 없는 것을 확인했다. 그리고 그 녀석이 집을 비운 타이밍을 노려 사야네의 어머니에게 프린트를 건넸다.

"그 애랑 무슨 일이 있었니?"

"아뇨…… 딱히."

나는 어물어물 그 자리를 얼버무렸지만, 사야네의 어머니는 뭔가를 골똘히 생각하는 얼굴로 생각에 잠겼다.

"요즘에 사야네, 학교에서 돌아오면 곧바로 밖으로 나가버린단다. 마치 누군가를 기다리는 것처럼, 밤까지 돌아오지 않아."

그저 밖에서 기타를 치는 것뿐이겠지.

나는 스스로를 그렇게 타일렀다.

약속이야. 장차 나아갈 길을 잃고 헤매게 된다면…… 다시, 이곳에서 만나는 거야.

1년도 더 전에 새끼손가락을 마주 걸었던 일이 선명하게 되살아났다.

나아갈 길을 잃고 헤맬 때 우리가 만나자고 약속한 장소……

설, 마.

10월 15일— 학교에서 돌아와 뽀얗게 먼지 쌓인 키보드가 방치된 내 방에 있으려니, 바에서 차가운 빗소리가 들려왔다. 5분 정도 지나니, 빗방울이 지붕을 시끄럽게 두들기기 시작했다.

저녁이었지만 추웠다. 실내에 있어도 난방을 하지 않으면 손발이 곱을 정도로.

오늘은, 사야네의 생일이었다.

내 곁에 그 녀석이 없는, 첫 생일.

"……젠장!"

짜증이 났다. 팔이 가늘게 떨리는 것은 기온 때문만이 아니었다. 몸이, 뇌가, 기억이, 느껴본 적 없는 허전한 느낌에 당황한 것일까. 역시나, 오늘은 실내에 있겠지.

이런 날 밖에서 기타를 치다니, 제정신인 사람의 행동이 아닐 테니까 말이지.

…………시시해.

기분을 달래고자 TV게임을 해도 그 허전한 느낌은 절대로 채워지지 않았다.

교과서나 참고서를 펼쳐도 집중 따위 할 수 없었다.

머릿속을 가득 채운 개운치 않은 느낌을 씻어내기 위해, 나는 주위의 경치가 흐릿하게 보일 정도로 폭우가 쏟아지는 가운데 우산을 쓰고 걸어보았다. 그 녀석과는 관계없었다. 그저, 내가 그러고 싶었으니까.

있을 리 없어. 대단한 용건도 없는데 이런 악천후에 외출을 하는 녀석 따위는.

불과 몇 분 사이에 신발에는 물이 들어왔고, 바지 밑단은 젖은 걸레처럼 변해버렸다. 자동차가 옆을 지날 때마다 흙탕물이 물보라가 되어 덮쳤다.

이미, 비닐우산 따위 무의미한 장식이나 마찬가지였다. 나는 차갑게 식은 몸을 무심하게 움직여 다비나가와 대교로 향했다. 그리고 도착한 그곳에서 하천둔치를 내려다보자…….

"뭐 하는 거야…… 저 녀석."

나는 할 말을 잃고 한 걸음씩 뒷걸음질 치지 않을 수 없었다.

사야네가…… 흠뻑 젖은 채로 멍하니 서 있었기 때문이었다.

봄에는 유채꽃이 밭을 이루는 곳도, 현재는 푸릇푸릇한 잡초만이 널려 있었다. 군데군데 흙탕물이 물웅덩이를 이루고 있어 춘계의 환상적인 모습은 어디에도 없었다.

그 살풍경한 세계에, 사야네는 계속 서 있었다.

오지 않는 누군가를 기다리듯이. 오래 전에 약속하기라도 했던 것처럼.

내년 생일에는 최고의 곡을 선물할게. 그러니까, 기다려 줘.

응…… 기다릴게. 약속한 장소에서 계속 기다릴 거야.

저 녀석은 바보인가?

그런 구두약속을, 이루어질리 없는 미래를 계속 믿다니.

최악의 방법으로 자신을 밀어낸 쓰레기에게, 아직 꿈을 품고 있는 것인가?

그만 둬. 나는, 그런 인간이 아니니까.

네 꿈을 응원하는 척을 하다가, 상처 입을 것이 두려워서 도망쳤을 뿐이라고.

절망에서 도망친 녀석을 희망으로 뒤쫓지 말아줘.

추하게 썩어빠진 마음에, 아름다운 모습으로 깃들지 말아줘.

보고 있을 수가 없어. 설탕공예품보다도 안이하고 약해빠진 내 마음이…… 쉽게 부서져 버릴 것 같아.

춥겠지.

비참하겠지.

자신이 우스꽝스럽겠지.

하지만 소꿉친구를 그런 꼴로 만든 건, 누구지?

일평생, 도망칠 수 없을 것이다.

내가 저지른 대죄가, 내 뒤를 집요하게 쫓아다닐 것이다.

그래도, 도망치는 수밖에 없었다. 나는 행복해질 자격 따위 없었다.

좋아하는 아이를 불행하게 만들어놓고, 어떻게 제대로 된 인생을 걸을 수 있겠는가.

그녀에게 말을 거는 사람은, 없을 것이다.

그녀가 기다리는 사람은, 영원히 오지 않을 것이다.

나는, 그 자리에서 도망쳤다.

사야네의 뺨을 타고 흐르는 것은 빗물인가, 눈물인가.

보고 있는 것도 괴로워서, 나도 그 녀석도 빗방울에조차 짓눌려 버릴 것만 같았다.

이 마을에는 가는 곳마다 사야네와의 추억이 있었다.
눈에 보이는 모든 것이 예리한 칼날이 되어 나를 찔렀다.
떠나고 싶다.
나는 이제, 모든 것으로부터 도망치고 싶었다.

3월, 나는 도쿄의 고등학교에 진학하여 다비나가와에서의 인생을 기억에서 지워버렸다.

사야네의 메이저데뷔를 인터넷으로 알게 된 것은 그로부터 얼마 뒤의 일이었다.

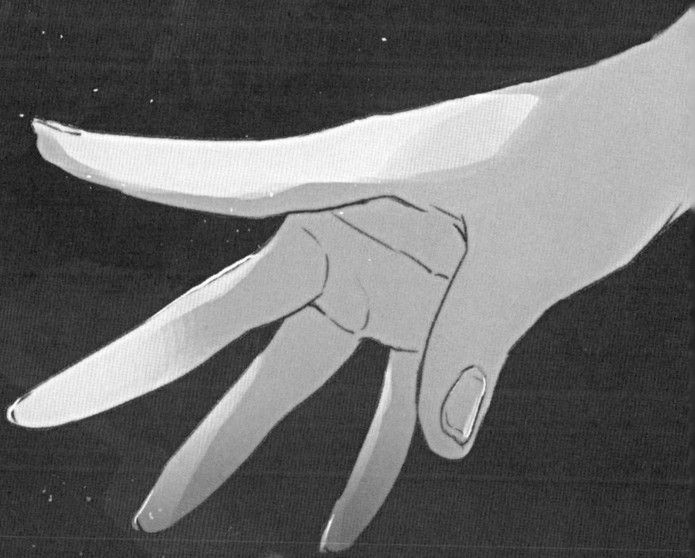

제5장 철회하게 해줘

많은 일들을, 다시 생각하게 되었다.

스무 살이 되어 5년 만에 사야네와 재회해 토미 씨와 에미 누나를 사이에 두고 계속 만나게 되고, 한 번뿐이긴 해도 함께 라이브를 함께 했기 때문……일까.

다비나가와 축제 다음 날. 즐거운 꿈같은 이야기의 뒤에는 허무한 고독만이 내려앉았다. 나는 내 방 침대에 똑바로 누운 채로, 줄곧 그 녀석과의 과거를 돌아보고 있었다.

기억의 저 편에 버렸던 파편들을 하나씩 하나씩 주워 모으면서.

내일은 그 녀석의 생일이었다. 내일이면, 그 녀석도 나와 똑같이 스무 살이 된다.

……나는 이제, 혼자로 돌아가겠어. 소꿉친구인 키리야마 사야네는 슬슬 끝이야.

어제 헤어질 때, 사야네는 그런 말을 남겼다.

도쿄로 돌아가 SAYANE로 활동을 재개한다는 의미……인 것 같았다. 그 녀석은 정신적인 문제를 극복할 수 있던 걸까? 앞으로 나아가기 위한 열쇠를 고향에서 얻을 수 있던 걸까?

그럴 리가 없잖아……!

마지막의 오리지널 곡을 부를 때, 그 녀석은 울고 있었다. 도저히 기뻐서 우는 것 같지는 않았다.

이대로, 중압과 기대로 가득 찬 고독한 세계로 돌아간다면…… 그 녀석은 부서질 것이 분명했다.

그렇게 걱정이 될 정도로 그 녀석의 표정은 덧없고, 갑자기라도 무너져 내릴 것만 같았다. 겉꾸린 가면 아래의 얼굴은 하천둔치에 멍하니 서 있을 때와 지독하게 닮아 있었다.

이대로 사야네를 도쿄에 돌려보낸다면, 우리는 두 번 다시 만날 수 없다.

그런 기분이 들어.

만난 뒤 어떻게 할지는 아무 계획이 없었다.

아무 것도 생각하고 있지 않았지만, 다시 한 번…… 목소리를 들려줘. 그것만으로도 충분하니까.

평일 오후. 가을하늘은 금방이라도 비가 쏟아질 것처럼 잔뜩 흐렸다. 사야네를 만나자고 결심을 한 나는 자전거에 올라타 그녀의 집으로 페달을 밟았다.

그리고 5분도 걸리지 않아서 쓸데없이 넓은 정원에 들어섰으나.

“그 아이, 집에 없단다.”

현관에서 나를 맞이해 준 사야네의 어머니에게 맥 빠지게 그녀의 부재를 통고받았다.

"벌써…… 도쿄로 돌아간 건가요?"

"응…… 응? 세발자전거를 타고 어딘가 갔지, 아마."

그렇다는 것은, 멀리는 가지 않았을 터.

나는 사야네의 어머니에게 고맙다는 인사를 하고, 공민관이나 여관이 있는 지구로 향했다. 가는 도중에 다비나가와 대교를 건넜지만, 살풍경한 하천둔치에는 아무도 없었다. 자전거도 보이지 않았다.

"어딜 간 거야……."

가는 길에 들린 중학교에도 자전거가 없었기 때문에, 이제는 어디에 있는지 짐작이 가질 않는데.

남은 곳은 리제 주변……. 그 녀석이라면, 충분히 그럴 수 있을지도 모른다.

리제와는 대화 어플의 ID를 교환했기 때문에, 나는 사야네가 같이 있는지 어떤지 메시지를 보내보았다. 5교시 수업이라면 슬슬 하교했을 시간이긴 한데.

일단, 자전거를 멈춰 세우고 메시지를 보낸 지 몇 초 뒤…….

【사야네, 있다.】

그런 답신이 돌아왔다. 그래서 이번에는 리제는 어디 있느냐고 물었다. 그랬더니, 이런 대답이 되돌아왔다.

【무도관.】

무도관?! 리제도 거물 기타리스트가 다 됐구나.

그런 멋없는 태클은 생략하기로 하고, 있는 장소, 그거 아동관을 잘못 말한 거지?

초등학교 근처에 있는 다비나가와 아동관.

하교시각이 지난 초등학생들이 놀거나, 부모가 데리러 올 때까지 시간을 보내는 시설. 실내에서 놀 수 있게 꾸며진 단층 건물과 바깥에서 놀기 위한 광장, 놀이시설들이 있었다.

초등학교 3학년까지는 간식도 받을 수 있거나 해서…… 그러 일은 아무래도 좋았다.

어쨌든, 나는 자전거의 진행방향을 아동관으로 향했다.

"역시……."

사야네가 애용하는 세발자전거는 아동관 앞에 세워져 있었다.

멀리서 봐도 리제의 혼혈 같은 외모와 고스로리 풍의 복장은 눈에 띄었다. 서서 그네를 타고 있는 리제 옆에는 한 여성이 그네에 걸터앉아 있었다. 체격으로 봐서 명백히 어른이었다.

"SAYANE다……! 진짜 SAYANE!"

시골에는 어울리지 않는 젊은 스타. 본인은 도수 없는 안경으로 변장했다고 생각했겠지만, 그것을 꿰뚫어본 아이들이 소란스럽게 주위를 둘러싸고 있었다.

안심……했다. 언제, 이 마을을 떠나도 이상하지 않았으니까.

내 손이, 말이 아직 닿을 수 있는 곳에 있어준 것이 괜히 기뻤다.

나는 몰래 사야네의 등 뒤로 돌아가서 그 어깨에 손을 얹었다.

"실례합니다. 어린 여자아이 근처에 수상한 어른이 있다는 통보가 받아서 말입니다. 임의로 사정청취를 하고 싶습니다만."

"예, 예?! 아니에요!! 전 그저 리제에게 치유 받으러 온 것뿐이에요!!"

사야네 본인은 당황한 것인지, 영문 모를 변명을 늘어놓으며 상반신만을 돌아보았다. 그리고, 곧 내 장난이었다는 것을 알아차리고는 진심으로 짜증난다는 것처럼 미간에 주름을 잡았다.

무서워……!! 방금 전까지의 리제의 보호자인 척 했으면서.

분위기를 부드럽게 하기 위한 수단이었는데, 역효과였던 모양이었다. 반성하자.

"……넌 뭐 하러 온 거야?"

"……아니, 그냥."

"……그래? 역시 한가한 니트네."

나는 사야네 옆에 서 보았다. 그냥, 평범하게 거북했다.

서로 상대가 어떻게 나올지를 살피는 느낌이었다.

리제가 그네를 타는 삐걱거리는 소리가, 침묵의 거북함을 약간 완화시켜주었다.

주변에서 노는 아이들을 보고 있으려니, 천진난만했던 자신과 그 모습과 겹쳐졌다. 사야네와 지내고, 토미 씨와 놀고, 에미 누나에게 레슨을 받고…… 미소가 끊이지 않았지, 라고.

"……여기 오면 말이야. 어릴 때 일이 떠올라. 고민도 괴로움도 없이, 그저 즐겁기 놀던 시절의 모습이."

"나도 같은 생각을 했어."

"……왜, 이렇게 된 걸까. 나는, 어떻게 하면 좋았던 걸까."

약한 표정을 짓고 있다는 것을 들키지 않게끔 사야네가 고개를 숙였다. 폭풍을 지배했던 어제의 노랫소리와는 정반대였다. 바람에 휩쓸려갈 것 같은 가느다란 목소리는, 내 마음에 남아 가슴을 옥죄었다.

"사야네는 틀리지 않았어. 결과를 남겨서 많은 팬들에게 사랑받고 있잖아."

"……그게, 네 진심이야?"

"5년 전과 다르지 않아. 나는 논다는 감각이어서 포기가 빨랐어. 그렇게 방해가 되는 녀석과 손을 끊은 덕분에 사야네는 재능을 헛되이 하지 않고 메이저 데뷔의 길을 열 수 있던 거야."

"……슈는 여전히 거짓말이 서툴러."

"……거짓말이 아니라니까."

사야네는 입을 다물고 그네의 좌면을 받쳐주는 양쪽 쇠사슬을 강하게 붙잡았다.

"……진심은 말하지 못하는구나."

"내가…… 진심을 감추고 있다고 생각하기라도 하는 거야?"

"……**서로**말이야."

당황하는 내게는 아랑곳하지 않고 사야네는 그네에서 일어났다. 그리고 두껍게 포개진 적란운 사이로 간신히 얼굴을 내민 꼭두서니 빛 하늘을 배경으로 나를 정면으로 바라보았다.

"영차!"

그때. 선 채로 그네를 타던 리제가 대도약을 선보이며 착지, 아무도 사용하지 않는 고무공을 집어 우리에게 높이 들어보였다.

"양보할 수 없는 것이 있다면, 싸우는 거다."

민감하게 분위기를 파악한 어린 소녀 리제…… 아니, 구세주 네임 이즈 리제롯테.

리제는 자신만만한 얼굴로 늠름한 대사를 내뱉으면서 사야네에게 공을 건넸다.

역시나, 토미 씨의 피를 이은 선택받은 자.

평화적인 결투방법을 잘 알고 계신 듯 했다.

"내 앞에서 사라진 죄를 심판하기 위해, 스포츠맨십에 준해 복수해 주겠어. 패자는…… 승자로부터 일방적으로 욕을 들으면서 고통을 받는 거야."

그리고 사야네는 아동원의 지붕을 가리켰다.

"지금부터 쓰레기인 널 『사형』에 처할 테니까."

바라던 바다.

******

한 방울, 두 방울…… 차츰 세는 것도 바보 같아질 정도의 빗방울이 머리 위에서 쏟아져 내렸다. 꾸물꾸물하고 흐렸던 하늘이 비를 내리기 시작하면서 5년 전의 10월 15일을 연상시켰다.

"……슈!"

"크?! 공이 회전을……!"

어린아이들은 전원, 일찌감치 아동원의 실내로 피신해 있었다. 당연했다. 비에 흠뻑 젖은 채 손발을 차갑게 식히면서 처마 밑을 뛰어다니는 어른이 이상한 거라고.

사야네가 던진 공은 맹렬한 스핀이 들어가 있어서 지붕에 닿는 순간, 활 모양을 그리면서 지붕 위를 기어 다녔다. 지붕 밑에 있는 우리에게 지붕 위는 사각이었다. 공의 궤도가 잘 보이지 않았기 때문에 낙하지점을 예측하기는 매우 어려웠다.

사야네는 나를 지명했다. 낙하까지 시간은 약 3초.

경사가 있는 지붕에서 굴러 떨어지는 공을 땅에 떨어뜨리지 않고 잡아야…….

"여기다……!"

나는 낙하지점을 계산해, 왼쪽으로 달리면서 손가락 끝으로 공을 잡았다.

"사야네!"

그리고 곧바로 반격. 이번에는 사야네의 이름을 선언하면서 지붕 위로 공을 다시 되던졌다.

"하아…… 하아……."

이 공방을 수차례 반복하는 사이, 찾아왔다……. 은둔형 니트의 운동부족이 말이다. 옛날에는 식은 죽 먹기였는데, 이 정도의 달리기나 공 던지는 동작으로 기진맥진하다니……!

버티고 설 수 없는 발밑의 진창과 지붕에서 공 잡는 것을 차단하는 것처럼 쏟아지는 빗물의 폭포……. 쓸데없이 체력만

깎여나가 나는 노골적으로 움직임이 둔해졌다. 그러나 사야네는 조금도 인정사정없었다.

오른쪽으로, 왼쪽으로, 공을 던지는 위치에 변화를 주며 허약한 나를 철저하게 굴렸다.

"……아차!"

낙하에 시간을 맞추지 못하고, 공이 지면을 굴렀다. 그 타이밍을 노린 사야네가 멀리 도망갔다.

술래가 공을 땅에 떨어뜨렸을 경우, 다른 사람들은 도망갈 수 있었다. 술래가 공을 주워 「스톱」을 외칠 때까지, 말이다.

"스톱!"

내가 스톱을 선언하는 것과 동시에, 도망치던 사야네가 정지했다.

큭…… 20미터 이상 도망쳐 버렸다. 내가 공을 주운 위치에서 사야네에게 공을 던져 맞히지 못하면 내 패배, 맞히면 사야네의 패배였다.

"분명히…… 술래는 세 걸음 이내라면 이동해도 OK였지?"

"……그랬지."

지방에 따라 약간 규칙이 다르다는 것 같았지만, 토미 씨의 방식으로는 술래는 세 걸음까지 이동할 수 있었다.

세 걸음으로 그 녀석과의 거리를 줄이지 않으며, 공을 던져 맞힐 수 있는 가능성은 낮았다.

"하나—아아아아아아아!"

토미 씨식 기술 【스케이팅】을 발동! 나는 크게 점프하는 것으로 평소의 보폭보다 더 긴 거리를 벌면서 착지, 그 기세를 이용하면서 구두바닥을 스케이트처럼 미끄러뜨렸다.

이렇게 하면 약 3미터는 벌 수 있는 것이다.

"잠깐! 미끄러뜨리는 건 치사해! 한 걸음이 아니야!"

사야네의 분노의 항의가 들려왔지만, 나는 그것을 무시했다. 옆에서 본다면 초등학생보다도 어린애 같겠지, 우리.

"두우—우우우우우울!"

크게 점프 두 번째.

"세에—에에에에에엣!"

물기를 흠뻑 머금은 진흙탕을 윤활유로 삼아 마지막 세 걸음 째도 길게 스케이팅을 했다.

사야네와의 거리는 약 10미터.

"각오해. 주저하지 않고 맞힐 테니까."

나는 자신만만했지만, 사야네는 태연한 분위기를 무너뜨리지 않았다.

나는 오른손에 쥔 고무공을 휘둘러 승리에의 일구를 던졌다.

……그리고 그 직후. 기가 막혀 아연실색하지 않을 수 없었다.

공은 사야네를 스치지도 못하고 폭투가 돼 버렸으니까. 공을 던지는 순간에 버티고 섰던 다리와 허리가 비명을 지르며, 투구폼이 흐트러졌던 것이다.

"평범한 은둔형 니트가 체력단련을 빠뜨리지 않는 현역 가수에게 이길 수 있을 거라고 생각한 거야? 그 교활한 점프도 약해빠진 네게는 양날의 칼이야."

사야네가 냉정한 어조로 나를 도발했다.

"아직 『일형』이잖아. 벌써 다 이겼다고 생각하는 거냐?"

"훗…… 5분 내에 끝내주겠어."

완전히 패배해 벌칙게임을 받는 것은 네 번 졌을 때. 즉, 다시 말해 『사형』이 되면……이었지만, 여력을 감추고 있는 사야네는 코웃음을 칠뿐이었다.

처음부터 이길 수 있을 리 없던 승부였다. 발야구조차 만족스럽게 해내지 못했는데, 왜 도발에 응한 것일까. 냉정하게 생각하면, 바로 판단할 수 있지 않은가.

5분 뒤— 나는 완전히 패배해 네 발로 엎드린 채 쏟아지는 비를 맞고 있었다.

"……네가 승부를 받아들인 순간, 내 승리는 결정됐던 거나 마찬가지야. 이건, 내가 일방적으로 네게 주는 벌칙게임이니까."

나는 구실을 원했던 것일지도 모른다.

사야네의 거짓 없는 감정에 그저 잠자코 계속 얻어맞을 수 있는 구실이.

계속 도망만 쳐 온 대죄인에 대한 공개처형을 나 자신이 손꼽아 기다렸다고 한다면.

나는 걷기 시작한 사야네의 뒤를 얌전히 따랐다.

사형집행인에게 연행되는 사형수와 똑같은 취급으로, 너무나도 잘 아는 사형장으로 연행되었다.

다비나가와 하천둔치.

지명의 유래가 된 강가를 인공적으로 정비한 장소였지만, 벚나무 가로수가 심어진 제방이나 유채꽃밭은 옛날 모습 그대로 사람들을 지켜보고 있었다. 특히 봄에는 따뜻한 기운에 이끌려 초목들이 선명하고 화려하게 치장을 했다.

하지만, 현재는 지루하고 살풍경할 뿐이었다. 가을비에 얼어붙은 자연의 생명은 무질서하고 칙칙한 색을 띠고 있었다.

그 풍경은 우리와 매우 비슷했다. 우리의 심정을 그대로 표현하고 있었다.

사야네에게서 도망치고 그녀를 잔혹하게 내버렸던 장소에 이런 형태로 돌아오게 되다니.

벚꽃나무가 줄기나 가지의 뼈대만을 앙상하게 노출하고 있는 제방.

사야네는 거기서 몸을 돌려, 사야네가 하는 대로 맡기고 있는 나와 마주보았다.

욕, 매도, 빈정거림, 야유…… 그런 심판으로는 용서받을 수 없었다. 용서받는 세계 따위 존재하지 않았다. 사야네의 말을 있는 그대로 받아들이는 것이 최후의 속죄였다.

5년 뒤에 재회한 의미는 청춘의 구가라는 아름다운 것이 아닌, 벌칙게임이었다.

"왜……."

사야네가 말문을 열었다.

그 표정은 철가면이 아니었다…….

"왜…… 날 외톨이로 만든 거야……."

빗물에 섞인 투명한 눈물이 사야네의 뺨을 타고 흘러내렸다.

또, 사야네를 울리고 만 건가. 5년 전과 똑같이, 좋아하는 여자아이를 슬프게 하고, 줄곧 괴롭게 한 건가.

"나는…… 네 옆에 있을 만한 그릇이 못 돼서……."

"말하지 마! 이건 내가 일방적으로 주는 벌이야!!"

격앙한 사야네가 내 멱살을 잡으면서, 그 자리를 모면하기 위한 거짓말이나 변명은 지워져 버렸다.

"일하지 않아도 돼!! 여자와 놀아나든 도박을 하든 전혀 상관없어!! 나는, 그런 일로 소중한 슈를 내치거나 하지 않아!! 하지만…… 슈가 나를 내친다면…… 나는 아무 것도 하지 못해……. 이제, 옆에 아무도 없는 건 싫어……. 한계야……."

그렇지…… 않아. 너는 훌륭하게 혼자서도 꿈을 붙잡았어…….

"둘이었기 때문에 꿈을 꿀 수 있었어……. 둘이었기 때문에 걸음을 뗄 수 있었는데…… 뒤에서 받쳐주는 척을 하면서……. 그런데도 나 혼자 들떠서…… 바보 같아……."

아무런 대꾸도 할 수 없었다……. 명백한 사실이, 너무나도 잔혹해서.

"……슈가 없어지고 난 뒤, 음악 같은 거 그만두자고 생각했지만…… 혼자서라도 계속 노래를 부를 의미를 찾아냈어. 어쨌든 유명해져서, 슈가 만든 그 노래를 많은 사람이 들어준다면…… 슈의 곡은 굉장하구나, 라고…… 모두가 칭찬해 주지 않을까, 라고 생각해서……."

나는, 모르는 일이었다. 알려고도 하지 않았다.

"그래서, 나는 싫은 일도 다 했어. 내가 쓴 노래를, 잘 알지도 못하는 어른들에게 손질당하면서…… 그래도, 열심히 노래를 불렀어."

그만해. 그 이상, 듣고 싶지 않아.
귀를, 막고 싶어.

"잃어버린 좋아하는 사람에게, 좋아하는 슈에게 내 목소리를 전하고 싶었으니까……."

그것만을 위해 너는, 상처입고, 마음을 죽이고, 너덜너덜하게 돼서.

"좌절할 것 같아도 나는 노력할 수 있었어. 만날 수 없어도 같은 도쿄에는 슈가 있어서, 바로 가까이에서 이어져 있는 것이 아닐까…… 어쩌면, 응원해주고 있지는 않을까 하고……

그렇게 생각했는데…….”

사야네는 내 멱살을 쥔 손을 떨면서, 목 깊숙한 곳에 눌어붙어 있던 본심을 토해냈다…….

“왜!! 너는 화면 너머의 나조차도 보질 않은 거야?! 계속 도망치는 너를 향해 계속 노래했어! 계속 외쳤다고!! 닿아!! 닿아!! 닿으라고!!”

도쿄에 있으면 싫어도 『SAYANE』에게서 도망칠 수 없었다. 길을 걸으면 거리의 모니터나 편의점에서 노래가 흘러나왔고, 학교에 가면 동년배들이 SAYANE의 화제를 꺼냈다.

괴로웠다. 타인의 손으로 내가 모르는 사야네가 되어가는 것이.

메이저라고는 해도 전국적으로는 아직 신인. 널리 알려지기 위해 잘 팔릴만한 곡을 부르고, 익숙지 않은 버라이어티 쇼에 출연하고, 연기를 하고…… 그걸 직시할 수가 없었어.

“……한 번은 버린 고향으로 도망쳐 돌아가면 괴로움에서 구원받을 거라고 생각하기라도 한 거야? 이런 성가시고 귀엽지 않은 소꿉친구의 그림자를…… 털어낼 수 있을 거라고 생각한 거야?”

내 침묵은, 이제는 긍정을 대신할 뿐이었다.

나날이, 마음이 부서져버릴 것 같았다.

재능이 있었다면, 노력을 게을리 하지 않았다면, 최소한의 용기만 있었다면.

그런 허무함이 정신을 마모시켜서, 나는 외부에서의 정보를 차단하고 아파트의 방에 틀어박혔다. 그러고 있었더니 어느샌가 대학을 그만둬 버리고…….

완전히 잃어버린 거야. 그 상황을 모면할 도망칠 길을. 사야네를 잊기 위해 매달렸던 대학수험이 끝나자, 정신적인 도피를 차단당한 내게 남겨진 것은 끝없는 자책과 후회뿐이었다.

"……내가 이렇게 된 건…… 네 탓인데……."

"미안……."

"……꼭 『마약』 같아, 넌. 기분 좋은 환상을 보여준 다음에는, 내 마음이 갈망하게 만들어."

"정말 미안해……."

"……사과하지 않아도 돼. 그런 마약에 내가 멋대로 『의존』하고 있는 것뿐이니까."

내가 죄를 씻기 위해서는 죽는 수밖에 없었다.

쓸데없이 오래 사는 것은 죄를 거듭하는 것에 불과하니까.

"있지, 가르쳐 줘……."

"응……?"

나의 얄팍한 의도를 모두 꿰뚫어보았기 때문에, 사야네는 여전히 내게 매달렸다.

아름답게 쌓아올려진 과거의 환상을 언젠가 되찾을 수 있을 것이라 꿈을 꾸면서.

하나밖에 없었다.

사야네의 갈망을 채울 방법은, 아마도 하나뿐이었다.

"너와, 지금까지 꿈꿔온 환상을…… 잊는 법을 가르쳐줘."

******

"아…… 음…… 일단, 목욕을 하는 게 어때?"

그렇게 곤혹스러움을 감추지 못한 것은 여관 종업원 옷을 잘 갖춰 입은 에미 누나였다.

"맙소사. 정말 손이 많이 가는 성가신 녀석들이야. 중세유럽이었다면 이미 죽었을 거다."

리제가 나른하다는 듯이 어깨를 움츠리며 득의양양한 얼굴을 했다.

온몸이 쫄딱 젖은 나와 사야네는 리제에게 이끌려 미쿠모 여관에 왔다. 그러자 우연히도 에미 누나가 근무 중이었던 듯, 에미 누나는 우리를 (곤란하다는 듯이 웃으며) 맞아주었다.

뭐, 놀라기도 하겠지. 방금 물에서 건져 올린 생선 같은 상태의 지인이 갑자기 찾아오면.

"머리카락을 닦을 수건만 빌려주시면……."

사야네는 에미 누나의 제안을 사양했다. 하지만 곧 무뚝뚝한 얼굴에 어울리지 않는 귀여운 재채기 소리를 냈다.

"……에취."

"거 봐. 재채기하잖아. 감기에 걸리면 큰일이니까, 온천에 들어갔다 가."

에미 누나의 말대로 하는 것이 좋다. 오기로 참고 있었지만, 사야네가 추운 듯이 떨고 있다는 것은 한 눈에 알 수 있었다. 집까지는 자전거로 돌아가야 하니, 여기서 비가 그치기를 기다리기로 하자.

하지만, 사야네의 발상은 또 달랐다.

"에밀리 씨. 돈을 낼 테니 하룻밤 묵어도 될까요? 2인 1실이라도 상관없어요."

사야네는 빌린 수건으로 머리카락을 닦으며 그렇게 물었다.

"평일이니까 2인실도 물론 비어있지만…… 둘이서 묵게? 같은 방에서?"

"……오해하지 말아 주세요. 이건 합숙이에요. 제가 없으면, 이 녀석은 게으름을 피우니까요."

이 녀석? 이 녀석이…… 누구지? 아니, 멤버구성상으로는 예상이 가지만. 가긴 하지만.

사야네가 나를 곁눈질 하고 있다는 건…….

"나도 묵는 거, 냐……?"

"……합숙이니까 당연하잖아. 너희 집에서 하려고 생각하고 있었는데, 이렇게 된 이상, 여기서라도 상관없어."

"나, 돈 없는데……."

"……니트에게 더치페이는 바라지도 않아. 내가 낼 거야."

하, 한심한 남자다……. 이래서는 단순한 기둥서방이잖아…….

"에밀리 언니한테 맡겨줘! 최고의 하룻밤으로 만들어 줄게♪"

에미 누나가 왜인지 목소리를 드높이며 내 팔을 잡아당겼다. 그 힘에 나는 반쯤 강제로 여관 안으로 들어섰다.

에미 누나의 호의로, 전용 노천탕을 사용할 수 있었다. 전용탕은 처음이지만, 다른 손님은 들어오지 못하니까 조용히 피로를 풀기에는 안성맞춤이라는 것 같았다.

어쨌든, 목욕하는데 시간을 오래 잡아먹으면 사야네에게 혼이 날 것 같았다.

나는 남자탈의실에서 젖은 옷을 얼른 벗은 뒤, 최소한의 수건을 허리에 두르고 노천온천에 발을 들여놓았다…… 들여놓았는데…….

"어?", "어?"

그 직후 들어온 여성과 시선이 마주쳐 똑같은 한음절의 소리를 흘리고 말았다. 쇄골에서 조금 아래에서부터 수건을 감고 있다고는 해도, 그 여성의 쭉 뻗은 허벅지와 어깨는 무방비하게 드러나 있었다.

차갑게 식은 바깥 공기 때문에 짙은 안개가 된 수증기가 쓸데없이 요염했다.

어깨까지 내려오는 머리카락은 고무줄로 하나로 묶고 있었는데, 그 참신한 머리모양을 나는 넋을 잃고 쳐다보았다.

"……이상한 생각하지 마, 에로남."

"안 해 안 해, 응? 잠깐만. 왜 네가 여기 있는데?"

"……그건 내가 할 말이야. 이게 어떻게 된 거야……?"

천장이 달린 노천온천에서 마주친 것은 사야네였다.

우리는 서로 상황을 파악할 수 없어서 수건 한 장을 걸친 차림으로 시선을 돌리는 수밖에 없었다.

"우리 전용탕은 가족이나 부부, 연인들을 위한 곳이니까♪ 느긋하게 있도록 해!"

이봐요! 에미 누나. 그거 말하는 게 너무 늦잖아!

여자탈의실에서 한 순간 얼굴을 내민 에미 누나는 파란 눈을 반짝거리면서 일을 하러 돌아갔다.

"에미 누나…… 분명히 뭔가 착각하고 있는 거지?"

"……그래. 대강 짐작은 가지만."

아마도, 나와 사야네가 화해를 한 기세로 하룻밤을 같이 보낸다…… 라는 식의, 번뇌 섞인 착각을 한 것이리라. 그렇게 금방 수복할 수 있는 간단한 균열이 아니었건만.

아니, 우리가 제대로 설명하지 않은 것도 잘못이었지만…… 이 상황, 어쩐다.

"……시간도 아까우니까, 얼른 들어가자."

이 녀석은 평소대로 차분한 냉정함을 유지하고 있군.

사야네는 진흙으로 더러워진 몸을 씻기 위해 세면대 앞에 앉았다. 그런데.

"……꺅?! 차거?!"

샤워기에서 냉수가 쏟아져서 비명을 질렀다. 혹시 이 녀석, 내심 엄청 긴장한 거 아냐……? 기분 탓인지 뺨도 빨간 것 같은 기분이 들었다.

그것보다. 몸을 씻는다는 건 수건을 벗어야 한다는 건데. 응?

"……빤히 쳐다보지 마. 탕에라도 들어가 있어."

"네."

사야네 녀석, 무서운 얼굴로 위협을 해왔다…….

나는 되도록 사야네를 시야에 넣지 않도록 희미하게 탁한 온천에 몸을 담그며, 정면의 정원을 바라보았다. 주위에 울타리가 쳐져 있어서 밖에서는 보이지 않게 되어 있었다.

주위에 울리는 빗소리는 멈추지 않았다. 사야네가 몸을 씻는 소리도 집요하게 고막을 간지럽혔다. 의식하지 마. 의식하지 마. 어릴 때에는 같이 욕조에도 들어갔잖아.

방금 전, 몇 초 동안 눈에 비쳤던 소꿉친구의 목욕수건 차림. 가슴은 풍만하지 않았지만, 잘 조여진 몸매와 윤이 나고 싱싱한 순백색의 피부에 시선이 빨려 들어갈 것 같았다.

문득 샤워하는 기척이 멈췄다.

이어, 물이 튀는 것 같은 생생한 소리가 들린다 싶더니, 탕에 고인 온천수가 가볍게 물결쳤다. 내 등 뒤에서 어떤 사태가 벌어지고 있는 거지……?

"……돌아보지 마."

내 행동을 예견한 것일까, 사야네가 못을 박았다.

"……수건, 벗었어."

"아아. 수건을 탕에 담그는 건 매너 위반이지."

마츠모토 슈여. 매너 위반이지, 가 아니야!

점잖은 태도로 일관했지만, 내 이성은 폭발하기 직전이라고……!!

전체적인 상황과 분위기로 추측컨대, 탕에 들어온 사야네는 내 등 뒤 근처에 자리를 잡고 물에 몸을 담그고 있는 것이리라.

"…………."

"…………."

두 사람 모두 말이 없었기 때문에, 빗소리가 한층 더 시끄럽게 느껴졌다.

두근, 두근, 두근……. 이상하게 빠른 나의 심장고동소리도 셀 수 있을 정도였다.

나는 힐끗 등 뒤를 확인했다. 그러자 가냘프고 아름다운 등이 눈에 새겨졌다. 우리는 등을 마주한 채, 무릎을 끌어안고 앉아있는 것 같았다. 물론, 양쪽 모두 전라.

사야네는 보기 드물게 머리를 하나로 올려 묶고 있었다. 그래서 평소에는 보이지 않는 목덜미가 보였는데…… 엄청 우아하고 아름다웠어.

"……이상한 생각 하고 있지."

"노 코멘트하겠어."

엄청 예리하군.

"……있지."

"왜?"

"……내일, 무슨 날인지 알아?"

표정은, 보이지 않았다.

하지만 머뭇거리는 기색이 감도는 미약한 목소리라는 것은 알아차릴 수 있었다.

"네 생일이잖아."

"……그럼, 중학교 때 나눈 약속은 기억해?"

"나아갈 길을 잃고 헤맬 때에는 그곳에서 만나자는 거. 사야네의 생일에 내가 만든 곡을 선물하겠다는 거…… 잊을 리가 없지."

어느 쪽도 다 깨버리고 말았지만.

"……다비나가와를 떠나기 전에, 약속을 지켜줬으면 해. 그렇게 하면, 나는 슈의 존재를 끊어낼 수 있어. 미련 없이, SAYANE로 돌아갈 수 있을 거야."

"너는…… 혼자서라도 앞으로 나아갈 수 있는 거야?"

몇 초 간, 빗소리를 사이에 둔 뒤…….

"……그래."

사야네는 희미한 긍정의 대답을 쥐어짰다.

"내일…… 마지막 신칸센을 탈거야."

그녀는 혼잣말처럼 그렇게 중얼거렸다. 하지만, 배웅을 바라는 것은 아니리라.

어떻게 하면 좋은가……. 나는 반응에 고심했다.

"여기, 머물 수는…… 없는 거야? 앞으로 한 달…… 아니, 일주일이라도."

바보인가.

"나를 기다리는 많은 팬과 스태프가 있어. 이 이상, 어린 여자애의 변덕으로 휘둘러서는 안 돼."

그렇게 대답할 것이 당연했다.

아마추어의 유치하고 무지한 억지는 천재를 당황하게 만들 뿐이었다.

"그러니까…… 얼마 안 남았지만 5년 전 같은 관계로 돌아가고 싶어."

알았어. 그게 **키리야마 사야네로서의 마지막 어리광**이라면…….

"네가 바란다면…… 해내겠어. 이번에는, 사야네만을 위해서."

좋아하는 여자애를 위해, 나, 마츠모토 슈는 뒤늦게 찾아온 청춘을 바치겠어.

내 대답을 들은 사야네는 조심스러운 물소리와 함께 일어났다. 물을 가르는 것 같은 분명치 않은 발소리가 멀어지고, 등 뒤에서 느껴지던 사야네의 기척이 사라졌다.

어떤 표정을 하고 있었을까?

나로서는 알 도리가 없었다.

차갑게 식은 몸을 뜨거운 물로 덥힌 뒤, 그 다음에 본격적인 작곡작업을 시작했다.

나는 엄마에게 키보드와 노트북을 여관까지 갖다달라고 했고, 그렇게 평범한 2인용 일본식 방은 소꿉친구들만의 공간으로 재탄생했다.

더러워진 옷은 에미 누나가 여관에서 세탁해주고 있었기 때문에, 우리는 지금 유카타 차림이었다. 정말로 합숙날 밤 같은 모습이 되어가는 가운데, 나는 사야네와 함께 곡을 만들어갔다.

조금씩, 조금씩, 느릿느릿한 거북이와도 같은 속도였지만…… 두 사람이 그리는 선율의 파편을 달아오른 손가락 끝으로 이어나갔다.

미안하다, 사랑하는 MOTIF-ES7. 좁은 벽장에 5년이나 처박아두는 바람에 먼지투성이가 돼서 괴로웠지. 앞으로 조금만 더 하면 되니까, 청춘의 로스타임에 협력해줘.

마츠모토 슈라는 존재를, 작은 꿈을 서로 이야기하던 환상을 사야네가 잊을 수 있게 하기 위해.

전하지 못했던 것을, 그 때와 같은 거리감에서 만들어가자.

“아아…… 기타…… 기타가 있다면…… 좀 더 황홀한 악구를 만들 수 있을 텐데…… 우우…….”

기타가 없었기 때문에 사야네는 무료한 모양이었다. 하지만 도중에 리제가 어쿠스틱 기타를 빌려주러 왔다.

“리제의 성검을 빌려주마. 고맙게 생각해라.”

아마도 에미 누나에게서 이야기를 듣고, 일부러 마음을 써준 것이리라. 정말로 구세주께서는 굉장한 소녀야. 대체, 어디 사는 최고의 부모님 밑에서 자란 것인지.

“실례하겠습니다. 식사 준비가 끝났습니다.”

우와우…… 호랑이도 제 말 하면 온다더니, 웃는 얼굴이 너무나도 아름다운 어머님이 등장하셨다. 이 지방에서 나는 산나물과 바닷가에서 잡은 생선으로 이루어진 일본요리가 상에 차려진 채 날라져 왔다.

대접을 받고 싶다…… 받고 싶지만!

"마음은 감사합니다만, 저희는 저녁식사보다 작곡을 계속 해야 해서요. 그렇지? 사야……."

"리제, 맛있니? 맛있지? 잘 씹어서, 그래, 꿀떡♪."

응. 나도 먹을까. 황홀한 얼굴로 리제에게 밥을 먹이는 로리야마 씨를 목격했기 때문에 나도 깊게 생각하는 것은 포기했다. 될 대로 되라, 다.

맛있다! 미쿠모 여관의 요리, 이렇게 뛰어났던 건가!

금눈돔 조림! 산채 튀김! 미니사이즈 스키야키! 잡은 접시에 담긴 회! 소꿉친구의 돈으로 먹는 여관요리는 마성의 맛이야!

"슈."

"뭔가요?"

"방에 깔 이불은…… 한 채면 될까?"

"두 채 부탁드립니다."

입가에 장난스러운 미소를 띠고는, 에미 누나는 일단 물러갔다.

저 사람, 이 상황을 상당히 즐기고 있지 않나? 목욕탕 건도 그렇지만, 이상한 방향에서 도움을 주려고 하고 있고.

"자자—♪ 어두우니까 조심해 가. 알았지? 나쁜 사람이 있으면 방범 부저를 울려. 언니가 바로 다 해치워 줄 테니까♪ 자—아, 바이바이♪"

저녁식사 시간이 끝나고, 우리는 자택으로 돌아가는 리제를 방의 창문에서 배웅했다.

"슈, 놀이는 끝났어. 집중하지 않으면 곤란해."

그리고, 5초 전까지는 로리야마 모드였건만, 순식간에 눈빛을 날카롭게 하며 아티스트로 변모한 것은 대단하다고밖에 말할 수가 없었다.

거기서부터는 논스톱이었다. 우리에게 불가능은 없었다. 우리가 모이면 어떤 일이라도 할 수 있었다. 몸이 보내는 적신호 따위 무시하면 될 일이었다.

썩어도 준치라고, 이래봬도 막 성인이 된 몸과 성년을 코앞에 둔 몸이었다. 다소의 무리로 죽지는 않았다. 밤샘·철야는 당연한 게 청춘시대라는 것이잖아.

사야네가 마음에 그리는 경치와 내가 그리는 경치. 전혀 다른 감수성을 융합시켜, 살짝 씁쓸하면서도 새콤달콤한 과거가 하나의 선이 되어 되살아났다.

너무 가까운 두 사람이 걸어온 길, 엇갈림, 좌절, 이별, 고독…… 생생하면서도 구체적인 시와, 그것을 이끄는 광원이 되는 음색.

재회한 두 사람이 어떻게 될지, 미래는 누구도 알 수 없었다. 하지만, 창작물 안에서 정도는 행복한 결말로 만들어도 좋으리라. 해피엔드라도 누구도 불평하지 못하게 할 것이다.

잘 팔릴지, 전혀 모르는 타인에게 받아들여질지 여부나 스태프나 높으신 분들의 방침 등 외야의 불순물은 일절 존재하지 않는 두 사람만의 세계.

그게, 이것은 생일선물이니까.

좋아하는 사람에게만 보내는 것이니까.

무아지경이 되어 있다가 퍼뜩 정신을 차리니, 어느새 아침 햇살이 쏟아져 들어오고 있었다.

방의 시계가 가리키는 시각은 아침 5시 30분…… 체감으로는 30분 정도 지난 것 같았지만 상당한 시간이 흐른 것 같았다. 빗소리는 전혀 들리지 않았고, 냉기로 인한 몸서리가 졸음기를 다 날려버렸다.

일단, 의식이 평소대로로 돌아왔기 때문일까. 나는 어깨에 실린 기분 좋은 무게감을 알아차렸다.

"새액…… 새액……."

기억을 몇 년 전까지 더듬어 올라가면 될까.

천진난만한 얼굴을 한 사야네가 내 어깨에 기대어 자고 있다니. 이렇게 무방비한 소꿉친구의 모습은 정말 오랜만이었다. 몰래 장난을 치고 싶을 정도로 무방비한 모습에 가슴이 따뜻해졌다.

"……웅."

숲 속의 잠자는 공주가 나른한 듯이 눈을 비비면서 잠에서 깨었다.

"안녕, 사야네."

"……기념할 만한 스무 살을 네 곁에서 맞이하게 될 줄이야."

사야네는 바라던 바가 아니라는 것처럼 눈썹을 찌푸렸다. 그러면서도.

"……슈, 5분만 더 이러고…… 있고 싶어."

"그래. 좋을 대로 해."

중학교 때와는 완전히 반대가 된 그리운 대화.

"축하해, 라고는 말하지 않을게. 그때의 약속을 지킬 때까지는."

"……기다릴게. 기대하면서…… 기다리겠어."

영원히 계속되면 좋았다. 지금뿐인 5년 전이, 뒤늦게 찾아온 청춘이, 이 순간이.

고요함에 싸인 이른 아침의 쌀쌀한 방은 마치 전 세계가 얼어붙기라도 한 것 같았다. 하지만, 초침이 시계판을 다섯 번 도는 것을 막을 수단은 없었다. 일정한 간격으로 시간을 새겨나가는 시계의 침은, 절대로 멈추지 않았다.

확실히 닥쳐오는…… 우리의 이별.

끝이 가까워진 유한한 청춘 동안, 해내지 않으면 안 되는 일이 남아있었다.

"끝까지 해내자."

"응…… 우리라면, 어떤 일이라도 할 수 있을 거야."

서로의 체온과 감촉이 천천히 떨어져, 각자의 악기 앞으로 향했다.

장점도 없고, 배짱도 없고, 그저 도망치기만 하던 쓰레기였지만, 마지막에 웃으면서 죽을 수 있는 자격을 갖고 싶었다. 어둠 속으로 길을 잘못 들어 헤매는 사야네를 어렴풋한 빛으로 이끌어주자.

그것을 위해, 인생을 바치자.

겨우, 내 삶에도 【의미가 있었다】라고 확신하게 됐어.

철야의 영향일까……. 마음 속에 순조롭게 떠올리던 풍경은 흐려지기 시작했고, 소리로 자아내던 이야기는 단편적으로 끊어지는 부분이 생겼다. 아직 젊다고 생각했는데, 역시 중학교 시절과 비교해서는 안 되었군.

비를 맞은 탓에 감기라도 걸린 건가……?

흑백의 건반이 복잡하게 일그러졌다.

좀 봐달라고, 하필 이런 때. 왼손의 손가락 끝이 흔들려서 불협화음을 만들어냈다.

최고의 한 곡을…… 만드는 거다.

사야네가…… 기뻐해줬으면…… 하니까.

뼈대가 만들어진 MIDI에 좀 더 상세한 부분을 만들어 넣고, 키보드 소리는 컴퓨터에 연결해 녹음했다. 거기에 한층 더 편집을 가해 조정을 한 뒤, 일반적인 음악파일로 변환했다.

사야네의 스마트폰으로 완성된 신곡을 전송하니, 내 역할은 끝이 났다.

"……고생했어."

사야네가 건넨 위로의 말이 한없이 멀게 느껴졌다.

칭찬해주는 사야네의 표정이…… 안 보이기 시작했다.

천진난만하게 기뻐해주는 얼굴을…… 보고 싶었건만…….

점심 전에 여관을 체크아웃 했지만, 몸의 이상은 적신호 수

준 정도가 아니었다.

……불규칙하게 깜박이며 보였다 말다를 반복하는 시야와 혼탁해지는 사고회로.

덥지도 않았는데 이상할 정도로 진땀이 배어나왔고, 찌르는 것 같은 두통이 덮쳐 왔다.

"하천둔치로 가자. 가사를 넣은 뒤에 슈를 위해 불러줄게."

오늘 밤, 이곳을 떠나는 사야네에게 쓸데없는 걱정을 끼칠 수는 없어……. 눈앞에 세워둔 자전거에 올라타. 상쾌한 가을 하늘 아래에서 빨리 노래를 해줬으면 한다고.

움직여. 움직이란 말이야. 초등학생도 할 수 있는 일을, 왜 못하는 거냐.

"……래…… 해……."

"슈……?"

목소리가 사야네에게 가 닿지 않았다.

이렇게 가까이에 있는데.

기대하고 있을게…… 그 한 마디가 나오질 않았다.

웃기지 마.

신이라는 존재는, 잔뜩 기대하게 만들고는 그 기대를 부숴버리는 취미라도 있는 건가?

밑바닥 인생을 멋대로 갖고 놀면서 만족하는 것인가?

잠시 잊어버리게 하고는. 주마등의 앨범 만들기 치고는 연출이 너무 과해.

잘못됐다고. **쓰레기 처리용으로 심어진 시한폭탄**의 타이밍이.

모처럼, 인생에서 희망을 발견할 수 있게 됐건만.
겨우, 약속을 지키기 위해 달리기 시작했건만.
언제 죽어도 상관없다…… 그런 실없는 소리는, 땅에 엎드려 머리를 조아릴 테니 철회하게 해줘.

나는…….
살고 싶어.

의식이 점차 어두워져갔다
내 눈에 마지막으로 비친 것은 나를 향해 필사적으로 뭔가를 외치는 사야네의 모습이었다.
그 목소리가 차츰 멀어지고, 선명한 색채를 띠고 있던 세계는 완전히 아무것도 없게 되었다.

최종장 뒤늦게 찾아온 청춘의 끝에서

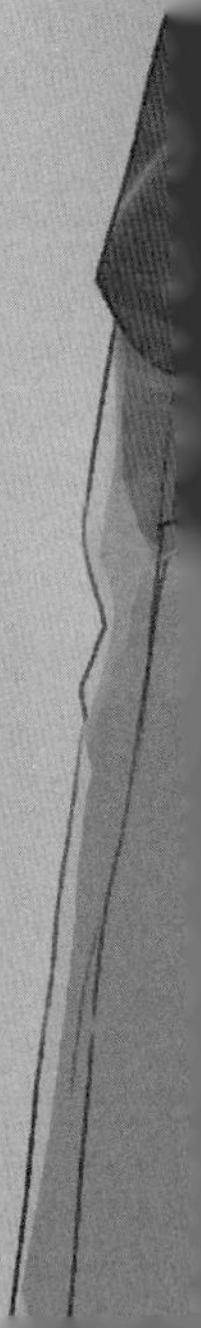

세계의 색이 천천히 되돌아오고, 몽롱했던 의식이 차츰 각성했다.

뒤늦게 찾아온 청춘은…… 끝났다. 그것을 깨달은 것은 소독약 냄새가 나는 공간에 옮겨졌다는 것을 알아차렸기 때문이었다. 방금 전까지의 광경은 꿈이 아니었다. 꿈 따위로는 절대로 끝낼 수 없었다.

감각을 되찾은 손가락은 완성된 곡을 다시 연주할 수 있었다. 사야네에게서 들은 말을 하나하나 선명하게 기억해낼 수도 있었다.

그러나, 강제적으로 끝난 것이다. 한참 전에 잊고 있던 쓰레기처리용 폭탄에 의해.

무수한 침대와 의료기구로 둘러싸인 처치실. 바로 옆에서 의사와 엄마가 뭔가 이야기를 하고 있다는 것을 어렴풋이 알 수 있었다. 아마도 이곳은 며칠 전에도 방문했던 하루사키 종합병원일 터였다.

나는 살아있는 모양이었다. 침대에 누워있긴 했으나 평범하게 호흡도 할 수 있었고, 몸도 움직였다. 다소의 두통은 남아 있었지만, 몸 상태는 꽤 많이 안정된 것 같았다.

감기가 악화된 것……은 아니었다. 내 몸이었다. 나 자신이 가장 잘 안다. 의사가 담담하게 증상을 설명해주었는데, 그

대부분은 얼마 전에 들은 진찰결과와 매우 흡사한 까다로운 단어들의 조합이었다.

이대로 돌아갈 수 있을 정도로는 용태도 회복됐다, 라는 보고만으로도 충분했다.

나는 상체를 일으켜, 침대 가장자리에 걸터앉았다.

"괜찮은 거냐?"

의사에게서 허가를 얻은 엄마가 얼굴빛을 바꾸면서 달려왔다.

"이제는 괜찮아. 걱정 끼쳐서 미안."

"하아아아…… 정말 치다꺼리에 손이 많이 간다니까. 네가 쓰러졌다고 들어서, 진짜로 애가 탔단 말이다."

안도한 것일까. 엄마가 폐의 산소를 남김없이 뱉어냈다. 작업복 차림이라는 것은, 직장에서 바로 달려와 준 것일까. 정말, 민폐나 걱정만 끼쳐서 머리를 들 수가 없었다.

"그러고 보니까, 내가 쓰러졌다는 말은 누구한테 들었어?"

"키리야마 씨 댁의 사야네인 게 당연하잖냐. 그 아이가 구급차를 부르고, 내 직장으로 연락해줬으니까, 나중에 고맙다고 인사해라."

그런가. 그 녀석에게도 폐를 끼쳤군…….

"아까까지는 사야네도 로비에서 기다리고 있었는데, 네가 쓰러진 이유를 설명했더니 안심한 것 같았다."

"아, 안심? 무슨 말을 했는데?"

"밤낮이 바뀐 불규칙한 생활과 수면부족이 부른 고혈압. 너, 최근에 비교적 바쁜 것 같았으니까, 설득력은 있지?"

물론 입에서 나오는 대로 한 말이었다. 사야네에게 과도한 불안을 주지 않고자 하는 엄마 나름의 배려였다.

"그 아이, 화를 내더라. 『쓸데없는 걱정 끼치지 마, 바보, 그렇게 전해주세요』라고 말이야."

화를 내는 얼굴이 손쉽게 상상이 되었다. 에미 누나에게 레슨을 받거나, 철야로 작곡을 하거나 해서 수면부족인 것은 사실이라고는 해도, 걱정해 주는 사람이 있다……. 그것이 무엇보다도 기뻤다.

내 인생은 나만의 것이 아니다.

소중한 사람들의 도움을 받아 나는 이 이십 년을 살아왔다.

쓰레기라든가 밑바닥인생이라든가, 멋대로 한데 싸잡아서 비하할 수 있는 값싼 것이 아니었다.

고마움을 깨닫는 것이 너무 늦었다. 이제 와서 자각한 거냐……. 한심하다, 진짜.

"그래서…… 사야네는?"

"방금 전, 전철로 본가로 돌아갔다. 얼굴은 보지 않아도 괜찮으니 어쩌느니 하면서."

담백한 구석이 정말로 사야네다웠다. 도쿄에 돌아가는 당일에 병원에까지 따라오게 만든 일이 너무 면목이 없었다.

"짐 정리가 끝나면 도쿄로 돌아가는 것 같던데, 전화라도 해주는 게 어떠냐?"

"그 녀석 휴대전화 번호, 몰라……."

"어머머. 나약해빠진 겁쟁이 아들놈일세."

크으으윽…… 엄마가 날린 회심의 한 마디가 내 심장을 찔렀다. 약해빠진 겁쟁이 아들이라서 죄송합니다.

"그리고, 이걸 맡겼다. 네게 전해달라고."

그렇게 말하며 엄마가 내 손 위에 올려놓은 것은 한 장의 피크였다. 중학생의 용돈으로 살 수 있을 법한 싸구려 디자인은 그 당시와 조금도 다르지 않았다.

"내가 준 거야, 이거……."

낯익은 삼각형의 물체는 **생일선물의 담보**로 맡겼던 것이었다. 자세히 들여다보자, 피크는 새 것과 같은 상태가 아니었다. 오랫동안 써 온 것이라고 생각되는 자잘한 흠집이 무수히 나 있던 것이다.

이런 싸구려를, 소중히 사용하고 있던 건가…….

진짜 선물을 받을 날이 올 때까지…… 그런 운명이 되돌아올 것이라고 믿으면서.

"물론, 네가 이번에 쓰러진 건 수면부족 따위가 아니야. 이번에는 가벼운 증상만 나타나고 가라앉았다는 것 같지만, 위험한 전조 같은 느낌이라고 해도 이상하지는 않아."

엄마가 어조를 약간 강하게 했다.

"이대로 방치하면…… 점점 악화될 뿐이다. 수술을 해도 완치되지는 않고, 후유증이 남을지도 모르지만……."

재발이나 후유증의 위험부담은 평생 따라다닌다.

엄마는 평상시의 표정을 유지하려고 하고 있었지만, 순간적으로 입술을 깨물었다.

"하지만 말이야……. 살 수는 있다. 네가 살아 있을 수 있는 가능성은, 틀림없이 올라가."

엄마는 두 손으로 내 손을 꼭 쥐었다.

이 감촉도 그리웠다. 아버지가 죽은 뒤로 엄마가 내 손을 잡아주었다. 어린 아들을 절대로 놓치지 않도록.

기억에 남은 감촉보다 다소 딱딱해지긴 했지만…… 그것은 아버지를 대신해 나를 키우며 고생한 증거였다. 그런 단 한 사람뿐인 엄마를 나는 가슴을 펴고 자랑스럽게 생각했다.

"병명은 다르지만, 모습이 자꾸 겹친단 말이다……. 죽은 네 아버지하고."

"아버지하고?"

"그 녀석도 처음에는 실없이 웃었어. 자각증상이 나타났을 때에는 이미 때가 늦어서…… 그 뒤로는 순식간이었지……"

뭐가 「순식간」이었는지, 분명하게 말하지 않아도 추측할 수 있었다.

"하지만…… 마지막까지 웃음은 잃지 않았어. 옛날부터 응석꾸러기에, 좀처럼 화를 내지 않는 녀석이었지만…… 정말로 상냥한 녀석이었다. 중학교 때까지 다들 무서워했던 내게 스스럼없이 말을 걸어온 시점에서 꽤나 별종인 바보였지만 말이야."

"친구 없었어? 엄마, 요전의 다비나가와 축제에서는 동급생들에게 둘러싸여 있었잖아."

"네 아버지 덕분이다. 담임인 스기우라의 부추김에 넘어간 그 녀석이 밴드를 하자고 권유해서…… 어쩔 수 없어서 문화제 때 연주를 했더니, 왠지 반 녀석들도 말을 걸어오게 됐다고 할까."

"아버지와 교감선생님의 계산이었던 걸까. 학교생활에 쉽게 녹아들게 하기 위한."

"그건 모르겠지만…… 그 두 사람이라면 생각할 만한 일이지. 오지랖이 너무 넓어. 화가 날 정도로."

말과는 반대로 엄마는 험악한 표정을 누그러뜨렸다. 이렇게 엄마가 과거를 이야기해준 것은 아마도 처음이었다.

에피소드들이 하나같이 신선미가 넘쳐서 엄마의 풋풋하고 순진한 청춘이 살짝 엿보였다.

"네 아버지가 죽었을 때, 그 온후한 스기우기에게 크게 꾸지람을 들었다. 매일같이 울기만 하면서 술이나 담배에 절어 사는 나를 보고 있을 수 없던 것이겠지."

아버지의 장례식에 참가했던 교감 선생님의 목소리가 뇌리에 되살아났다.

절망하고 있을 여유 따윈 없어. 이요리에게는 지켜야 하는 게 있으니까.

기억이 나는 것은 부분적인 회상이었지만…… 그 말만은 분명히 했다.

엄마가 술과 담배를 끊은 것은…… 어린 나를 위해.

"나는 마음이 약해. 네 아버지가 없어진 뒤, 나는 괴로움에서 도망치고 싶었다. 하지만 말이지…… 네가 있어줘서 나는 다시 일어설 수가 있었어."

엄마의 목소리는 차츰 울먹거림을 띠기 시작하면서, 군데군데 말이 불분명해졌다.

"바로 얼마 전까지지는『살아라』라고 말할 수 없었다……! 자신의 인생인데 넌 꼭 다른 사람 일인 것처럼 관심이 없어서…… 분명히 살아있는데도 죽은 것 같은 눈을 해서는!"

며칠 전까지의 나는, 좀비처럼 지독한 얼굴을 하고 있던 것일까.

"……하지만 말이지. 오랜만에 마사키요나 다른 녀석들이랑 어울리게 되면서 사야네를 위해 노력도 하고…… 즐거운 것 같은 얼굴을 보여주게 됐어."

즐거운 것 같은, 이 아니었다. 순수하게, 즐거웠다.

이 일주일이 거짓 없이 행복했어.

"그러니까…… 이젠 말하게 해줘라! 멋대로 인생을 포기하지 마! 효도도, 손주도 기대하지 않으니까 말이다……. 그저, 건강한 얼굴만 보여줘……. 내 말상대를…… 해달라고! 너까지 없어지면…… 나는…… 어쩌면 좋단 말이냐."

"엄마……."

"부모보다 먼저 죽다니, 절대로 용납 못한단 말이다!!"

분노라기보다는 애원. 이전에는 드러내지 않았던 잠재적인 연약함. 어머니로서의 나약한 내면이 흘러넘쳐 그것을 완전히 억누르지 못하고 있었다.

지금 생각하면, 내 병이 드러난 뒤로 엄마는 무의식적으로 심약한 모습을 내보이고 있었다. 끊었던 술과 담배에 기댄 것은, 깊이를 알 수 없는 불안이나 상실감에서 도피하기 위해.

아들의 어리광을 다 받아주게 된 것은 잃어버린 아버지 역할을 대신 떠맡으려고 했기 때문에.

내가 없어진다면 사야네나 엄마는 어떻게 돼버릴까.

경트럭에 흔들리며 집으로 돌아가는 길에, 엄마는 아버지와의 이야기를 해 주었다.

떠올리면 괴로웠기 때문에, 엄마는 과거의 이야기를 지난 십 수 년 동안이나 봉해두고 있었다.

나랑 너는 역시 모자구나, 하고 엄마는 농담을 했다. 눈을 돌리고 싶은 과거를 기억에서 지우고자 했던 점이 닮았다……든가.

그 말 대로, 나는 엄마랑 닮았어.

달콤새콤한 청춘의 맛을 잊지 못하고, 소중한 사람을 잃고 난 뒤에도 더욱 좋아하게 된다. 그 사람이 옆에 없는 것만으로도 금방 자기 자신을 잃고, 글러먹은 빵점인간이 되어버린다.

우리는 그런 모자였다.

그래도 다시 일어설 수 있었다. 부족한 것을 보완해주는 존재 덕분에.

차창 밖으로 보이는 경치는 온통 암흑뿐이었다. 경트럭의 전조등과 몇 개 되지 않는 가로등이 최소한의 진로를 비추고 있을 뿐이었다. 그래도 점점 가까이 다가오는 다비나가와를 느낄 수 있었다.

며칠 전에는 보고 싶지도 않았다. 이런 깜깜한 밤에 영원히 숨어있었으면 했다. 꼴사납게 몸을 구부려 숨으면서 "이웃 사람들 눈에 띄고 싶지 않아."라느니, 그런 소리를 지껄였다.

그러나, 지금은…… 달랐다.

이 마을에 아로새겨진 모습의 조각을 스스로 찾으려 하고 있었다.

내 인생은 로스타임이기는 커녕, 이제 스타트라인이었다.

"나 말이지…… 의식을 잃기 전에 빌었어. 살고 싶다……라고."

소중한 사람의 곁에서, 다시 한 번 걷기 위해.

"수술 받을게. 이렇게나 즐겁고, 좋아하는 사람이 있는 최고의 인생이니까."

******

집에 도착하자, 이미 시간은 밤 8시가 가까웠다.

사야네가 탄다고 말했던 것은 마지막 신칸센. 앞으로 30분만 지나면, 하루사키 역 행 지선이 다비나가와 역에 도착했다.

나는 내 방에서 사야네의 일만을 끝없이 생각하고 있었다. 시시각각 이별의 순간이 다가오고 있었건만, 첫 한 걸음을 내딛지 못하고 있었다.

지금의 그 녀석은, 프로로서 짊어지고 있는 것들이 있었다. 사야네 개인의 의사만으로는 어른들의 속박을 뒤집을 수는 없을 테고, 본인도…… 그렇게 말했을 터였다.

하지만, 사야네의 마음은 과연 어떨까?

병원에서 만나려고 했다면 만날 수 있었는데, 사야네는 한 발 먼저 돌아가 버렸다. 마치 내 얼굴을 보고 싶지 않다, 라고 말하는 것처럼.

병원까지 따라와 줬으면서, 떠나기 전에는 만나지 않겠다…….

그녀의 심리는 그녀만이 알 수 있었다.

대답은 누구도 가르쳐주지 않았다. 스스로 행동해서 찾는 수밖에 없었다.

마지막 결단을 내리지 못하고 방에서 몸부림치는 사이, 시각은 8시 20분이 되었다.

그 녀석이 다비나가와를 떠나기까지 앞으로 11분. 시계를 확인하는 도중에도 1초, 또 1초 시간이 지났다. 다비나가와 역까지는 자전거로 10분도 걸리지 않았다.

바닥에 뿌리를 박은 것처럼 움직이지 않는 두 다리를 내디딜 수 있다면, 의 이야기였지만.

내가 먼저 만나러 갈 구실은 있었다. 쓰러지기 직전에 들었던 『그 말』은 환청 같은 것이 아니었다. 그런 값싼 오해로 끝내고 싶지 않았다.

슈를 위해 불러줄게……. 그 구두약속은 어떻게 되는 것인가. 나는 비록 5년 만이지만…… 약속을 지킬 수 있었다. 너무 늦은 생일선물을 건넬 수 있었어.

사야네도 5년 뒤에 불러주는 건가.

제멋대로이긴 해도, 나는 기다릴 수 없었다. 오늘 헤어진다면 두 번 다시 만날 수 없다고 직감이 시끄럽게 외쳐댔다. 도망치는 녀석의 사고회로는 내가 뼈저리게 잘 알고 있다고.

사야네가 나를 만날 이유는, 이제는 없었다.

의존을, 갈망을, 완성한 신곡으로 채울 수 있게 되었으니까.

하지만, 이번에는 반대였다. 내게 전염된 『갈망』이 끊임없이 넘쳐흘렀다.

이렇게나 만나고 싶어서, 목소리가 듣고 싶어서, 묵직한 통증에 가슴이 메었다. 의존하게 되면 이렇게나 상대밖에 생각하지 못하는 거냐……!!

그 녀석은 계속 기다려왔다. 멀리 떨어져서도 그 마음을 계속 외쳐왔다. 에둘러 참아왔다. 나는 절대로 기다릴 수 없었다. 멀리서 외치다니, 그런 답답한 짓은 내게는 무리였다.

적어도, 절정부분만이라도 들려줘.

하고 싶은 말이 있다면, 솔직한 목소리를 내줘.

품고 있는 희로애락을 내게 직접 전해줘.

나도 용기를 내서 전하겠어. 거짓 없이 너에 대한 마음을 털어놓을 테니까.

내가 먼저 만나러 가겠어.

부탁하지 않았어도, 민폐라고 해도, 내 마음대로 역으로 나가겠어.

놓치지 않을 거야. 예전의 도망자를 흉내 내다니, 아직 백 년은 이르다고.

나는…… 너를 붙잡아 보일 거야.

"그러고 보니까……!"

문득 뭔가가 떠오른 나는 방에 놓여있던 책상의 서랍을 뒤졌다.

버리지 않았을 터였다. 버리지 못했을 터였다.

키보드와 마찬가지로, 처분할 수 없었던 추억의 조각이 분명히…….

"있다!"

세월이 지나면서, 다소 삭은 메모용지. 그것에 날려 쓴 열한 자리의 번호.

그 녀석이 가르쳐줬잖아. 휴대전화 번호, 몰라……가 아니야. 이 겁쟁이 아들놈. 괴로우니까 잊으려고 했던 것뿐이잖아.

사야네가 어떤 마음으로 연락처를 건넸을지, 알려고도 하지 않았던 주제에.

이제는 도망치지 않겠다고 맹세했다.

마츠모토 슈는 키리야마 사야네를 정면에서 마주대하기로 결심했어.

모든 것을 걸고 그 옆에서 같이 걷겠다고 결심했다고.

나는 내 휴대전화에 그 번호를 입력하고 발신버튼을 눌렀다.

몇 번의 신호음이 귓가에 울렸다.

…………

…….

신호음이 끊어졌다.

화면은 통화 중으로 바뀌어 있었다.

주위의 잡음 비슷한 소리는 들렸지만, 통화상대의 음성은 전혀 들리지 않았다.

“………….”

첫 통화는 완전히 무언이었다.

어쩌면, 이미 한참 전에 번호가 바뀌었을지도 모르지만.

“나는…… 네가 도쿄에 가지 않았으면 좋겠어! 지금 데리러 갈 테니까……!”

무언에서 무음으로.

간신히 연결된 통화는 일방적으로 끊어졌다.

지선의 발차시각까지 10분도 남지 않았다.

그 녀석이 다비나가와에서 없어진다.

필사적으로 손을 뻗어도, 닿지 않는 거리가 되어버린다.

“늦는다고…… 나는, 늘, 항상!”

머리카락을 마구 쥐어뜯으며 나는 나 자신에 대한 울분을 격화시키는 수밖에 없었다. 대체, 몇 번이나 같은 잘못을 반복하는 것인가. 가장 중요한 부분에서 겁을 먹고, 상처 입는 것을 두려워했다.

가까이 다가갔다가, 멀어지고, 다시 다가가고, 또 멀어지고…… 그 반복이었다.

스스로 손에서 놓아놓고, 이렇게 갈망하는 것이 뻔뻔하다는 것은 충분히 잘 알고 있었다. 그래도, 바라지 않을 수 없었다.

사야네의 옆에 나란히 서게 해줘. 이제부터는 더 열심히 할 테니까.

"한 번 정도는……! 끝까지 해보라고……! 마츠야마 슈!!"

스스로를 질타하며 나는 복도를 내달렸다.

그리고 꾀죄죄한 스니커를 발바닥으로 낚아채면서 현관에서 밖으로 뛰어나갔다.

일단은 쓰러졌다가 막 일어난 환자라는 처지. 나중에 엄마에게 혼나지 않도록, 나는 【사야네를 만나고 올게】라는 메시지를 엄마에게 보냈다. 그러자 곧바로 지극히 엄마다운 대답이 되돌아왔다.

【사랑에는 이르고 늦고도 없어. 화려하게 해치우고 와.】

그렇게 등을 떠밀면 무작정 자전거를 몰고 돌진하는 수밖에 없잖아.

페달을 밟는 페이스와 연동해 자전거의 전조등이 켜지거나 꺼지거나 했다. 어두운 시골길에 떠도는 자전거의 미덥지 못한 불빛은, 사뭇 공중을 어지러이 날아다니는 벌레와 같았다.

다비나가와 역까지는 10분도 채 걸리지 않는다……라는 것은 어디까지나 길이 평탄할 때의 이야기였다.

실제로는 마지막에 500미터에 가까운 오르막길이 기다리고 있어서, 전 자전거 폭주족의 심장을 터뜨리려고 했다.

"하아…… 하아…… 헉……."

허벅지 뒤쪽에 쥐가 날 것 같아지면서 통증과 경직이 파도처럼 번갈아 밀려왔다. 제1파, 제2파, 하고 피로의 큰 파도가 전신을 휘덮었다. 몸의 축이 어긋나서 곧게 뻗은 최단거리를 달리는 것도 불가능했다.

그 녀석은 전화를 끊었다. 완전히 깡촌이라고 해도 전파 상태는 무난하게 양호했다. 기기의 문제나 자연현상 때문에 끊어진 것이 아니라, 상대방이 통화를 거부했다는 뜻이었다.

만나고 싶지 않다. 그런 무언의 의사표시라는 생각이 들었다.

그 녀석은 자신을 두고 신경 써달라고 떼를 쓰는 「응석받이」라고 비하했지만, 나도…… 동류야. 만나고 싶지 않다고 말한다면, 일방적으로 도망가 버린다면, 더 좋아져. 더 바라게 돼.

좋아하는 여자아이가 내게 신경을 써줬으면 해.

직접 이야기를 할 수 있는 거리에 있어줬으면 해.

네 의사표시 따위 뿌리칠 수 있는 자기중심적인 용기를 갖고 싶어.

5년 전에는 데리러 갈 수가 없었다.

기다려줬는데 도망치고 말았다.

"…………읏!"

추력이 정체된 자전거가 왼쪽으로 비틀거렸다. 넘어지기 직전 나는 한쪽 발을 땅에 디뎠다. 어깨를 요란하게 위아래로 흔들며 폐에 산소를 집어넣었다.

중학생의 체력이었다면, 이미 도착했을까. 마음속에서는, 앞으로, 그저 앞으로 나아가고 있는데, 몸이 따라가질 못하다니.

마음이 죽어있던 때와 완전히 반대가 되어버렸다. 그때는 갈 수 있었는데 가지 않았다. 지금은 가고 싶은데 갈 수 없다. 이런 아이러니 따위 필요 없다고.

"네가 기다려 준다면…… 나는…… 갈 테……니까……! 사야네에에에……!"

차갑고 건조한 가을밤.

나는 사막처럼 바짝바짝 마른 목에서 이산화탄소가 섞인 갈라진 절규를 토해냈다.

아무도 대답해 주지 않는 언덕길의 꼭대기를 향해.

꼴사납게 지그재그로 달리던 자전거는 이미 멈춰가고 있었건만.

발차시간 따위, 이미 틀림없이 지났건만.

"큭……."

또다시 페달을 밟기 시작한 다리에 힘이 들어가질 않아, 나는 자전거에 탄 채로 나뒹굴고 말았다. 벗겨진 피부의 아픔 따위 맛볼 여유도 없이, 억지로 다시 자전거를 일으켜 세웠다.

"하아…… 하아……."

다쳤어도, 병에 걸렸어도, 기진맥진했어도 아직 몸은 움직여 주었다.

살아있는 한…… 네게 갈 수 있으니까.

도망친다, 되돌아온다, 라는 과거의 선택지를, 지금은 코웃음치며 비웃을 수 있는 것이다.

…………시끄러워.

문득 중저음의 배기음과 경쾌한 힙합소리가 가까이 다가왔다. 다비나가와 역 방면에서 비쳐드는 전조등의 발신원은 누구인지는, 일부러 운전수를 확인하지 않아도 알 수 있었다.

이 사람은 옛날부터 친구 같으면서도 한편으로는 의지할 수 있는 히어로였다.

갓길에 멈춘 검은색의 승합차가 창문을 내렸다.

"요. 자전거 폭주족. 상태는 어때?"

"……지금 막 실연한 참이야."

"그게 아니라. 몸 상태가 안 좋아서 쓰러졌다며? 구급차도 달려와서, 이웃들 입에 오르내리고 있어."

"별일 아니야. 익숙지 않은 이른 기상이랑 수면부족이 겹쳐서 말이지."

이것은 단순한 인사였다. 토미 씨가 이 타이밍에 온 이유는 바로 알 수 있었다.

"방금, 에미리와 리제를 데리고 사야네를 배웅하고 왔다."

"그래……."

"사야네에게 전화를 건 건…… 너지?"

……다 꿰뚫어본 건가. 역시 토미 씨로군.

"전화를 끊어버렸어. 시간에 맞추질 못했어……. 이미 늦었던 거야."

나는 울먹이는 소리로 고개를 떨어뜨리며 의기소침해했다.

그런 후배를 보고 우락부락한 선배는 어처구니가 없다는 것 같은 한숨을 내쉬었다.

“정말로 성가시구만. 울트라 늦깍이인 주제에 독점욕은 강하고, 그런 와중에 상대만 배려하다보니까 표면적인 명분만 잘 내세우게 됐어.”

“맞아……. 내 성격은 내가 가장 잘 알아.”

“아니. 네가 아니라 사야네를 말하는 거야. 내 눈이 정확하다면, 지금의 그 녀석은 본심을 숨기고 있으니까.”

그대로 드러내줬으면 해.

“떠나는 열차 안에서 살짝 울었어……. 그 녀석.”

네 진심을.

“직접, 들으러 가. 지금부터, 그 녀석의 마음을.”

“토미 씨…….”

이 사람은 옛날부터 잔머리에는 도가 튼 남자였다.

다비중학교에 끌려간 내가 사야네와 재회한 것은 우연 같은 것이 아니었다.

“빚은 갚는 것이 남자라는 거다. 이번에는 내가, 『너희의 청춘』을 응원해주마.”

사야네의 어머니가 토미 씨에게 **그 녀석이 있는 곳을 가르쳐줬다**고 한다면…… 만나는 것은 필연이었다.

폼 재는 얼굴로 그런 말을 내뱉은 것은 거슬렸지만, 나는 망설이지 않았다. 절묘한 타이밍의 순수한 보은에 감사하며, 자전거는 길가에 방치하고 그대로 조수석에 올라탔다.

고향에 구원받고, 고향의 소중한 사람들에게 격려를 받아 나는 조금이나마 바뀔 수 있었다. 그러니까, 시간벌기는 여기서 끝이었다.

겁쟁이라서 잃어버렸던 5년 전을 보완할 청춘의 로스타임을 달려 나가자.

최후까지 발버둥치고 맞서서 시합종료 전에 역전시켜 주겠어.

출발한 차의 목적지는 하루사키 역. 신칸센의 발차시각까지 40분이 채 남지 않았다. 다비나가와에서 하루사키 역까지는, 자동차로 편도 45분……정도일까.

"너희를 보고 있으면 말이지. 답답하다, 답답해."

차를 운전하면서 토미 씨가 말을 꺼냈다.

"관계가 악화된 이유는 잘 모르겠지만, 너희가 아직 서로를 강하게 의식하고 있다는 건 싫어도 알 수가 있어."

"역시 알겠어?"

"당연하지. 스무 살이나 먹었으면서 처음 교제를 시작한 중학생 커플처럼 서투른걸."

자각은 없었다……. 나와 사야네에게서는 농축된 풋내가 아직 빠지지 않았던 모양이었다.

"네가 사야네에게서 멀어진 건 네가 거치적거린다고 생각했기 때문이냐?"

"응……. 이번 축제 때도 내 영향력은 전무했고, 관객들은 모두 사야네에게 감명을 받은 거라고 생각해……."

"하지만 네 행동은 무의미하지 않았어. 사야네라는 강대한 존재를 끌어낼 수 있던 건 **네가 무의미한 행동을 계속 거듭해왔기** 때문이잖아?"

"무의미한 행동을 거듭해봤자 결국은 무의미하지 않을까?"

"아하하! 행동의 의미나 결과는 아무래도 좋아! 행동을 시작하는 자체가 상대의 마음을 움직이는 것이겠지!"

분위기가 숙연해진다 생각했더니, 토미 씨가 크게 입을 벌리고 유쾌한 듯이 웃었다.

"……에밀리가 프로를 목표로 하고 있던 건 알지? 고등학교를 졸업하기 직전까지 그 녀석은 상경할 생각이었어."

"그랬던 거야?!"

프로를 지향하던 것은 알았지만, 상경까지 생각했다는 것은 금시초문이었다.

"장남인 나는 부모님를 봉양하고 또 쌀농사도 지어야 하는 반면에, 에밀리도 진심으로 음악의 길을 걷고 싶다고 해서 말이지. 어중간한 원거리연애가 될 바에는 원만하게 헤어지는 편이 서로를 위한 것이다……라는 분위기가 생겨났다."

엄밀히 말하자면 사정은 좀 달랐지만, 심정은 나와 비슷한지도 몰랐다.

"꿈을 좇는 그 녀석을 방해하면 안 된다든가, 고민을 계속하던 날들도 물론 있었어. 하지만, 나는 에밀리를 정말 좋아했기 때문에 오기로라도 헤어지고 싶지 않았다."

"그래서, 토미 씨는 어떻게 했는데?"

"궁극의 결론에 다다랐어. 청혼을 하자, 라는 결론에 말이지."

이 사람의 행동력은 그야말로 괴물 같았다.

우리의 연출로 에미 누나와 알게 됐을 때와 비교하면 현격하게 향상돼 있었다.

“그게, 좋아하는 건 어쩔 수 없잖아. 당시 유행하던 자기소개 사이트의 『사는 곳』 칸에 『에밀리의 옆(웃음)』이라고 쓰던 수준이었으니까. 메일주소도 물론, 사귀기 시작한 기념일+Forever 같은 느낌이었다고.”

우와. 기분 나빠. 오한이 내 등을 내달렸다.

“쓴웃음 짓지 마! 폴더폰 세대의 청춘을 바보 취급 하지 말란 말이다!”

“하는 게 당연하지! 완전히 걸어 다니는 흑역사잖아!”

“메일 답장 때문에 몇 번이고 고객센터에 문의를 하거나, 전파가 안 좋으면 열심히 안테나를 흔들어대거나 하면서 말이야! 에밀리 전용 착신무비가 울렸을 때에는 정말로 기뻤어.”

“뭔 소리를 하는 건지 하나도 모르겠어!”

“그래서 말이지~.”

토미 씨가 겨우 대화를 처음으로 되돌려서 탈선할 뻔한 화제를 원위치 시켰다.

“10년 전, 에밀리가 상경하려던 날, 다비나가와 역에서 전철에 타려는 에밀리를 순간적으로 끌어안은 건 기억하고 있다. 네가 꿈을 포기하는 만큼, 내가 세계에서 제일 행복하게 해줄게……라면서.”

“허풍 작렬하는 대사네.”

"뭐? 그게 아니라 엄청 감동적인 프러포즈겠지!"

"맞아…… 동경하게는 되네. 나와 달리 토미 씨는 남자다우니까 그렇게 행동으로 옮길 수 있구나."

5년 전, 나도 용기를 냈더라면, 지금과는 다른 미래가 되었을까?

"에밀리를 평범한 인생으로 끌어들여버렸지만, 후회는 하지 않아. 음악의 길로 성공을 했다고 해도, 그것에 뒤지지 않을 정도의 행복한 가정으로 만들 자신이 있으니까."

"에미 누나도 후회는 하지 않는다고 생각해. 꿈을 리제에게 맡겼다……라고 하니까."

"그런가. 그거 잘 됐네. 그때, 용기를 내서…… 정말 다행이다."

내 그 말을 듣고 토미 씨는 우락부락한 외모와 어울리지 않게 온화한 표정을 지었다.

"우리 같은 범인은 손이 닿을 수 있을 때 붙잡지 않으면, 평생 후회하게 돼. 에밀리도 성장이 빨랐지만, 사야네와는 비교도 되지 않지. 범인에게도 천재일우의 기회는 돌아오지만, 대부분 그걸 눈치 채지 못하고 끝난다. 눈치를 챈다고 해도, 그 기회는 아주 한 순간뿐이야."

실제로 체험한 토미 씨가 그렇게 말하자, 상당한 설득력이 있었다.

나의 마지막 기회는 이 한순간뿐.

걷기 시작한 것이 너무나도 늦은 나라도, 열심히 외치면 손이 닿을 수 있었다. 닥치는 대로 이리저리 달리고 있던 사야네가 일시적이나마 멈춰서 있다고 한다면…… 서로의 미래는 아직, 이어져 있는 것이었다.

내 인생은 사야네가 있는 미래에 틀림없이 이어져 있을 거라고.

"지금은 후회하지 않도록, 자신의 감정을 전부 드러내고 와. 사야네의 행복이라든가 상대의 처지라든가 그런 건 다 배제해. 일단 좋아하게 되면, 그런 일은 전혀 관계없어."

"좋아하게 되면……."

"네가 사야네를 어떻게 생각하고 있는지, 어떻게 하고 싶은지, 그것만을 전하면 돼. 네가 네 마음을 내보이면 사야네도 전력으로 자신의 마음을 드러낼 테니까."

토미 씨가 왼손을 꽉 쥐고 이쪽으로 내밀어 보였다. 나도 똑같이 오른 주먹을 내밀어 상대의 주먹에 가볍게 툭 갖다 댔다.

남자의 우정은 믿음직스러웠다. 머뭇거림을 날려주거나, 망설이는 등을 떠밀어주었다.

"나는…… 토미 씨과 만날 수 있어서 정말 다행이야. 앞으로도 잘 부탁해!"

"그러고 말고! 제한속도 안에서 최대한 밟을게!"

토미 씨는 거칠게 이를 내보이는 웃음을 보이며 가속페달을 밟았다. 창으로 내다보이는 거리의 풍경은 이미 하루사키 시내 중심으로 들어서 있었다.

기다려 줘.

너를 배웅하러 가는 게 아니야.

내 옆으로 데리고 돌아오려 가는 거니까, 고백 받을 마음의 준비를 하면서 기다리고 있어.

******

“춥다…….”

나는 두꺼운 장갑을 낀 두 손을 마주 비볐다.

도쿄와 비교해 이곳의 밤은 몹시 추워졌다. 피부에 익숙한 메마른 찬바람과도 오늘로 이별이었지만. 반가웠어. 고향의 풍경, 온천의 냄새, 사람들의 온정.

밤 9시 7분…… 하나사키 역. 지선에서 신칸센으로 갈아타기 위한 장소.

신칸센의 도착까지는 아직 시간이 조금 남아 있었다.

나는 자동판매기에서 따뜻한 코코아를 사서 소규모 대합실의 의자에 걸터앉았다. 몸속이 얼어붙을 것만 같았다. 장갑을 벗은 손에 코코아 캔의 열기가 천천히 스며들었다.

역 구내의 안내방송은 재래선과 신칸센의 막차시각을 알리고 있었다. 머지않아 하루사키 시는 잠이 들 것이다. 시간적으로 열차의 이용객도 뜸하겠다, 변장용의 도수 없는 안경은 쓰지 않았어도 괜찮았을까.

다비나가와는 이미 어둠 천지이겠지만. 내가 집을 출발했을 무렵에는 이미 불이 켜진 집이 적었으니까 말이지.

도쿄는 밤에도 눈이 부셨다. 상경하고 나서 한 달 정도는 그것에 익숙해지지를 못했다.

향수병에 걸려 몇 번이나 울 뻔한 시골뜨기.

하지만 몇 달 만에 적응했다. 학업과 음악을 겸업하는 바쁜 나날을 보내는 사이, 쓸쓸함을 잊을 수 있었으니까.

단 한 가지…… 슈에 대한 마음을 제외하고. 그를 잃은 뒤로 나날이 팽창해가는 갈망에 저항할 수가 없었다. 절대로 잊을 수 없었다.

그는 마약과도 같은 존재였다. 관계를 끊으려고 해도, 발작처럼 뇌가 그를 다시 추구했다.

"스무 살……이라."

실감이 나지 않았다. 외모는 성장했어도 내면은 중학생에서 멈춰 있었다. 나의 시간도 5년 전에 계속 묶여 있었다. 아니…… 그것도 이제는 과거형이 되었다.

나는, 끊어내기 위해 고향에 돌아왔다. 슈에 대한 의존을. 키리야마 사야네로서의 과거를 말끔히 떨어내고, 새로이 시작하기 위해.

중학교 때부터 기변을 하지 않은 구형 스마트폰. 가장 최근의 착신이력에는 연락처에 등록돼 있지 않은 번호가 표시돼 있었다.

"지금에 와서야 마침내 연락을 하다니…… 대체 뭐야."

너무 늦었잖아. 내가 연락처를 건넨 건 5년도 더 전이야.

이제는 네 옆에 있던 키리야마 사야네가 아니야.

이제 와서…… 전화 같은 거 하지 마. 다비나가와를 떠나는 순간에는 너를 만나지 않으려고 하고 있었으니까. 목소리도…… 듣고 싶지 않아. 들을 수는 없어.

지금, 너를 만나버리면, 나는…….

나는 연락처의 등록화면을 열었다가도 몇 초 후에는 그 작업을 취소하고, 그 번호를 착신이력에서 지워버렸다.

이걸로 된 거야. 왠지 모르게 몸을 떠는 자신에게 나는 그렇게 타일렀다.

생각했던 것보다 즐거웠는걸, 고향. 가족들도 건강한 것 같았고, 거리의 풍경은 쇠퇴해서 쓸쓸해졌지만 사람들의 활기는 변함이 없었다.

폐교가 되기 전의 다비중학교에 다녀올 수 있어서 다행이었다. 바보 키요…… 토미 오빠와 에밀리 씨, 리제와 재회할 수 있어서 기뻤다.

모두와 다비나가와 축제에 참가한 것은 상정 외였다.

슈의 가까이에서 노래를 부를 수 있다니, 꿈에도 생각하지 못했다.

즐거운 꿈은 언젠가는 끝이 난다. 키리야마 사야네의 시간도 이제 곧 끝이 날 것이다.

돌아올 때마다 떠올리게 되는 것은 싫으니까, 한동안은 돌아오지 않아야지. 난 혼자서도 괜찮아.

미련과 의존을 끊어내고, 앞이 보이지 않는 불투명한 미래로 나아갈 것이다.

자신의 의지를 죽이고, 감정 따위는 버리고, 대량으로 팔기 위한 노래를 만들어 대다수의 취향을 반영하면서 계속 노래를 부를 것이다.

나는 SAYANE……. 이제 너를 위해서는 노래할 수 없어.

평온하게 경과한 카운트다운. 미지근해진 코코아를 다 마신 것과 동시에, 신칸센의 도착예정을 알리는 안내방송이 흘러나왔다.

슬슬, 가야 해.

나는 빈 캔을 쓰레기통에 넣었다. 그리고 어쿠스틱 기타가 든 케이스를 등에 메고 캐리어백을 끌면서 대합실을 나섰다. 스마트폰에 연결해놓은 이어폰을 두 귀에 꽂는 것도 잊지 않았다.

지선의 차내에서도 반복해서 듣던 곡을 재생했다. 이 곡에 제목이 붙을 일을 없었다. 세상에는 흐를 일이 없으니, 점잔 빼는 이름 같은 건 필요 없었다.

가사를 붙여놓았지만, 불러 줄 상대는 없었다.

마지막으로 부르고 싶었다. 단 한 사람, 좋아하는 이를 위해서.

나는 한산한 승강장에 내려섰다. 안내방송과 함께 시시각각 가까워지는 신칸센의 소리가 이 꿈과 같은 이야기의 종연을 분명하게 고해주었다.

술은 마시지 못했지만 너희 집에서 했던 회식…… 즐거웠어. 생일을 좀 더 앞당길 수 있었더라면 좋았을 텐데.

낚시와 발야구는…… 이따금 하는 거라면 나쁘지 않으려나. 너는 심각한 운동부족이니까, 처음부터 다시 단련하고 와.

다비나가와 축제…… 좀 더, 좀 더 많은 노래를 부르고 싶었어. 신곡도 선보이고 싶었는데, 이제는 불가능할 거라고 봐. 미안해.

씁쓸한 추억이 가득 찬 다비중학교가 폐교되는 것은 쓸쓸해. 적어도, 너만큼이라도 추억의 마지막을 지켜봐 줄까.

몸 상태가 안 좋은 것 같아서 계속 걱정이야. 성가신 여자는 사라질 테니까, 충분히 휴양을 취해서 건강한 니트 생활을 만끽해주세요.

마음이 내키면, 종종 키보드도 쳐 주세요.

『be with you』를, 이름 없는 신곡을, 잊지 않도록…… 연주해 주세요.

생일선물…… 고마워.

좋아하는 사람이 약속을 지켜줘서, 난 정말 행복한 사람입니다.

널 잘라내기 위한 노래를 받았어도, 나는 잊지 않을 거야. 올해 생일을 잊지 않을 거니까.

안녕, 슈.

키리야마 사야네는, 당신을 정말로 좋아했습니다.

******

토미 씨가 역 앞의 교차로에 차를 세웠다. 조수석에서 뛰어내리듯이 뛰어나간 나는 다른 곳에 한눈파는 일 없이, 그저 개찰구로 이어지는 계단을 뛰어 올라가는 일에만 집중했다.

신칸센의 발차 시각은 이미 지났음에도 불구하고.

운동부족 따위 알게 뭐냐. 다리의 뼈와 근육 따위 부서지고 찢어져도 좋아.

사야네를 만나게 해줘.

두 번 다시 떨어지고 싶지 않아. 실낱같은 희망 따위, 있을 리 없을지도 모른다. 자신의 마음을 알아차리는 것이 너무 늦었는지도 모른다.

쥐 죽은 듯이 조용한 구내. 매점은 이미 영업시간이 끝났고, 역무원이나 이용객의 수는 한 손으로 셀 수 있을 정도였다. 어슴푸레한 전등이 비추는 대합실에도 사람그림자는 없었다.

그 녀석이 멀어져간다. 필사적으로 손을 내밀어도 닿지 않는 거리로.

나는 사야네를 찾았다. 계속 찾았다.

몇 군데나 있는 역의 출입구 근처를 돌아보거나, 아무도 없는 매표소나 대합실을 집요하게 왕복하는 등. 격하게 숨을 몰아쉬며 약해빠진 무릎을 혹사시켰다.

없었다. 사야네의 모습은 어디에서도 보이지 않았다.

있을 리 없는 사람을 찾는다니, 불쌍하고 보기 흉한 데에도 정도란 것이 있었다. 어쩌면 서로 엇갈린 것일 뿐일지도, 실제로는 어딘가에 숨어있는 것뿐일지도 모른다.

희망보다는 절망, 나를 움직이게 하는 것은, 이미 그것뿐이었다.

후회하고 싶지 않아. 겁쟁이 같은 행동으로 그 녀석을 상처 입히고, 쌓아올린 신뢰를 깨버렸기 때문에, 이번에는…… 반드시 따라잡겠어.

유일하게 짚이는 곳이 있다면, 그곳은 역 앞의 광장이었다. 사야네와 처음 노상 라이브를 결행했던 곳이었는데, 지금은 무수한 벤치가 어둑어둑하게 늘어서 있을 뿐이었다.

내 뇌리에 떠오른 것은 처음이자 마지막 스트리트 라이브였다. 그런 일에 익숙지가 않았기 때문에 관청의 허가를 받는데 애를 먹었다, 사야네보다도 긴장해서 당일에는 복통까지 일으켰다. 백 장 정도 준비했던 자작 CD는 수량이 한참 부족해서, 사지 못했던 사람들에게 폭풍 같은 클레임이 들어오기도 했다.

그래도 라이브 직후, 우리는 둘이서 충실감을 나눠가질 수 있었다. 사야네와 패밀리 레스토랑의 드링크 바에서 건배를 하거나, "다음 라이브는~."이라며 서로 망상을 하기도 했다…….

여러 가지…… 정말로 여러 가지 광경이 바쁘게 머릿속을 스쳐 지나갔다.

그 다음 날에는 도망쳐 버렸지만, 이 선명한 추억은 거짓도, 환상도 아니었다.

그게…… 그 녀석도 마찬가지일 테니까. 나와 공유한 기억이 분명히 남아있을 터이니까.

분명히 존재하고 있었어.

우리의 궤적이, 이 장소에도.

규칙적으로 늘어선 가로등의 광원이 어렴풋이 비추는 가운데, 나는 내 스마트폰을 조작해 완전히 차가워진 귀에 가만히 갖다 댔다.

그 녀석의 연락처는 5년 전의 번호에서 바뀌지 않았다.

전파로는 이어져 있다.

포기할 줄 모르는 남자가, 마지막으로 발버둥 칠 이유로서는 충분하리라.

………….

…….

부탁해.

………….

…….

너무나도 가느다란 실이라고 해도 완전히 끊어지지 않다면…….

신호음에 열 번째에 들어서는 순간, 그 기계적인 소리가 사라졌다.

반사적으로 확인한 화면에는 『통화 중』이라는 문자와 시간이 표시되어 있었다.

"잘못 걸었다면 죄송합니다."

말없는 누군가에게.

"하지만, 사야네라면 들어줬으면 해."

일방적인 마음을 전하는 것을 용서해줘.

"……네게 버림받는 것이 무서웠어. 언젠가 네 재능을 따라갈 수 없게 되리라는 것을 알았으니까, 응원하는 척 하면서…… 도망쳤어."

……희미한 숨소리가 들린다.

"나는…… 네가 프로가 되는 걸 바랐던 게 아니야! 나를 위해 노래해주기를 바랐다고!"

『응. 나도, 슈를 위해 노래하고 싶어.』

목소리가…… 이어졌다.

『네가…… 슈가 바란다면, 나는 옆에 있을 거야. 언제까지라도, 옆에 있을 거야.』

앞으로 내뻗은 손을, 잡아주는 사람이 있어 주었다.

"……왜, 우리는 솔직해지지 못했던 걸까."

『사춘기라는 건…… 그런 거야. 우리는 연인보다도 가까웠으니까, 한 번 떨어지지 않으면 보이지 않는 것도 있던 거지…….

그것뿐이야.』

태어난 뒤로 십수 년의 인생을 소꿉친구의 곁에서 지낸 두 사람.

함께 있는 것이 당연했던 관계에 사춘기의 변화가 생겼을 때, 우리는 어떻게 해야 좋을지 알지 못하고 소꿉친구로 있는 일조차 포기해 버렸다.

"소꿉친구가 아니었다면, 서로의 청춘을 잃어버리는 일도 없었을까?"

『아니.』

"응……?"

전화기 너머로도 알 수 있었다. 기분 탓인지는 몰라도, 심기가 불편해진 것 같은 사야네의 분위기를.

『나는 슈와 함께 지냈던 모든 날들을 좋아해. 그러니까, 두 번 다시 그런 말 하지 마.』

"죄송합니다……."

변함없이, 혼이 나고 말았다. 나는, 아마도 아버지와 마찬가지로 여자들에게 휘둘리는 타입인 것이리라.

『떨어져 있던 5년은「공백」이 아니야. 그런 말로 정리하고 싶지 않아.』

"나도 그렇게 생각해. 연인보다도 가까운 사람을 잃어버렸기 때문에, 스스로의 감정을 재확인할 수 있었어."

괴로워한 끝에 잃어버린 시간은, 아무 것도 없는 공백과 같은 뜻이 아니었다.

갈망에 헐떡이고, 서로가 서로를 병적으로 추구하는 감정이 분명히 존재하고 있었다.

『나는 의존을 끊고자 생각했는데…… 왜 전화를 한 거야? 왜 만나러 온 거야?』

"나는, 네게서 도망쳤지만…… 이 마음만큼은 어디로도 사라지지 않았어."

대답 따위, 하나밖에 없었다.

"사야네를 좋아하니까, 줄곧 내 옆에 있어주기를 진심으로 바라."

……침묵이 견디기 괴로웠다.

수화기에서는 아무 소리도 들리지 않았다.

그것도 그럴 터였다.

"나도, 슈를 정말 좋아해. 오래 전부터 계속 좋아했어."

몸을 돌리니, 그곳에 있어주었으니까.

부드럽게 미소를 지으면서 나를 정면에서 바라보고 있는 여자아이.

"너…… 신칸센 막차는……?"

"……그런 타이밍에 전화를 걸다니…… 치사해. 네가 데리러 온다면, 나는 기다려야 해. 그 장소에서 너와 함께 지내고 싶다고…… 생각하게 돼버려."

너무 늦어버린 첫 전화는 두 사람의 관계를 매어주는 마법.

내가 「데리러 가겠다」라고 맹세했기 때문에, 사야네도 그것을 믿고 그곳에 머물러 주었다.

5년 전에는 도망쳤지만, 이번에는, 이번만큼은 약속을 지킬 수 있었다.

"미안해…… 정말로 늦어버렸네."

"……연락처에 등록할게. 안 된다고 해도 등록하겠지만."

"오히려, 잘 부탁드립니다."

겨우, 쫓아올 수가 있었다.

가장 사랑하는 사람에게 마음을 전할 수 있었어.

"혼자서 등록할 수 있어?"

"바보 취급 하지 마. 이제 어린애가 아니야."

설레는 가슴을 안고 내 번호를 연락처에 등록하는 사야네가 사랑스러웠다.

"……자, 등록했어."

등록을 완료한 화면을 여 보란 듯이 보이는 사야네가 이 세상의 무엇보다도 사랑스러웠다.

"내가 너와 만날 수 있었던 건, 엄마들끼리 동급생에 우연히 집이 가깝고, 같은 해 태어났다는 『단순한 운』 덕분이라고 생각했어. 하지만 말이지. 그게 『운명』이라면, 굉장하고 근사한 일이라고 생각하지 않아?"

"후훗…… 엄청 재수 없어. 그런 건 노래 가사로만 해 둬."

사야네가 차갑게 굳은 입가를 누그러뜨리고 장난스러운 웃음을 지어보였다.

이런 허풍스러운 대사를 당당하게 내뱉을 수 있는 지금의 내게, 무서운 것이 있을 리 없었다.

"나는…… 네 곁에서 함께 걷고 싶어. 같은 속도로. 뒤처지지 않게. 그러니까, 열심히 노력할 테니까 말이야……. 너를 위해 살 테니까, 나를 위해 노래를 불러줄래……?"

"……응."

"다시 한 번, 함께 인생을 걸어주시겠어요……?"

"……응."

"마츠모토 슈의 모든 것을 걸고, 키리야마 사야네를 좋아해도 되겠습니까……?"

촉촉하게 젖은 눈동자에서 흘러넘친 그녀의 눈물.

정말로 기쁜 것 같으면서도 만지면 부서질 것처럼 섬세해서.

"늦었잖아…… 바보. 몇 년을 기다리게 한 건지."

예기치 못하게 갑자기 달리기 시작한 사야네가 내 가슴으로 뛰어들었다. 잃어버렸을 터인 감촉과 향기를 놓치지 않도록, 나는 온 힘을 다해 사야네를 끌어안았다. 그 가냘픈 몸을 모두 감싸 안듯이.

놓지 않겠어. 겨우, 겨우…… 서로의 마음이 하나가 되었으니까.

“이제부터는…… 슈하고 잔뜩 라이브를 하고 싶어.”

할 수 없었던 라이브…… 잔뜩 하자.

“슈하고 달달한 술을 마시고 싶어.”

언제라도 대환영이야.

“슈와 지냈던 나날은…… 환상 같은 게 아니야.”

5년 전. 우리는 마약과 의존의 관계에 빠졌다. 물리적으로는 떨어졌어도, 정신적으로는 떨어지지 못했다. 갈망이 발작을 일으켜도, 자신의 곁에 상대는 없었다. 연인보다도 가까웠던 소꿉친구는, 너무나도 가까이에 있어서 초점이 맞지 않았다. 반대로 너무 멀어도 시야에 들어오지 않았다.

그것에도 이제는 종지부를 찍을 것이다.

둘이서 적절한 거리를 찾아내, 서툴게나마 서로 다가선 것으로.

만지고 싶을 때 서로 만질 수 있고, 체온까지 교환할 수 있는 거리에 네가 있다.

직접, 노랫소리를 들려준다. 그것만으로도 좋다.

소꿉친구로서가 아니라, 연인으로서.

작은 꿈을 함께 이야기하는, 허세 부리지 않는 나날로 돌아가자.

"사야네, 생일 축하해."

마지막에는 웃으며 죽을 수 있다, 가 아니었다.
나는 웃으며, 사야네와 살아갈 것이다.
줄곧, 그 장소에서…… 운명이 두 사람을 갈라놓게 되더라도.

"당신과 만든 신곡을, 당신을 위해 부르게 해 주세요."

소중한 사람을, 장소를, 추억을, 기억에서 빼앗겼더라도.
언어에 장애가 생겨, 이름을 부를 수 없게 되었더라도.
몸이 마비되어, 이 사람을 위해 곡을 만들 수 없게 되더라도.
가장 사랑하는 그 모습이 눈이 비치지 않게 되었더라도.
내가 살아있는 것으로, 행복해지는 사람이 있다면.

에필로그

낙엽 색깔이었던 풍경이 새하얀 캔버스로 새로이 바뀌어갔다.

봄이 되면 총천연색의 선명한 색채를 그려내기 위해. 아이들이 좋아하는 파스텔칼라의 물감으로 신이 채색해나갈 그 계절을 준비해갔다.

토해내는 숨도 새하얬다. 잔잔하게 내려앉는 차가운 결정은, 사람의 피부에 닿으면 덧없이 녹아 사라졌다.

대도시들은 성야까지의 남은 날을 세고 있어도, 다비나가와는 크게 달라지지 않았다. 역 앞에 딱 한 그루 솟은 입목에 저예산의 간소한 조명장식이 설치되었을 뿐이었다.

그러나 계절은 계속 돌고 돌았다. 올해 처음 내린, 드문드문한 가루눈이 엄동의 도래를 고했다.

"……이쪽으로서도 꼭 부탁하고 싶구나……. 재학생 외에도 역대 졸업생들을 초대해도 괜찮을까……?"

"그건 교감선생님에게 맡기겠습니다. 신세를 진 다비중학교의 마지막이니까요. 여럿이서 떠들썩하게 떠나보내고 싶어요."

내가 찾은 곳은 다비중학교의 간이응접실이었다. 폐교까지 3개월 정도 남은 교사 안은 청소와 정리가 진행되어 몹시 넓고 한산해져 있었다.

머지않아 다비중학교가 없어지는 것은 현실이다……. 싫어도, 그렇게 인식하지 않을 수 없었다.

맞은편에 앉아있던 교감선생님이 녹차를 후루룩 마시더니, 탁자 위에 놓인 명함을 손에 들었다.

"하지만, 마츠모토도 『회사의 대표』인가……. 단기간에 크게 출세했구나……."

"아하하…… **1인 레코드회사**이니까요. 필연적으로 그렇게 된 것뿐입니다."

나는 쓴웃음을 지었다.

"무대증설과 관람석을 건너지르는 통로, 조명기구도 저희 쪽에서 준비하겠습니다. 이벤트 회사와 교섭해서 싸게 대여할 수 있게 했어요."

"비용은 있는 거냐……?"

"동영상 광고수입과 음원 다운로드판매로 일단은 흑자입니다. 뭐, 그 녀석의 인지도에 숟가락 얹은 느낌이지만요."

"겸손해할 것 없어……. 그 아이가 기분 좋은 듯이 노래를 부를 수 있는 것도, 다 네가 무대 밑에서 지탱해주고 있기 때문이지 않으냐……?"

다소 자학적인 나를 교감선생님은 쾌활한 목소리로 위로해주었다. 그리고 어울리지 않는 스마트폰을 만지작거린다고 생각했더니, 『어떤 음원』을 선드러지게 재생시켰다.

"5년 전에는 바로 완판돼서 CD를 살 수 없었으니까 말이지. 팬으로서는 이제나저제나 무척 고대하고 있었다……."

나와 사야네, 둘이서 처음 만들었던 곡을.

"확실히 떠들썩해졌다. 너희가 다시 라이브 배포를 하게 된 뒤로, 이 마을은 사라져가는 도시가 아니게 됐어……."

"과찬이세요. 사야네의 노래를 기대하고 와 주는 사람들이 늘은 것뿐이에요."

"하하하. 내가 멋대로 그렇게 생각하고 있는 것뿐이다……. 아무 것도 없던 곳에 유일한 즐거움이 생겼다……. 그것만으로 충분히 이 마을이 빛나는 것처럼 보인단다."

교감 선생님은 창밖을 바라보며 상냥한 목소리로 말했다.

활기를 잃고 이름까지 빼앗겨서 이윽고 사라질 운명에 있던 마을의 잔해. 우리를 키워주고 지켜봐 준 장소에, 사람들에게 소소하게 은혜를— 갚아가자.

그것은 우리 말고는 할 수 없으니까.

"내가 할 수 있는 일은 협력할 테니까, 언제든지 오거라……. 3월에 있을 다비중 마지막 라이브, 나도 무척 기대하고 있단다……."

"……고맙습니다!"

갑자기 뜨거워진 눈시울을 가리기 위해 나는 깊이 고개를 숙였다.

"다음번에는 이요리도 데리고 오도록 해. 과자 정도라면 내놓을 수 있으니 말이다……."

"예! 다음번에는 엄마와…… 반드시 같이 오겠습니다."

그렇게, 30분 정도의 협의를 끝내고 나는 응접실에서 나가려고 자리에서 일어났다. 그 순간…….

"……윽!"

책상다리에 발이 걸려서 힘없이 비틀거리고 말았다. 나는 오른팔을 사용해 왼쪽의 벽을 조심스럽게 짚으며 앞으로 나아가, 흉한 꼴로 응접실의 문을 열었다.

그리고 감각이 무딘 왼쪽다리를 끌면서 앞으로.

그저, 앞으로 나아갔다.

"마츠모토…… 혹시, **앞이 안 보이는 거냐?**"

"아뇨…… **조금 앞을 보기 힘든 것뿐입니다.**"

걱정하는 교감선생님을 뒤에 두고, 나는 의미도 없는 허세를 부렸다.

절반정도 차단된 세계는 기억에 의지해 보충하면 되었다. 그 녀석에게 의지해 상상하면 되었다. 손쉬운 일이었다.

"손을 빌려줄까? 무척 괴로운 것 같다만……."

"괴롭지 않아요. 매일 해야 할 일이 있고, 하고 싶은 일이 있고, 매일이라도 만나고 싶은 사람이 있으니까요……."

정상적인 감각을 잃어가는 가운데에서도 나는 확실하게 몸을 돌려, 최대한 미소를 지어보이는 것으로 노인의 걱정을 날려주었다.

"그런 일상이, 정말로 즐거워서 참을 수가 없어요."

폐교되기 전에, 가까운 시일 내에 이번에는 엄마도 데리고 올 테니까……. 그때에는 셋이서 다과라도 먹으면서, 교무실에서 시시한 잡담이라고 나누고 싶다.

재미있을 것이 분명했다. 교감선생님이 아는 엄마와 아버지의 옛날이야기에 나는 흥미가 동하지 않을 수가 없었다.

사랑 이야기는 가사용 메모장에 적어두자.
절대로 잊어버리기 않기 위해.
몇 년이 지나도 때 묻지 않은 순수한 감정을 잃지 않기 위해.

……들려온다. 그 녀석의, 그 녀석만의 노랫소리가.

금방 알 수 있어.
죽어버린 세포까지도 흥분하게 만드니까.
"그 아이가 온 것 같구나……."
나와 마찬가지로 교감선생님도 그 녀석의 존재를 알아차렸다. 그런 선생님께 고개를 숙여 인사를 하고, 나는『소리의 근원』으로 향했다.
간단한 협의라고 전해두었으니까, 집에서 기다리고 있을 거라고 생각했건만.
변함없이 침착한 구석이 없군, 그 녀석은.

나는 교실을 따라 나 있는 좁은 피난경로를 지나, 발밑의 화단에 걸려 넘어질 뻔하면서도 꿀꿀한 추운 하늘 아래를 천천히 걸어갔다.
중학생 때, 담임선생님에게 부탁을 받았었지. 수업을 빼먹는 문제아를 데리고 와 달라, 라고.
지금 내가 꼴사납게 걷고 있는 이 루트는 당시와 완전히 똑같았다.

해체한다, 라는 시한부 선언을 받은 세피아 풍의 정경은 올해를 마지막으로 사라질 것이다.

그래도, 괜찮았다.

그 무렵부터…… 가슴에 품었던 감정은 어디로도 가로채일 일은 없었다.

때문에, 그녀가 있는 장소 따위 손바닥을 들여다보듯이 훤히 알 수 있었다. 우리는 그 장소에서 연심을 키워왔던 것이다.

기억이, 추억이, 노랫소리가 나를 이끌어주었다.

사랑하는 사람과 확실하게 이어져 있어.

체육관 옆에서 운동장으로 내려올 수 있는 투박한 계단.

차갑게 얼어붙은 계단 중간에 앉아, 에미 누나에게서 물려받은 기타를 치며 노래를 부르는 소녀.

자잘한 은색의 눈송이가 내리고 있었지만 장갑은 끼고 있지 않았다. 섬세한 손가락 끝을 추위에 빨갛게 될 정도로 드러낸 채, 눈에 익은 싸구려 피크로 현을 튕기고 있었다.

흥얼거리고 있는 노래는『연인이 된 소꿉친구들』을 표현하고 있었다. 연인보다 가까운 두 사람, 잃어버린 청춘, 5년간의 의존, 재회라는 신의 장난.

계단 가장 꼭대기에 선 남자가 심취해 듣던 것은 청춘의 페이지가 응축된 하나의 노래였다.

신곡『LOST TIME』에 덧붙여진 가사로 나는 지난 시간을 돌이켜볼 수가 있었다.

화초가 화려하게 물이 든 시기에 하천둔치의 특등석에서 이 노래를 듣는 것이 손꼽아 기다려졌다.

호드러지게 꽃을 피운 벚나무 가로수와 둔덕을 가득 메운 유채꽃. 봄의 숨결을 바라보면서 연인의 바로 옆에서.

그 미래로 나를 인도해 줘.

두 사람의 궤적을 앞으로도 계속 만들어나가기 위해.

이윽고 과거의 모습이 새카만 암흑에 침식되어도, 너의 존재를 떠올릴 수 있다면…….

키리야마 사야네를 몇 번이고 사랑할 수가 있었다.

뒤를 돌아보며 자연스럽게 미소 짓는 그녀를.

혼자서는 아무 것도 할 수 없었다.

하지만, 둘이라면 불가능한 것은 없었다.

어디까지라도, 어떤 미래로라도 가자.

이 장소에서 많은 꿈을 꾸자.

아직 미숙하고 바보 같은 꼬맹이였기 때문에 가장 첫 곡에 이런 제목을 붙였던 거야.

너와 함께(be with you)……라고.

■작가 후기

『너를 잊는 법을 가르쳐 줘』라는 이야기는, 제가 실제로 체험한 일과 제가 품었던 감정을 초석으로 삼고 있습니다. 제가 다녔던 중학교에서는 후배들이 선배들의 흉내를 내서 음악을 시작한다는 전통이 있었습니다. 저도 동급생 다섯 명과 록밴드를 결성했지요.

고향의 여름축제나 학교 문화제에서 연주했던 일은 지금도 친구들 사이에서 회자되고 있습니다. 그 중에는 음악 쪽 일을 하는 친구도 있습니다.

수많은 추억으로 가득 찬 모교는 통폐합으로 이제는 없습니다.

그리움을 느낄 교사도 없어졌습니다.

그 뒤로 몇 년의 세월이 지나 저는 취직을 위해 도시로 이주했습니다. 일하는 사이사이, 짬을 내어 귀성할 때마다 고향의 풍경은 조금씩, 조금씩 바뀌어가더군요.

주민이 줄어듦에 따라 사람들이 모이는 장소의 쇠퇴도 피할 수 없었습니다.

망해버린 가게의 빈터에 새 장의사가 문을 열었을 때에는 어딘지 모르게 쓸쓸함이 느껴졌던것을 기억하고 있습니다.

교류가 있던 주민들도 제가 어른이 되어감에 따라 점점 없어졌습니다. 자식과 따로 살던 이웃 할아버지가 고독사했다는 것도 알게 되었습니다.

거스를 수 없는 시대의 흐름이라는 것을 이해하면서도 이 안타까운 심정을 눈에 보이는 형태로 만들고 싶었습니다. 사람들에게 전하고 싶었습니다.

20대의 애송이가 「뭔가를 쓰고 싶다」라고 바라게 된 동기로서는 충분하지 않을까요.

상업적인 면을 전혀 고려하지 않은 기획임에도 "이렇게 좋은 이야기가 묻혀버리는 건 아깝다고 생각하니까요."라며, 긍정적으로 진행해주신 담당자 님. 정말로 감사합니다.

다비나가와라는 가공의 시골마을에서 진행되는 볼품없는 사랑.

원고를 집필·개고하던 봄 무렵, 싱어송 라이터인 이시자키 휴이 씨가 발표한 『피리어드』라는 곡을 듣고 있었습니다.

헤어진 애인을 생각하는 남자의 연약한 감정을 표현한 애절한 가사는 주인공인 슈와도 공통되는 부분이 있었습니다. 그래서, 내가 무의식중에 분위기를 겹쳐보고 있던 걸까…… 라고도 생각합니다.

이런 비련의 발라드는 사야네가 좋아합니다. 슈는 청춘펑크를 좋아합니다만, 본편에서는 별로 언급을 하지 못했네요.

이야기에 색을 더해주는 일러스트는 플라이 씨가 좋다, 독특한 투명감이나 색채를 그려낼 수 있는 것은 플라이 씨밖에 없다…… 그렇게 생각해 담당자님에게 요청한 바, 고맙게도 받아들여주셨습니다. 멋진 일러스트가 도착할 때마다 순수하게 감동했습니다.

플라이 씨, 바쁘신 중에 정말 고맙습니다.

이 이야기는, 여기까지는 프롤로그로 아직 완전히 끝이 나지 않았습니다.

하지만 어쩌면 결말은 쓰지 않는 편이 좋을지도 모르겠습니다.

그래도 끝까지 지켜봐주는 사람이 있다면, 끝까지 계속 쓰고 싶습니다.

아마사키 미리토

■역자 후기

안녕하세요, 역자입니다. 이번에는 고막이 쟁쟁 울릴 밴드의 음악과 함께 찾아뵀습니다.

밴드라. 많은 어린아이가 그렇겠지만, 저도 초등학생 때에는 피아노를 배웠습니다. 하지만 잘 치는 건 아니었습니다. 그냥 악보대로 연주나 잘 하면 평타, 라는 정도랄까요. 원래부터 손이 좀 둔한 곰발이라 그런지, 흔한 말로 "건반 위에서 춤을 추기에는" 손가락이 물리적으로 너무 아프더군요. 덕분에 연주회에서 보는 것처럼 곡을 정말 환상적으로 연주한다는 그런 건, 불가능 이전에 애초에 꿈도 꾸지 않았습니다.

하지만 지금 생각해 보니, 배울 때 좀 잘못 배운 것도 있는 느낌도 들지 않는 게 아닙니다. 피아노 악보를 보면 음표 위에 2,3,5 이렇게 숫자가 쓰여 있습니다. 이건 손가락을 뜻하는 겁니다. 2라면 검지, 5라면 새끼손가락 이렇게요. 해당 음표를 칠 때, 그 손가락으로 누르면 치기도 편하고, 손가락 피로도 덜 하다, 라는 일종의 지침입니다. 물론 사람마다 손 형태가 다 다르니 절대적인 건 아니지만요. 그래도 원작자나 전문가가 써놓은 것인 만큼, 어느 정도 보편적으로 도움이 되긴

할 거라고 생각합니다.

그런데.

저는 이걸 몇 년 전에나 우연히 깨우쳤습니다. 무려, 피아노를 그만둔 지 어, 음…… 수 십 년이나 지난 뒤에나 말이죠.

…….

…….

손가락번호가 절대적인 건 아니라고 해도, 너무 제멋대로 치는 버릇이 든 나머지 어렵고 복잡한 곡에서는 더더욱 손가락이 꼬였던 것이 아닐까, 싶습니다.

그렇게 생각하니 한층 더 초심으로 돌아가 피아노를 다시 시작해보고 싶습니다. 어릴 때 쓰던 피아노도 집에 있겠다, 어디 한 번 차근차근 연습을…….

그러나. 역시나 만인의 변명, 「시간이 없어서」 그럴 여유가 없네요. 머엉~.

청각적으로 요란한 밴드라는 소재에 가려져 있긴 하지만, 작가님의 후기에도 나오듯 이 작품이 태어나게 된 배경은 점점 사라져가는 고향에 대한 애착입니다. 전 도시에서 태어나고 자랐으며, 도시에서 살고 있기 때문에 인구가 줄고, 마을이 사라져간다는 감각을 피부로 느낀 적은 없습니다. 다만, 일종의 간접체험으로 깨달은 적은 있습니다.

초등교사인 친구와 수다를 떨다 나온 얘기인데, 문방구라고 부르는 학용품점이 정말 빨리, 많이 없어졌다고 합니다.

그때도 망해나가는 가게들이 한둘이 아닌지라, 그저 장사가 안 돼서 그러나 보다, 그렇게 생각했습니다. 하지만 그 「장사가 안 된다」는 본질적인 이유가, 학용품을 구매하는 학생들의 수가 절대적으로 적어졌기 때문이라고 하더군요.

그 말을 들으니, 그렇게 뉴스에서 떠들던 「저출산」의 상황이 단번에 느껴지더군요. 학생들이 없어 문방구들이 문을 닫을 정도면 대체 애들이 얼마나 적어진 건가, 하고 말이죠.

사실, 저희 동네에는 1킬로미터 범위 안에 초중고에 이어 4년제 대학교까지 몰려 있어서 학생들을 늘 보기 때문에 학생 수가 줄었다는 걸 체감할 수가 없습니다.

그렇지만, 학교 안을 잘 들여다보면 확실히 학생 수가 팍 줄었다는 걸 알 수 있습니다. 한 반의 학생 수는 둘째 치고, 반 자체가 확 줄었죠.

저희 때에는 초중고 모두 학 반에 50명 가까운 정원으로 12개 반. 고등학교는 열 세 개 반이었습니다. 친구가 13반이었거든요. 그런데 요즘 초등학교는 한 학년 반수가 3개밖에 안 되더군요.

……헐.

전 처음에는 제가 그냥 교실을 다 못 찾은 줄 알았습니다. 여기 있는 거 외에 다른 곳에 또 교실이 있겠지, 하고. 하지만, 정말로 그게 전부였습니다. 학 학년에 세 개.

……학생 수라는 것이 원래 이렇게나 빨리 줄어드는 것이었던가요. 저희 때와 비교해 적어도 반 토막, 많으면 1/3토막이

났습니다. 제가 초등학교 다니던 시절로부터 음…… 강산이 세 번은 변했을 시간이 흐르긴 했지만, 그래도 이 속도는 좀……. 사람으로 북적거렸던 주위가 어느새 정신을 차리고 보니 한산해졌더라, 라고 생각하니 새삼 왠지 모를 쓸쓸함과 동시에 영문 모를 위기감 같은 것이 듭니다.

작가님이 말씀하시길, 이 이야기는 시작이라고 합니다.

그 말은 이 뒤로도 이야기는 계속 이어질 수 있다는 것일 텐데, 저 개인적으로는 여운이 남는 끝도 괜찮다고 봅니다. 긍정적인 에너지와 희망으로 가득 차 있었으니까요. 그런 것들이 현실적인 요소에 치이고 찌드는 것을 보는 것은 조금 슬픕니다. 뭐, 그것이 삶의 묘미이기도 하겠습니다만.

그 부분의 선택은 역시나, 작가님에 맡기고 이만 글을 마칩니다. 총총총.

너를 잊는 법을 가르쳐 줘 1

초판 1쇄 발행 2019년 7월 10일

지은이_ Mirito Amasaki
일러스트_ Fly
옮긴이_ 이진주

발행인_ 신현호
편집국장_ 김은주
편집진행_ 최은진 · 김기준 · 김승신 · 원현선 · 권세라
편집디자인_ 양우연
국제업무_ 정아라 · 전은지
관리 · 영업_ 김민원 · 조인희

펴낸곳_ (주)디앤씨미디어
등록_ 2002년 4월 25일 제20-260호
주소_ 서울시 구로구 디지털로 26길 111 JnK디지털타워 503호
전화_ 02-333-2513(대표)
팩시밀리_ 02-333-2514
이메일_ lnovelpiya@naver.com
L노벨 공식 카페_ http://cafe.naver.com/lnovel11

KIMI NO WASUREKATA WO OSHIETE
©Mirito Amasaki, Fly 2018
First published in Japan in 2018 by KADOKAWA CORPORATION, Tokyo.
Korean translation rights arranged with KADOKAWA CORPORATION, Tokyo.

ISBN 979-11-278-5126-2 04830
ISBN 979-11-278-5125-5 (세트)

값 7,000원

*이 책의 한국어판 저작권은 KADOKAWA CORPORATION과의 독점 계약으로
(주)디앤씨미디어에 있습니다.
저작권법에 의해 한국 내에서 보호를 받는 저작물이므로 무단전재와 복제를 금합니다.

*잘못된 책은 구매처에 문의하십시오.

L NOVEL

Copyright © 2018 Noritake Tao
Illustrations copyright © 2018 ReDrop
SB Creative Corp.

중고라도 사랑이 하고 싶어! 1~12권

타오 노리타케 지음 | ReDrop 일러스트 | 이진주 옮김

"웃기지 마! 이 비처녀가!" 고등학생 아라미야 세이이치는
교내에서 제일가는 불량 학생 아야메 코토코의 말썽에 휘말린 사건을 계기로
아야메 코토코가 끈덕지게 따라다니는 상황에 처하게 되고, 심지어 고백까지 받는다.
그러나 세이이치는 신념에 따라 그것을 거절한다.
"야겜의 히로인 말고는 흥미 없어." 미인이지만 중고라는 소문이 도는
코토코는 아예 논외였다. 그것으로 포기하리라고 생각했건만…….
"반드시 네 이상이 돼주겠어."
그렇게 선언한 코토코는 게임의 히로인과 같은 트윈테일 미소녀로 변신!
이건 대체 무슨 야겜? 인가 싶을 만큼 억지스러운 방법으로 세이이치에게 접근한다!!
불량소녀와 오타쿠.
얽힐 일이 없을 터였던 두 사람의 이야기는 어디로 향할 것인가?!

『소설가가 제가 된,
「사실은 일편단심 순정 소녀」계 러브코미디!!

NOVEL

라이트노벨의 새로운 빛! L노벨의 신간은 매월 10일에 발매됩니다. http://cafe.naver.com/lnovel11

L NOVEL

© Nagi Kujo, Mika Pikazo 2018
KADOKAWA CORPORATION

돈은 패자를 돌고 도는 것 1권

쿠조 나기 지음 | Mika Pikazo 일러스트 | 김성래 옮김

금액에 따라 초상 현상마저도 사들일 수 있는 악마의 돈《마석 통화》.
그 쟁탈전, 『거래(트레이드)』에 여념이 없는 고등학생인 우시나이 하이토는
"마스터가 정말 원한다면 야한 행위도 받아들이겠어요……."
전리품으로 손에 넣은『자산』소녀, 멜리아의 소유자가 된다.
금전 지상주의 하이토는 자신에게 허물없이 구는 멜리아를 매각하려고 들거나
목숨을 건『거래』에 이용하는 등 무도한 대우로 일관했다만…….
멜리아가 지니고 있는 비밀이 폭로되어 세계의 표적이 됐을 때
"사들이겠어. 영원토록, 감히 멜리아를 빼앗으려고 들지 못할 공포를."
패배를 숙명으로 짊어져야 했던 소년이 선택한 것은 세계의 적이 되는 길이었다.

제30회 판타지아 대상 〈대상〉 수상의 새로운 왕도 머니 배틀!

NOVEL

라이트노벨의 새로운 빛! L노벨의 신간은 매월 10일에 발매됩니다. http://cafe.naver.com/lnovel11

© 2018 Hirukuma, Hagure Yuuki,
Natsume Akatsuki, Kurone Mishima
KADOKAWA CORPORATION

저 어리석은 자에게도 각광을! 1~4권

히루쿠마 지음 | 유우키 하구레 일러스트 | 이승원 옮김

「돈도 없고, 여자도 없어!」
풋내기 모험가의 마을 액셀의 (자칭) 지배자인
양아치 모험가 더스트는 주머니 사정이 신통찮았다.
신참 모험가 카즈마 일행이 착착 명성을 쌓아가는 가운데—
더스트는 자작극 사기에 도난품 매매,
귀족 영애를 뜯어먹으려고 획책하는 등,
오늘도 액셀 마을에서 돈벌이에 힘썼다!
그런 와중에 나리라 부르며 따르는 대악마 바닐에게서
「재미있는 미래가 찾아올 것이다」라는 불길한 예언을 듣는데?!

더스트 시점에서 그려지는 조금 음란한 외전이 새롭게 시작!

NOVEL
라이트노벨의 새로운 빛! L노벨의 신간은 매월 10일에 발매됩니다. http://cafe.naver.com/lnovel11

L NOVEL

©SHINJI COBKUBO 2018 ILLUSTRATION: AkagishiK, mocha
KADOKAWA CORPORATION

녹을 먹는 비스코 1~2권

코부쿠보 신지 지음 | 아카기시K 일러스트 | mocha 세계관 일러스트 | 이경인 옮김

모든 것을 녹슬게 만들며 인류를 죽음의 위협에 빠뜨리는《녹바람》속을 달리는
질풍무뢰의『버섯지기』아카보시 비스코.
그는 스승을 구하기 위해
영약이라 전해지는 버섯,《녹식》을 찾아 여행하고 있다.
미모의 소년 의사, 미로를 파트너 삼아 파란만장한 모험에 나서는 비스코.
가는 길에 펼쳐지는 사이타마 철(鐵)사막,
문명을 멸망시킨 방어 병기 유적으로 지은 도시,
대왕문어가 둥지를 튼 지하철 폐선로…….
가혹한 여정 속에서 차례차례 덮쳐오는 위협을
미로의 번뜩이는 지혜와 비스코의 필중의 버섯 화살이 꿰뚫는다!
그러나 그 앞에는 사악한 현지사의 간계가 도사리고 있는데……?!

최강의 버섯지기가 자아내는 노도의 모험담!

라이트노벨의 새로운 빛! L노벨의 신간은 매월 10일에 발매됩니다. http://cafe.naver.com/lnovel11

NOVEL